HISTOIRES VRAIES

Tome I

Pierre Bellemare est né en 1929.
Dès l'âge de dix-huit ans, son beau-frère Pierre Hiegel lui ayant communiqué la passion de la radio, il travaille comme assistant à des programmes destinés à R.T.L.
Désirant bien maîtriser la technique, il se consacre ensuite à l'enregistrement et à la prise de son, puis à la mise en ondes.
C'est Jacques Antoine qui lui donne sa chance en 1955 avec l'émission *Vous êtes formidables*.
Parallèlement, André Gillois lui confie l'émission *Télé-Match*.
A partir de ce moment, les émissions vont se succéder, tant à la radio qu'à la télévision.
Pierre Bellemare ayant le souci d'apparaître dans des genres différents, rappelons pour mémoire :
Dans le domaine des jeux : *La tête et les jambes, Pas une seconde à perdre, Déjeuner show, Le Sisco, Le Tricolore, Pièces à conviction, Les Paris de TF 1.*
Dans le domaine journalistique : *10 millions d'auditeurs*, à R.T.L.; *Il y a sûrement quelque chose à faire*, sur Europe 1; *Vous pouvez compter sur nous*, sur TF 1 et Europe 1.
Les variétés avec : *Plein feux*, sur la première chaîne.
Interviews avec : *Témoins*, sur la deuxième chaîne.
Et enfin, et c'est peut-être le genre qu'il préfère, les émissions où il est conteur : *C'est arrivé un jour*, sur TF 1; sur Europe 1, *Les Dossiers extraordinaires, Les Dossiers d'Interpol* et *Histoires vraies*.

Jacques Antoine est né le 14 mars 1924 à Paris, fils d'André-Paul Antoine, auteur dramatique, et petit-fils d'André Antoine, fondateur du Théâtre-Libre.
Animateur depuis 1949 de sociétés de production de programmes de radio et de télévision, et directeur des programmes de Télé-Monte-Carlo, Jacques Antoine est, avant tout, un créateur. Il est donc impossible d'énumérer les programmes dont il est l'inventeur, seul ou en collaboration. Trois genres. Les jeux : de *La tête et les jambes* au *Schmilblic*, du *Tirlipot* à *La bourse aux idées*, du *Tiercé de la chanson* à *Seul contre tous*, *Les Incollables, La Course autour du Monde*, le *Francophonissime, La*

(Suite au verso).

chasse aux trésors, etc. Les émissions d'un style très personnel et n'entrant dans aucune catégorie définie, comme *Le Club des rescapés, Monsieur B. court toujours, C.Q.F.D., Vous êtes formidable, Il y a sûrement quelque chose à faire, Vous pouvez compter sur nous...*

Enfin, les émissions qui requièrent les qualités d'un écrivain : soit pour des feuilletons à un personnage *(Peter Gay, Les Tyrans sont parmi vous, Paola Pazzi),* soit destinées à un conteur tel que Pierre Bellemare *(Histoires vraies, Les Contes du pot de terre contre le pot de fer, Les Dossiers extraordinaires, Les Aventuriers, Les Nouveaux Dossiers extraordinaires, Les Dossiers d'Interpol* sur Europe 1).

ŒUVRES DE JACQUES ANTOINE
et PIERRE BELLEMARE

Dans Le Livre de Poche :

PIERRE BELLEMARE
JACQUES ANTOINE

Histoires vraies

Tome I

ÉDITION N° 1

OUI, MADAME. C'ÉTAIT ELLE

Dans la foule triste qui traverse le village, il y a soudain un grand cri. Les voitures couvertes de poussière, les charrettes encombrées, les brouettes grinçantes, les bicyclettes croulant sous les valises boursouflées, tout s'arrête. Pas longtemps, tout juste ce qu'il faut pour que s'extraie de la longue cohorte de réfugiés un petit groupe échevelé portant le corps d'une jeune fille.

Est-ce un obus, est-ce une bombe ? D'où venait le projectile meurtrier ? On ne le saura jamais. A quoi bon d'ailleurs. Ce qui importe, c'est le résultat : cette jeune fille, allongée dans son sang sur le bord de la route.

Sur elle se penche une famille abandonnée de tous.

« Et les Allemands qui arrivent ! crie une voix.

— Portez-la jusqu'à l'église ! » suggère une vieille femme, passant sans s'arrêter.

Pendant ce temps, là-haut, sur la colline, surgit un grand animal verdâtre. Formidable, tapi, comme accroupi, le char tourne la tête à droite et à gauche et contemple le spectacle. Il a gagné : se bousculant dans la vallée, la foule grouillante et méprisable s'enfuit en débandade.

Ne craignant plus rien ni personne, le grand

animal doit rire dans son ventre blindé : partout le long de la frontière franco-belge c'est le même spectacle, le même triomphe, la même gloire. Alors le blindé recule dans le grincement de ses chenilles et rejoint sur la route la meute des chars victorieux et le 1er bataillon de marche des *Strosstruppen*.

Blond, les yeux bleus, la nuque rasée, maigre et pâle sous le casque d'acier, le soldat Hermann Ropp est heureux de frôler ces tôles brûlantes. La veille il a écrit à sa mère : « Ma chère maman, mes bien chers tous. Soyez fiers, demain nous montons en ligne, nous accompagnons les chars : je vais enfin recevoir mon baptême du feu. »

Dans le vacarme, Hermann Ropp, dix-neuf ans, descend avec enthousiasme vers ce village presque anonyme où l'attend dans une humble église tout autre chose que la gloire.

Cela se passe en juin 1940 au nord de Béthune.

Jadis, c'est-à-dire naguère, garçons et filles allaient danser sur la place à l'ombre des tilleuls en fleur. Mais ce matin le tocsin a fait taire les oiseaux qui se sont envolés devant le déferlement des réfugiés. Maintenant, la place est déserte. Une maison brûle et les flammes n'en finissent pas de lécher le mur de la mairie où, hier encore, un communiqué annonçait :

« Sur l'ensemble du front, rien à signaler. »

L'orage s'est déchaîné si vite que c'est à peine si les villageois ont eu le temps de se mettre à l'abri. Et puis le silence est revenu. Un silence de mort. De-ci de-là quelques villageois têtus qui ont décidé de s'accrocher à leurs biens se cachent derrière leurs rideaux.

A l'orée du village, les chars allemands sont arrêtés : ils attendent la piétaille.

Dans une maison, un petit garçon qui guettait à la fenêtre d'un grenier se met à crier :

« Les voilà ! »

C'est vrai, ils arrivent dans un nuage de poussière. Le premier bataillon de marche des *Strosstruppen* débouche sur la place avec d'étranges regards. Comme Hermann Ropp, qui croit vérifier autour de lui combien ses maîtres avaient raison lorsqu'ils affirmaient que le courage et la vertu donnent la victoire. Tous ces gens que la facilité a pourris, à demi dissimulés dans l'encoignure des portes, ont désormais peur d'Hermann Ropp.

« *Vorwärts für Hitler und Reich !* » a écrit Hermann sur la première page de son journal de campagne dans lequel il s'apprête à raconter une chevauchée fantastique. Ce journal, il l'a commencé il y a trois jours. Il doit aujourd'hui en écrire la quatrième page.

Des ordres sont lancés à tue-tête. Des side-cars vont et viennent en dérapant sur le gravier. Une voiture s'arrête devant la mairie. Les nouveaux arrivants casqués portent sur la poitrine comme une décoration de légende, comme une sorte de mystérieuse Toison d'Or, l'énorme plaque qui distingue les *Feld-gendarm*. Ils brandissent des panneaux indicateurs qu'ils vont planter aux carrefours. C'est beau à voir, cette conquête qui déjà s'organise. Les guides de la *Hitlerjugend* dans laquelle s'est engagé Hermann Ropp après des études bâclées à Berlin avaient raison : il n'y a que dans le travail et l'organisation que pourra se bâtir la société nouvelle.

Mais la *Wehrmacht* ne va pas en rester là. Elle ne va pas moisir ici. Son destin l'attend beaucoup plus loin. « Beaucoup plus au sud », pensent tous ces hommes, bien loin d'imaginer que la plupart d'entre eux se retrouveront, après cette gloire fugitive, prisonniers de la boue et de la glace en Russie. Par petits groupes, tandis qu'un officier discute avec un notable local, les soldats un peu partout s'affairent. Il faut mettre de l'ordre dans tout ça, assurer ses arrières. Le père d'Hermann, le docteur Ropp, qui fait partie de cette génération d'hommes qui croit au père Noël-Hitler, avait raison : le voici, ce miracle allemand.

Aucune mission ne lui incombant, le jeune soldat Hermann Ropp décide alors de visiter l'église.

Les deux mains crispées sur sa mitraillette, il a poussé d'un coup de pied le vieux portail. Celui-ci avec les siècles a perdu la souplesse de ses gonds. Hermann doit s'aider de l'épaule pour se glisser dans l'église.

Ce n'est pas un vrai silence qui règne dans cette pénombre. Il croit avoir entendu quelques murmures, et même une respiration...

Son regard court sur les dalles disjointes de l'allée centrale jusqu'à l'autel et, là, découvre, rassemblé au milieu du chœur, un groupe étrange : un homme, en bras de chemise maculée de sang; une femme pâle dont les cheveux sont défaits; deux garçons de dix et treize ans à genoux. Tous quatre, surpris par son irruption, ont le visage tourné vers lui. Un corps sanglant est allongé sur une civière au pied de leur petit groupe, rassemblé comme s'il cherchait à le protéger.

Interdit, Hermann Ropp reste debout, sa mitraillette à la main. Ce tableau lui a causé un choc. Il a l'impression de commettre une profanation. Peut-être même est-il angoissé, parce qu'il ne sait pas vraiment ce que font ces gens et ce qu'ils vont faire, ce que lui doit faire. Ses maîtres ne lui ont pas appris. Peut-être aussi parce que son inconscient le prévient : « Attention, Hermann Ropp. C'est ici le tournant de ta vie. »

Le corps allongé sur la civière a de longs cheveux noirs. C'est une femme, sans doute. Est-elle blessée ? Est-elle morte ? Pour le savoir, sans bien réaliser ce qu'il fait, il s'approche.

C'est une jeune fille.

Sans s'occuper de lui l'homme, qui doit être le père, s'est à nouveau penché sur elle. Il s'efforce de fixer une attelle au bras droit de sa fille. La mère lui prépare des bandelettes de tissu en déchirant une chemise. L'un des garçons éponge le sang qui suinte d'une blessure au front.

Le jeune soldat, du regard, interroge l'homme et la femme qui comprennent qu'il ne parle pas français et, ne parlant pas allemand, haussent les épaules.

Trottinant depuis le presbytère, apparaît un vieux et laid petit curé, portant une trousse à pharmacie. On lui donnerait bien cent ans. Mais ce vieux curé connaît quelques mots d'allemand :

« Elle va mourir si on ne s'en occupe pas, lui dit le vieux curé.

— Mais qui lui a fait ça ? »

Le vieux curé, pendant une, deux ou trois secondes, car il y a dans la vie des instants qu'on ne peut mesurer, regarde Hermann Ropp. Sous ses sourcils grisâtres, dans le fouillis des rides, ses yeux le fixent avec étonnement :

« Vous demandez qui lui a fait ça ?... Mais c'est vous. »

Comme un écolier indigné par l'injustice d'un professeur, Hermann Ropp s'est redressé, prêt à nier. Mais il ne dit rien. Il a compris : évidemment

11

que c'est lui. C'est bien lui qui a écrit hier : « Ma chère maman, mes bien chers tous. Soyez fiers. Demain nous montons en ligne. Je vais recevoir mon baptême du feu. »

Seulement voilà, il ne s'attendait pas à ça. Depuis hier il n'a vu que des chars gronder sur la route; ses camarades avancer en chantant les manches retroussées; des gens qui s'enfuyaient; des maisons qui brûlaient; les mitraillettes qui crépitaient; des avions qui hurlaient; des canons qui tonnaient. Pas un seul mort, un seul blessé... Et le premier sang qu'il voit couler c'est celui d'une jeune fille brune, au cœur d'une église. Il ne s'attendait pas à ça.

« Elle était sur la route, explique tout bas le vieux curé. Son bras est presque arraché. Elle a reçu un éclat au front. Je crains qu'elle ne soit devenue aveugle. Et il y a deux heures qu'elle est là. Elle a déjà perdu beaucoup de sang. Pas un docteur, aucune voiture dans le village. Il faut prévenir un de vos officiers. »

Comme un petit garçon ému et que la soutane impressionne, Hermann répond :

« Oui, monsieur.

— Il faut qu'on la transporte dans un hôpital, sinon elle va mourir.

— Oui, monsieur.

— Vous vous en occupez ?

— Oui, monsieur.

— Je compte sur vous ?

— Oui, monsieur. »

Après avoir reculé de trois pas, Hermann Ropp fait demi-tour, se glisse dans l'entrebâillement de la lourde porte et se retrouve sur les marches de l'église, en plein soleil.

Elle est là, la belle *Wehrmacht*. Par petits groupes les soldats cassent la croûte gaiement; les conducteurs de chars — qui ont garé leurs engins à l'ombre des tilleuls, si près du tronc qu'ils en ont arraché l'écorce — inspectent les chenilles. Dans une sorte de command-car des officiers consultent la carte. Un radio, casque d'écoute aux oreilles, note les instructions de l'Etat-Major. La belle *Wehrmacht* graisse ses rouages avant de reprendre la route.

Hermann Ropp court chercher le major. Celui-ci, en officier consciencieux, apparemment humain, n'ignorant rien de ce qu'on doit aux civils sans défense, et à une jeune fille qui plus est, très respectueux des conventions de Genève, le suit en soufflant jusqu'à l'église. Le jeune soldat, pressé, lui répète plusieurs fois :

« Vite! Sinon elle va mourir. »

Une piqûre, un garrot, l'hémorragie est arrêtée.

Hermann Ropp court partout. Il est en même temps aux quatre coins du village et se démène tant et si bien qu'on hisse la civière de la jeune fille dans une ambulance qui l'emmène vers l'hôpital de Béthune.

Empilés, le père, la mère et les deux gamins se sont serrés contre elle. Le père tient sa main valide. La mère sanglote. Hermann Ropp ne les a pas quittés.

Il ne les quitte pas non plus lorsque deux brancardiers saisissent la civière pour la monter au premier étage de l'hôpital.

« Tu m'attends... Hein, tu m'attends? Je redescends... » dit-il au chauffeur de l'ambulance.

Une heure, le jeune soldat reste au chevet de la jeune fille. Le temps de découvrir qu'elle est jolie et, lorsqu'un infirmier soulève ses paupières, qu'elle a des yeux noisette, le temps de découvrir, aussi que le nerf optique a peut-être été sectionné, et que son bras est probablement perdu. Le temps d'apprendre enfin, tant bien que mal, qu'elle s'appelle Rose, qu'elle est née à Courtrai en Belgique et qu'elle a été blessée au moment où la colonne de réfugiés traversait le village.

Quand Rose reprend connaissance, Hermann Ropp se lève déjà, prêt à partir. Là-bas dans le village, le premier bataillon de *Strosstruppen* va bientôt se remettre en marche. En bas, l'ambulance klaxonne et s'impatiente.

Hermann Ropp n'a qu'une minute pour dire à cette jeune aveugle qui revient doucement à elle... pour dire... mais pour dire quoi ? Comme si on pouvait résumer en un mot tout ce qu'il vient de comprendre. Alors il lui prend la main, la serre très fort :

« *Verzeihung*... dit-il. *Verzeihung*... »

« *Verzeihung*. » Cela veut dire « Pardon ».

La mère ne le voit pas s'en aller. Mais le père, presque sanglotant, se cramponne à son bras et le remercie.

Quelques jours plus tard, devant Dunkerque, le soldat Hermann Ropp, dégoûté de la guerre, se constitue prisonnier.

Depuis son camp de prisonniers en Angleterre, Hermann Ropp voit la victoire changer de camp. Les chars plus gros qu'au début de la guerre, repartent dans l'autre sens. Les avions, plus nombreux, plus rapides et plus lourds, lâchent par myriades des bombes énormes qui tuent désormais des jeunes filles allemandes. Les canons tonnent sous d'autres cieux. Manches retroussées, les soldats alliés — avec dans les yeux la fierté de la victoire — entrent en Allemagne. Mais pour Hermann Ropp la guerre n'a fait qu'une victime : la jeune blessée dans l'église près de Béthune. Il ne l'a pas oubliée. A-t-elle survécu ? Qu'est-elle devenue ? Où est-elle ?

En 1945, libéré, il retourne dans son pays à Bichfield, sur le Lutterbach en Westphalie. De la maison il ne reste plus grand-chose. Et de la famille moins que rien : un de ses frères est mort avec la belle *Wehrmacht* dans la plaine russe. L'autre est prisonnier dans l'Oural. Le docteur Ropp, l'ancien nazi qui croyait au miracle allemand, terré dans ses ruines, n'est que l'ombre de lui-même.

Hermann Ropp décide alors de quitter l'Allemagne pour réaliser le projet qu'il avait formé dans le camp où il était prisonnier : retrouver la jeune Belge. D'elle il ne sait rien, sinon qu'elle s'appelle Rose et qu'elle vivait à Courtrai.

Muni de faux papiers, il franchit la frontière et gagne Courtrai où il vivote pendant trois semaines. Un jour, il finit par apprendre que Rose n'est jamais revenue en Belgique, mais qu'elle est vivante et réside quelque part en France avec sa famille.

Hermann Ropp franchit le soir même la frontière franco-belge.

« Connaîtriez-vous dans la région une jeune fille brune, aveugle avec un bras en moins ?

— Non... Ma foi non... »

Pendant trois mois, il va la chercher ainsi, errant de village en village, faisant n'importe quel travail pour vivre, jusqu'au jour où il retrouve la trace de la jeune fille à Neufchâtel. Cette fois, l'espoir l'accompagne dans un petit bourg du Calvados où il pense trouver Rose. Hélas ! il ne rencontre que les gendarmes. Arrêté, il s'en tire tant bien que mal et reprend la route.

Pendant ce temps, une jeune fille brune aveugle avec un bras en moins est allongée sur une chaise longue dans le jardin d'un petit hôtel à Beaulieu-sur-Mer, près de Nice, dans les Alpes-Maritimes. Près d'elle, son père lui raconte pour la dixième fois comment elle a été sauvée, cinq années plus tôt, lors de l'exode de 1940 :

« Nous t'avions transportée dans l'église, raconte le père. Tu étais couverte de sang. Il n'y avait ni docteur, ni voiture dans le village. Je voyais bien que ton bras était presque arraché mais je ne me rendais pas encore compte que tu allais perdre la vue. Pendant que j'essayais de te donner quelques soins, les Allemands sont arrivés. Tout d'abord nous n'avons vu personne qu'un pauvre curé qui est allé chercher une trousse à pharmacie. C'est alors que ce jeune Allemand est entré. Il nous a fait peur. Il était casqué. Il tenait sa mitraillette à la main. Il avait l'air terrible. Mais quand il a vu que nous soignions un blessé et que ce blessé était une jeune fille, il a paru décontenancé. Plus tard, il a expliqué au curé qu'il venait de recevoir le baptême du feu et qu'il n'avait pas encore vu le sang couler. Lorsque le curé lui a dit que tu perdais ton sang depuis deux heures, ce terrible soldat n'était plus qu'un pauvre gosse affolé. »

La jeune aveugle, sans doute pour la dixième fois, demande :

« Comment était-il ?

— Eh bien, je te l'ai déjà décrit, tout à fait le jeune Fritz, blond, la nuque rasée, les yeux bleus, plutôt maigre. Je me souviens encore que sa tunique faisait des plis. Il devait être fatigué, car il traînait ses bottes en entrant dans l'église. »

Après quelques secondes de silence, pour aider la jeune fille à mieux imaginer, le père conclut son portrait :

« En fait, un gosse, quoi ! Sans son casque et son uniforme, il a certainement l'air d'un très gentil garçon. Pour lui, que ce premier sang soit celui d'une jeune fille ç'a été un choc. Quand le curé lui a dit qu'il fallait qu'il prévienne un de ses officiers, il est parti comme un fou. Il s'est mis en quatre. Il a réussi à faire venir un major et à te faire conduire à l'hôpital. Là il ne nous a pas quittés pendant une heure. Malheureusement, quand tu as repris connaissance, il était obligé de partir. Comme il ne parlait pas un mot de français, il ne savait pas quoi te dire. Alors, en allemand, il t'a demandé pardon.

— Je me souviens, dit la jeune aveugle. Ce sont les premiers mots que j'ai entendus en sortant du coma. J'aurais bien aimé le connaître...

— Je comprends... dit le père. Malheureusement, s'il nous a dit son nom — et il a dû nous le dire — je ne l'ai pas compris. En tout cas je ne m'en souviens pas. Moi aussi j'aurais bien aimé le revoir. D'ailleurs, longtemps j'ai pensé qu'on le reverrait. Je ne sais pas pourquoi. Il avait l'air tellement ému que j'ai cru qu'après la guerre, il essaierait de te revoir. Mais peut-être est-il mort, le pauvre gosse. »

Et le temps passe, il fait un bond de trente-trois ans dans la vie de la jeune fille aveugle. Nous sommes en 1978. Non pas dans le jardin du petit hôtel de Beaulieu, mais sur une terrasse d'un immeuble qu'on a construit non loin de là, à l'entrée du cap Ferrat, au pied des collines de Villefranche. Sur cette terrasse un vieillard encore alerte a chaussé ses lunettes pour lire *Nice-Matin*. Le vieillard vient de laisser tomber *Nice-Matin* sur ses genoux.

« Yvonne, dit-il à sa femme, tu m'entends ?

— Oui.

— Ecoute ce que je viens de lire : « Nous déplorons la mort d'Hermann Ropp, survenue le « 18 février, des suites d'un accident cardiaque. « Il était dans sa cinquante-deuxième année. A « Villefranche, où il résidait depuis vingt ans et à « l'aéroport de Nice où il dirigeait le bureau « de la compagnie aérienne Lufthansa, Hermann « Ropp ne comptait que des amis. A sa famille et « à ses proches, nous adressons nos sincères « condoléances. »

La femme et son vieux mari se sont compris.

« Quoi ? Tu crois que c'est lui ? »

Bien que trente ans se soient écoulés, ils n'ont pas oublié les détails de cet instant qui fut le tournant de leur vie.

« Je ne sais pas, mais ce nom : Hermann Ropp, ça me dit quelque chose. C'est probablement idiot, mais j'ai envie de téléphoner. »

Et le vieil homme se lève pour appeler *Nice-Matin*.

Quelques minutes plus tard, au numéro qui lui a été communiqué, une voix de vieille femme — s'exprimant avec un fort accent allemand — lui répond :

« Allô ?

— Suis-je bien chez M. Hermann Ropp ?

— Oui, je suis sa mère, mais mon fils est décédé avant-hier.

— Toutes mes condoléances, madame. Je l'ai lu dans le journal. Excusez-moi de vous importuner. Voilà... Je voulais vous demander : est-ce que votre fils a fait la guerre ?

— Oui, monsieur...

— Est-ce qu'au moment de l'offensive allemande en juin 1940, il serait passé par Béthune ?

— Il est passé par Béthune, oui, monsieur.

— Et il vous a raconté cette période ?

— Oui. Pourquoi ?

— Parce que j'étais aussi à Béthune avec ma fille. Or ma fille a été blessée et... »

La vieille Allemande l'interrompt :

« Rose ? Votre fille s'appelle Rose ?

— Elle s'appelait Rose... Elle est morte il y a trois mois. »

Il y a un long silence.

« Allô ? demande le père de Rose. Nous sommes coupés ?

— Non, non », reprend la vieille Allemande. Mais sa voix est cassée. Elle doit pleurer.

« Il a beaucoup cherché votre fille, monsieur, longtemps, si longtemps. D'où m'appelez-vous ?

— De Beaulieu-sur-Mer.

— Mais moi je suis à Villefranche ! Mon fils et moi nous habitons Villefranche depuis plus de vingt ans !

— Et où êtes-vous ?

— Au-dessus de la Corne d'Or. Le grand immeuble au bord de la route. Et vous ?

— En bas, à l'entrée du cap Ferrat, l'immeuble qui est juste à l'entrée.

— Mais alors je vois votre maison !!! »

En bas, le vieillard — son téléphone à la main — sort sur la terrasse, lève les yeux, aperçoit là-haut sur la colline le grand immeuble au bord de la route.

« Moi aussi, madame. Je vois votre maison. Je la vois depuis vingt ans.

— Je suis sûre que mon fils voyait vos fenêtres.

— La terrasse, madame. Nous c'est l'appartement du premier avec une terrasse. Où ma fille était très souvent allongée, elle y écoutait de la musique.

— Sur un canapé en osier ?

— Oui, madame. C'était elle. »

UN HOLD-UP
COMME SI L'ON Y ÉTAIT

M. PARKER enfile son pyjama et, tout en bâillant, s'assoit devant son matériel de radioamateur. Il a l'intention de contacter un correspondant en Australie.

M. Parker, célibataire, âgé de trente-deux ans, dirige un petit laboratoire pharmaceutique. Il est vingt-trois heures lorsque, sur la fréquence 27,15 mégahertz, ne tenant qu'un écouteur sur son oreille gauche, il entend distraitement une voix d'homme grogner assez clairement :

« Soyons sérieux, les enfants, il y a 300 millions pour nous là-dedans ! »

M. Parker, intrigué, se coiffe cette fois de ses deux écouteurs et manipule son récepteur pour mieux entendre une voix d'homme qui interrompt le premier :

« Mais bon sang ! dit cette voix. Ne faites pas autant de bruit, faites gaffe, le quartier devient calme, la circulation a baissé. »

M. Parker s'assoit sur son lit, toujours relié au récepteur par ses écouteurs. Il est tellement passionné par la radio que son matériel est installé dans sa chambre, à portée de sa main.

Pour le moment, il n'entend plus rien sur la fréquence 27,15 mégahertz : les deux hommes se sont tus, mais M. Parker, qui n'en croit pas ses oreilles, attend la suite. Car il n'y a pas de doute, il ne voit pas d'autre explication à cette brève conversation : les deux hommes sont en train de préparer un hold-up. Et pas une petite affaire : 300 millions de livres, c'est 3 milliards de centimes. Or, la veille encore, M. Parker a lu dans le *Daily Mail* que les compagnies d'assurances, après l'attaque du train postal et devant la recrudescence des attaques de banques, annonçaient qu'elles paieraient des primes énormes, allant jusqu'à dix pour cent de la somme convoitée par les gangsters, à toute personne qui ferait échouer un hold-up.

Dix pour cent de 3 milliards de centimes, cela fait 300 millions de centimes, 3 millions de nouveaux francs.

Il est maintenant 23 h 10, le samedi 11 septembre 1971, la conversation des gangsters reprend. Et M. Parker, qui habite non loin de Becker Street, se cramponne à ses écouteurs, en pensant à ses 3 millions.

A 23 h 15, M. Parker appelle la police.

« Allô ! Le commissariat de Becker Street ?

— *Yes sir,* répond une voix fatiguée.

— Est-ce que votre chef est là ?

— Non, il n'est pas là. Mais il n'y a peut-être pas besoin de lui : de quoi s'agit-il ?

— Voilà. Je suis radioamateur. Je voulais appeler un correspondant en Australie et puis sur la fréquence de 27,15 mégahertz, je viens de tomber sur une conversation bizarre,

— Ah ! oui, et quel genre de conversation ?

— Eh bien, je crois que ce sont des gens qui préparent un hold-up.

— Tiens, tiens...

22

— Un hold-up important. 300 millions de livres.

— Et ils vous ont dit ça dans le poste ? »

La voix au bout du fil a l'air de se payer sa tête.

« Mais c'est très sérieux. Il s'agit très certainement de gangsters qui communiquent par messages radio. Si vous ne me croyez pas, venez l'écouter vous-même; d'ailleurs j'enregistre tout sur magnétophone.

— Et où il se passerait, votre hold-up ?

— Mais tout près de chez vous. Dans le quartier, probablement sur Becker Street : on entend très bien les bruits de circulation des autobus.

— Et qu'est-ce qu'ils disaient, ces gangsters ? »

Lorsque M. Parker rapporte la conversation qu'il a entendue et qu'il entend encore en ce moment même, l'agent, au bout du fil, conclut :

« Oui. Ce n'est pas convaincant ! Ces gens-là parlent peut-être d'autre chose. Il faudrait en savoir un peu plus. Si vous le voulez, continuez à enregistrer et rappelez-nous si c'est intéressant. »

M. Parker, très contrarié par l'attitude de la police, raccroche le téléphone. Avoir l'équivalent de trois millions de nouveaux francs à portée de la main et tomber sur des abrutis pareils ! Pour les convaincre, il faut en savoir plus. Alors, son casque d'écoute sur la tête, il ne perd pas un mot de ce qu'il entend.

C'est ainsi qu'il va faire connaissance avec toute l'équipe des gangsters :

« Allô, Bob, tu m'entends ?

— Oui, Steve, je t'entends très bien. »

D'après la conversation qui suit, Bob est juché sur un toit, probablement assez haut, d'où il observe avec des jumelles ce qui se passe aux alentours. Mais Bob est gelé, complètement frigorifié sur son toit où souffle un vent de nord-est. Il voudrait bien descendre se reposer sur un balcon où il a préparé un sac de couchage.

Le dénommé Steve le console en lui rappelant qu'à une heure du matin il pourra descendre se reposer, à condition de remonter sur son toit à huit heures trente.

Bob n'est pas d'accord. A huit heures, il fait jour et il trouve dangereux de monter sur son toit en plein jour. Il préférerait que le travail soit fini cette nuit même.

C'est alors que quelques répliques de Steve éclairent encore la situation.

« Impossible, répond Steve. Nous, on sera obligés d'arrêter. Les chalumeaux ont fait une fumée terrible dans le souterrain. Si on perce la dalle maintenant, et si le veilleur de nuit fait sa ronde, il sentira la fumée. On va être bientôt obligés d'arrêter. »

Lorsque Steve conclut en disant : « Ici, tout le monde pense que tu dois rester là-haut », M. Parker comprend qu'ils sont toute une équipe.

Si fatigué à vingt-trois heures, à minuit M. Parker se fait du café, tout excité par cette aventure. Il vit chaque seconde de cette nuit étrange avec les gangsters que petit à petit il finit par connaître tous; par exemple la femme. Car c'est une femme qui répond à Bob lorsqu'il demande :

« Pourquoi est-ce qu'on recommence si tard demain matin ? »

La voix de femme répond :

« A huit heures trente tu trouves ça tard ?

— Mais oui, pourquoi si tard ?

— Parce qu'avant, le quartier est trop calme. Et puis il faut laisser à la fumée le temps de se dissiper.

— Tu dois étouffer dans ce trou.

24

— Moi non, ça va encore, je tiens presque debout, mais les hommes sont à quatre pattes. »

M. Parker en arrive même à connaître leur personnalité dans les grandes lignes. C'est ainsi qu'il détecte le chef lorsque celui-ci déclare d'une voix autoritaire :

« Je sais, Bob, tu es fatigué. Ta position n'est pas commode. Mais nous aussi on est vannés. On n'en peut plus. Et puis maintenant que le quartier est calme, on fait trop de bruit. Alors on arrête. Si tu as peur de ne pas te réveiller, mets-toi les écouteurs sur les oreilles et je ferai le réveille-matin. Je t'appelle à huit heures. *All right!* »

A partir de ce moment, M. Parker, qui n'entend plus rien sur la fréquence des 27,15 mégahertz, se décide à rappeler la police.

Vers deux heures du matin, après son appel, un grand Bobby timide au visage plein de taches de rousseur se présente chez lui. M. Parker l'assied sur son lit, lui sert du café et commence à lui faire écouter les bandes magnétiques.

Le jeune Bobby les écoute sans passion. Distraitement, comme si tout cela n'était pas vrai, comme une mauvaise pièce de théâtre qu'il écouterait à la radio.

Au bout d'une demi-heure, il se lève :

« Tout ça c'est bien beau, sir. Mais où sont-ils ? Comment voulez-vous qu'on les trouve ?

— Mais je vous dis qu'ils sont dans le quartier ! Je reconnais très bien les bruits de la circulation. »

Le Bobby est dubitatif :

« Vous avez bien de la chance. Pour moi, rien ne ressemble plus à un bruit d'autobus qu'un autre bruit d'autobus.

— Bon, alors demandez à un spécialiste des télécommunications. Ils ont des appareils de détection avec lesquels en moins d'une heure ils peuvent déterminer l'emplacement des émetteurs. »

Le jeune policier, qui ne veut pas avoir l'air trop négatif, appelle le commissariat pour demander qu'un spécialiste de la détection radio soit mis sur l'affaire.

En raccrochant, il rassure M. Parker.

« Ne vous inquiétez pas, l'affaire suit son chemin.

— Mais je vous rappelle que le hold-up a lieu demain! Demain à huit heures trente. »

C'est alors que l'on sonne à la porte de M. Parker. Ce sont quatre policiers en uniforme.

« Vous venez pour le hold-up? leur demande M. Parker.

— Quel hold-up? Est-ce que notre collègue est là?

— Oui...

— Ah bon! C'est lui qu'on vient chercher. On craignait qu'il lui soit arrivé un malheur. »

Au moment où les Bobbies s'en vont, M. Parker, inquiet, leur demande :

« Mais le hold-up?

— Ne vous en faites pas, on s'en occupe. On est comme ça, dans la police, on a l'air de rien, mais je vous l'ai dit, les choses suivent leur chemin. »

300 millions de livres, l'équivalent de 3 milliards de centimes, dix pour cent de cette somme pour empêcher le hold-up. L'équivalent de 300 millions de centimes. Malgré lui M. Parker ne pense qu'à ça. Car ces 300 000 livres, elles sont à portée de sa main. Il suffit que la police empêche le hold-up et déclare que c'est lui qui l'a prévenue. Comme preuve, il a ses bandes.

A sept heures du matin, ce dimanche 12 septembre, M. Parker n'y tient plus. Il saute de son lit, et met son récepteur en marche. Bien entendu, il est muet. Il se prépare à nouveau du café, fait sa toilette, et se remet à l'écoute à huit heures. A huit heures pile, il entend :

« Allô, Bob ! Il est huit heures ! Allô, Bob ! Allô, Bob ! Ici, Steve. Debout ! Il est huit heures.

— Ça va, répond Bob, ne te casse pas la tête, je suis réveillé. Je suis déjà là-haut. »

Cette fois c'est le chef qui intervient :

« Et tout est normal ?

— Oui, personne n'est entré, personne n'est sorti.

— Parfait. Alors voilà le programme : à huit heures trente on fait sauter la dalle, à neuf heures, on ouvre les coffres, à midi, quoi qu'il arrive, qu'on ait fini ou non, tu descends de ton toit et nous on sort, O.K. ?

— O.K. »

M. Parker s'est à nouveau jeté sur le téléphone. Il pense que ce serait le moment ou jamais pour la police d'intervenir : elle prendrait toute l'équipe en flagrant délit.

« Allô, je suis M. Parker. Je vous appelle au sujet du hold-up.

— Quel hold-up ? »

Cette fois, M. Parker qui pense à la récompense de l'assurance, sent tout à la fois ses cheveux se dresser sur sa tête et la mourtarde lui monter au nez.

« Mais enfin ! Depuis onze heures du soir, je vous préviens qu'un hold-up se prépare dans le quartier ! Il a commencé il y a dix minutes. Les gangsters sont en train de faire sauter la dalle d'une salle des coffres. »

Le policier au bout du fil l'interrompt.

« Ah! c'est vous le radioamateur? Je suis au courant. Ne vous inquiétez pas : le quartier est surveillé et nous faisons des rondes.

— Mais il s'agit bien de faire des rondes! J'ai dit qu'il fallait prévenir les télécommunications pour qu'ils envoient un spécialiste qui pourra détecter les émetteurs. Est-ce que c'est fait? Est-ce que vous les avez prévenus?... Ecoutez, si cette affaire ne vous intéresse pas, je vais prévenir Scotland Yard!

— *Very well, sir.* Voulez-vous que je vous donne le numéro de téléphone? »

Lorsqu'il a Scotland Yard au bout du fil, pour expliquer qu'un hold-up de 300 millions de livres se prépare dans le quartier et qu'il appelle en vain la police depuis la veille, l'inspecteur qui lui répond est presque furieux.

« Mais il fallait nous appeler tout de suite, voyons! Les policiers en uniforme ne comprennent rien à ce genre d'affaire. Ça n'est pas du tout leur travail. »

Dès que M. Parker explique qu'il a enregistré sur magnétophone les émissions que les gangsters échangent par radio, son correspondant déclare qu'il lui envoie immédiatement deux inspecteurs pour les écouter.

« D'accord, mais faites vite! Il est neuf heures et tout doit être fini à midi. »

Là-dessus M. Parker raccroche et se remet à l'écoute sur la fréquence 27,15 mégahertz. Il ne reste plus qu'à attendre les hommes de Scotland Yard qui vont surgir d'une minute à l'autre.

Ce sont deux vieux flics rassis que rien n'émeut. Ils écoutent à leur tour religieusement les bandes magnétophones qu'il a enregistrées dans la nuit. Pendant ce temps, M. Parker, au comble de l'excitation, garde ses écouteurs pour suivre les péripéties du hold-up qui est en train de se dérouler. A dix heures il sursaute :

« Ecoutez! Ecoutez!

Il arrête le magnétophone et pousse le son du haut-parleur, où l'on entend la voix dramatique d'un des gangsters, le dénommé Bob :

« Arrêtez! dit-il, un type arrive! Ne bougez plus... Ne faites pas de bruit... Il regarde notre vitrine... Il essaie de voir à travers la vitre... Maintenant il s'en va. »

Après un silence, c'est maintenant la voix d'une femme qui fait partie de la bande qui interroge :

« Allô, Bob. Qu'est-ce qu'il fait maintenant, ce type?

— Il rentre chez lui.

— Qui c'est? Comment est-il habillé?

— Je le connais : c'est le garçon du restaurant d'à côté. Heureusement qu'on a barbouillé la vitre avec du tripoli, sinon il aurait vu tout notre bazar. »

M. Parker, atterré, regarde un des inspecteurs allumer une pipe, et l'autre sortir quelques tablettes de chewing-gum.

« Mais enfin, est-ce que vous vous rendez compte? C'est un hold-up voyons! Et ça se passe dans le quartier! L'écoute est tellement nette, je suis sûr qu'ils sont dans un rayon de moins de 800 mètres.

— Mais 800 mètres... fait remarquer l'un des inspecteurs.

— De rayon... précise l'autre inspecteur.

— Ça fait un drôle de cercle.

— D'accord, mais nous savons des tas de choses. D'abord que ce doit être une banque, puisqu'il y a une salle des coffres. Ensuite que ce doit être sur Becker Street puisqu'on entend passer plein d'autobus. A côté de la banque il doit y avoir un restaurant et une boutique avec une vitrine passée au tripoli où les gangsters entreposent leur matériel. Enfin, à proximité, il y a un immeuble assez haut pour qu'un guetteur se soit installé sur le toit avec des jumelles. »

Les deux inspecteurs de Scotland Yard concèdent qu'en effet ces renseignements sont intéressants et s'en vont.

Dans l'heure qui suit, plusieurs fois, M. Parker entend les gangsters se réjouir de ce que leur affaire se déroule bien et sans accroc.

A onze heures, ils se congratulent mutuellement, ils ne sont pas loin d'avoir atteint leur objectif, c'est-à-dire les 3 milliards.

M. Parker n'y tient plus et rappelle Scotland Yard.

« Ne vous inquiétez pas, lui répond un inspecteur, on a bouclé le quartier. »

A onze heures quarante-cinq, un spécialiste des télécommunications, c'est-à-dire de la *Royal Post* d'Angleterre, survient, accompagné d'un détective.

Mais à midi la voix du chef des gangsters se fait entendre pour la dernière fois.

« C'est fini, Bob, on a à peu près ce qu'on voulait. On évacue et toi tu descends de ton perchoir. Maintenant, tu changes la fréquence de ton émetteur. Encore bravo, les gars ! »

C'est bien inutilement que la police a cerné toute une partie de Londres, car les gangsters ne sont pas pris.

Par contre, le lendemain matin, lundi 13 septembre, à huit heures, M. Colley qui rentre de vacances, en pénétrant dans la *Lloyd Bank* dont il est le directeur, au coin de Becker Street et de Marylebone Road, sent une odeur bizarre. Il se précipite à la salle des coffres où il découvre un trou de 37 centimètres dans le sol. Seule une petite femme mince a pu passer par là.

A part cela, le matériel habituel de ce genre de hold-up, chalumeaux, bouteilles de gaz, thermos de thé froid, pioches, pelles... et tous les coffres sont ouverts. Perte sèche : 300 millions de livres.

Le trou conduisait à un égout abandonné, qui servit de tunnel pour relier la salle des coffres à une maroquinerie fermée depuis un an et dont les gangsters avaient fait leur entrepôt et leur atelier après avoir barbouillé la vitrine au tripoli. Ce tunnel passait sous un restaurant fermé le dimanche. C'est sur le toit du Polytechnicum, au 21ᵉ étage, que se tenait le dénommé Bob avec ses jumelles.

Quant à M. Parker, il a enfin pu joindre son correspondant australien.

« Comment ça va? lui demande la voix lointaine.

— Mal, je viens de perdre 300 millions », a répondu sans rire M. Parker.

MONSIEUR LE JUGE
EST INTRAITABLE

DES couloirs nus et blancs, d'un blanc froid et sale. Des couloirs qui n'en finissent pas, et ont l'air de tourner en rond lugubrement. Puis une cellule. Porte noire sur murs blancs. Le policier italien s'arrête. Il fait signe aux deux carabiniers :

« Allez-y... »

Entre les deux carabiniers, une femme brune, aux traits tirés. Elle se laisse guider à l'intérieur de la cellule sans réagir. Un moment, le policier italien hésite. Il a l'air gêné :

« Vous serez soignée ici, madame. C'est une prison-hôpital. Un médecin va venir vous voir. »

La jeune femme considère le lit étroit, la table vide et le petit lavabo. Elle frissonne et s'assoit d'un air las.

« Vous savez bien que je demande qu'une chose : voir mon médecin personnel.

— C'est impossible. Les médecins privés n'entrent pas ici.

— Alors laissez-moi au moins faire venir mes médicaments.

— Pas question, je vous le répète. La loi interdit l'utilisation de médicaments venant de l'extérieur. Un médecin va venir vous voir et il établira lui-même l'ordonnance.

— Combien de temps me garderez-vous ici ?

— Je l'ignore, madame, tout dépend de l'instruction. »

Il est poli et gêné, ce policier. Et l'on ne sait pas s'il est poli parce qu'il est gêné, ou le contraire; gêné d'être poli. C'est qu'il n'a pas l'habitude de mettre en prison une ravissante comédienne de trente-huit ans, et pas l'habitude non plus de mettre en prison une jeune femme malade. Alors sur le pas de la porte de la cellule, il dit : « Au revoir, madame. »... comme s'il sortait de chez elle. Et la porte noire se referme, sur les murs blancs. Pour huit mois de prison préventive.

Lydie B., trente-huit ans, comédienne, née aux Etats-Unis, épouse de Stewart B., quarante-trois ans, comédien, né en Autriche, est accusée, ainsi que son mari, par la justice italienne, de détention de drogue.

On a découvert, chez eux, neuf dixièmes de gramme de marijuana, c'est peu et c'est tout. Ils disent en ignorer l'existence, ne pas savoir comment ces neuf dixièmes de gramme se trouvaient dans une petite boîte, à qui est cette petite boîte, et ce qu'elle faisait dans leur salon. Ils ne se droguent pas eux-mêmes. Ils ne fument que des cigarettes américaines. Lydie et Stewart ne comprennent rien à ce qui leur arrive. Ils croient s'en tirer très vite.

Mais en Italie, la possession, le commerce, l'utilisation de stupéfiants sont passibles de la même peine, quel que soit le stupéfiant. Et le juge d'instruction est un homme dur. Un spécialiste. Une sorte de Fouquier-Tinville de la drogue à Milan. Depuis 1969, il accumule les dossiers que la police lui apporte. Il s'est juré peut-être de purger Rome.

Louable intention, certes, mais qui va le mener loin, Lydie et Stewart aussi, surtout Lydie.

Donc en 1969, c'est une razzia monstre en Italie, sur les détenteurs, passeurs et autres utilisateurs de drogue.

La police traque les revendeurs bien sûr, et la douane fouille les bagages, mais en dehors de ce travail de routine, il existe une technique beaucoup plus subtile, et beaucoup plus aléatoire : la technique du soupçon.

Soupçonner, pour un policier, est une seconde nature. Mais soupçonner qui ? Essentiellement les gens assez riches pour se procurer de la drogue. C'est un premier point. Les gens susceptibles d'avoir besoin de drogue, c'est un second point. Puis les gens assez libres sur le plan des mœurs pour se le permettre, c'est le troisième point.

En rassemblant ces trois points : argent-besoin-amoralité, la police dirige donc ses soupçons vers les artistes. En tout genre et de tout poil : musiciens, comédiens, producteurs, écrivains, peintres. A Rome, il y a des groupes d'artistes, des amis qui se reçoivent les uns les autres et constituent des sortes de clans. Or, Lydie et Stewart B., comédiens tous les deux, font partie d'un petit clan. Ils reçoivent chez eux, dans leur magnifique villa d'Amalfi. Ils sont américains, ils ont fait partie du *Living Theater* de New York, et ils sont installés en Italie depuis peu.

C'est dans la nuit du 5 au 6 août 1970 que cent policiers cernent la villa. Un commissaire soupçonneux a décidé que cette villa était suspecte, qu'il s'y commettait sûrement des orgies, et que la drogue devait en faire partie.

Les cent policiers envahissent au galop les quinze pièces et ne trouvent que sept invités réunis au salon entre Lydie et Stewart. Pas la moindre orgie à l'horizon, pas la plus petite odeur bizarre.

Vexé, le commissaire ordonne une fouille en règle.

Et c'est ainsi, au bout de trois heures de perquisition, qu'un policier découvre, triomphant, une petite boîte de métal, contenant 0,9 gramme de marijuana. Il dit l'avoir trouvée dans une chambre inoccupée, sur une commode. Le commissaire satisfait embarque tout le monde : Lydie, Stewart et leurs sept invités.

Le dossier est remis au juge d'instruction. L'enquête dure deux mois. Deux mois au bout desquels le juge doit remettre en liberté les sept invités, car aucun d'eux ne se droguait. « Erreur, excusez-nous, vous pouvez rentrer chez vous », dit la police.

Mais Lydie et Stewart restent en prison. Pourtant, ils ne se droguent pas non plus, l'examen médical l'a certifié. Mais ils sont responsables des neuf dixièmes de gramme de marijuana découverts chez eux. Et le juge refuse de les mettre en liberté provisoire. Monsieur le juge est un dur. Monsieur le juge a mis deux mois également pour accepter que Lydie soit transférée dans un hôpital pénitentiaire. Car elle est malade. Il a fallu qu'elle s'évanouisse un peu trop longtemps pour qu'il daigne se pencher sur la question, et écouter son avocat furieux. Car il est hors de lui, l'avocat, et il a bien raison.

« C'est scandaleux, vous m'entendez ! ma cliente a été opérée il y a six mois à peine, elle suivait un traitement particulier. Or, non seulement vous la gardez en cellule, non seulement vous refusez qu'elle voie son médecin, non seulement vous lui refusez ses médicaments, mais en plus, vous l'expédiez dans un hôpital pénitentiaire de troisième ordre! »

Le juge est inébranlable autant que persuadé de l'efficacité des médecins de prison, de leurs diagnostics et de leurs soins.

« Que votre cliente soit malade est une chose qui regarde l'administration. Je n'ai à m'occuper que de sa culpabilité.

— Monsieur le juge, c'est grave. Vous avez lu mes conclusions, je suppose?

— J'ai lu, maître, j'ai lu.

— Donc, vous connaissez la maladie de ma cliente...

— Si j'ai bien lu, maître, ce n'est plus une maladie, elle a été opérée.

— Il y a six mois à peine, et d'un cancer! Elle a encore besoin de soins spéciaux. Son médecin est prêt à s'en occuper.

— Il n'en est pas question. Vous connaissez la loi. Et je n'ai aucune envie d'instituer un régime de faveur.

— Vous savez pertinemment qu'elle ne se drogue pas!

— Possible. Mais je ne prendrais pas le risque de la laisser en contact avec son médecin personnel.

— Je vous préviens, monsieur le juge, c'est un autre risque que vous prenez, elle peut mourir faute de soins.

— Cher maître, elle ne manquera pas de soins là où elle est. L'incident est clos.

— Oh! non, monsieur le juge, il n'est pas clos. Cette femme ignorait jusqu'à présent la nature de son mal. Elle est trop sensible. Elle croit avoir subi une opération classique. Le médecin lui a fait croire à une tumeur bénigne. Il attendait d'être sûr de la guérison pour tout lui dire. Vous savez, comme moi, que le moral du malade est important dans ce genre de choses. Or elle avait toutes les chances de guérir. Ce genre de cancer est guérisable à 90 p. 100, on le sait maintenant...

— Et alors ?

— Alors, je doute que vos médecins de prison prennent les mêmes précautions.

— Vous doutez trop, cher maître. L'incident est clos, je le répète, ceci n'est pas mon problème.

— Je peux faire intervenir mon conseil de l'ordre, en appeler à votre ministre !

— Faites, mais ne m'en parlez plus. J'ai cinq cents dossiers de drogue sur mon bureau, dont celui de votre cliente, et c'est la seule chose qui compte pour moi. »

Voilà pourquoi Lydie a longé des couloirs nus et blancs, pour se retrouver dans une cellule-hôpital, seule. Voilà pourquoi le jeune policier qui a refermé la porte sur elle était un peu gêné. Il avait l'impression de faire du mal inutilement.

Mais la vie continue, en prison comme ailleurs, au rythme de l'instruction qui va durer huit mois.

Lydie B., trente-huit ans, est une jeune femme assez jolie, petite, elle porte une chevelure épaisse et sombre sur les épaules et une frange vient souligner la beauté de ses yeux gris. Elle est pâle, un peu vieillie prématurément, lasse de tout.

Depuis deux mois, elle a épuisé sa colère, son indignation et le peu de force qu'elle avait en réserve.

Un brave vieux médecin l'examine dans la salle de consultation de l'hôpital pénitentiaire.

« Alors, mon petit, qu'est-ce qu'on vous a fait ? »

D'une voix morne, Lydie énumère les examens,

l'opération. Le médecin n'est pas un grand spécialiste, mais il comprend très vite.

« Bon, je suppose que le travail a été bien fait. De nos jours, vous savez, ce genre de cancer guérit très bien.

— Cancer ? »

Trop tard. Et c'était inévitable... dans les circonstances présentes en tout cas. Bien entendu, si « on » avait permis au médecin traitant de Lydie de prendre contact avec son successeur, il n'aurait pas commenté la chose avec autant d'inconscience. A présent, il ne sait plus quoi dire, car Lydie le regarde les yeux exorbités :

« Cancer ?

— Mon petit, on a dû vous le dire, je suppose. Si j'en crois ce que vous me dites, et les soins qu'on vous a donnés... je suis désolé...

— Cancer ? Docteur, je vous en prie, je veux savoir la vérité. Je veux voir mon médecin.

— Il ne peut pas venir, vous le savez, le règlement est formel. C'est moi qui vous prends en charge maintenant. Mais n'ayez pas peur, il ne s'agit que de soins post-opératoires.

— Je vous en prie ! Je veux mon médecin ! Téléphonez-lui ! C'est ça, téléphonez-lui, vous, vous pouvez le faire ! Vous avez le droit de parler à un confrère je suppose ? Faites-le, s'il vous plaît. Je veux qu'il le dise lui-même. »

Le brave médecin n'a aucune raison de refuser. Il a parfaitement le droit de se renseigner sur le passé médical d'une patiente, et il n'en est pas mécontent d'ailleurs, car il n'est pas spécialiste.

« Ecoutez, je peux bien lui téléphoner, mais mettez-vous bien dans la tête qu'il ne pourra pas venir vous soigner.

— Appelez-le, je veux savoir. Je veux l'entendre de sa bouche, c'est un ami. »

La conversation entre les deux médecins est courte.

« Vous lui avez dit? Personne ne vous a prévenu? Et son avocat, à quoi il sert?

— Je n'ai pas pu le rencontrer avant. On a transféré Mme B. chez moi ce matin, et le juge n'avait pas encore autorisé les visites, à part les miennes bien sûr.

— C'est de l'assassinat, vous comprenez ça? De l'assassinat! Lydie n'est pas capable de supporter un pareil choc. Il y a des malades à qui l'on peut tout dire, pas elle. Comment est-elle?

— Elle veut entendre la vérité de votre bouche.

— Passez-la-moi.

— Je ne peux pas. Elle n'a pas le droit de communiquer avec l'extérieur. Elle est en face de moi. Que puis-je lui dire?

— Dites-lui que c'est vrai. Mais qu'elle s'en tirera. J'ai fait venir un nouveau médicament de Suisse. J'ai confiance, elle s'en tirera, dites-le-lui, et je vous promets que je vais faire un scandale auprès de l'administration. Lydie devrait être en liberté provisoire depuis longtemps! Tenez-moi au courant surtout, à la moindre complication! »

Les yeux secs, Lydie écoute le compte rendu du médecin. Elle comprend à présent. Elle comprend tout. Cette fatigue persistante, ces nausées, cette douleur, elle réalise qu'on lui a menti depuis des mois. Ce qu'elle prenait pour des soins classiques après l'opération, c'était donc ça. Et ces médicaments mystérieux, ces piqûres sans nom, ces radios sans détails. Voilà, c'était ça, le cancer.

Lydie se lève.

« Je voudrais dormir, s'il vous plaît. Faites-moi dormir... Je ne veux plus penser à tout ça. Je ne pourrais pas y penser, c'est trop horrible. »

Demeuré seul, le vieux médecin se dit qu'il est

un imbécile. Il est évident que Lydie n'a pas un caractère de combattante. Et il s'en veut tellement d'avoir commis une pareille faute professionnelle, car c'en est une, qu'il décide de tenter lui aussi une intervention auprès du juge d'instruction. Cette femme a au moins le droit de recevoir les médicaments dont parle son collègue.

Monsieur le juge d'instruction écoute impatiemment le vieux médecin.

« Docteur, vous connaissez la loi comme moi. Aucun médicament de l'extérieur. Utilisez les produits agréés par l'administration. Vous avez sûrement l'équivalent. L'Italie n'est pas un pays arriéré, que je sache !

— En ce domaine, je ne l'affirmerais pas, monsieur le juge. Aucun médecin d'aucun pays ne peut dire qu'il détient le médicament miracle.

— Alors ? Je ne vois pas où est le problème ?

— Je n'ai pas l'équivalent. Il sort des produits nouveaux tous les ans. Celui-là n'est pas encore utilisé chez nous, mais il l'est en Suisse, et le médecin traitant de Mme B. estime qu'il est le mieux adapté à son cas. Je vous demande donc l'autorisation de l'utiliser.

— Non.

— Comment, non ?

— Non ! Vous me demandez de transgresser les lois de l'administration pénitentiaire; dois-je vous rappeler, docteur, que cette femme n'a plus rien à voir avec l'extérieur tant que l'instruction n'est pas close. Donc qu'elle est à la charge de l'administration, donc juridiquement à la mienne, et médicalement à la vôtre. Vous êtes employé comme moi par l'administration, faites ce que vous avez à faire, ou exercez dans le privé.

— Puis-je vous poser une question, monsieur le Juge ?

40

— Allez-y...

— Dans combien de temps sera-t-elle relâchée ?

— Je l'ignore. Cela dépendra du tribunal. Elle risque au maximum trois ans.

— Et au minimum ?

— La relaxation pure et simple, c'est une chose possible.

— Quand sera-t-elle jugée ?

— Quand l'instruction sera close et l'affaire inscrite au rôle.

— Et où en est votre instruction ?

— Vous allez trop loin, docteur. L'instruction c'est l'instruction. Elle est secrète, elle ne regarde que moi. »

L'entretien est terminé.

Trois mois plus tard, Lydie B. doit subir une nouvelle intervention chirurgicale en prison. Elle demande à voir son mari. L'entretien ne dure que quelques minutes, et en présence du juge d'instruction, toujours aussi impassible.

Stewart a du mal à garder son calme devant le pauvre visage de sa femme et ses traits creusés. Lui-même ne l'a pas vue depuis leur arrestation.

Stewart est un garçon athlétique, spécialiste des rôles de gangster au cinéma. Il domine le juge de vingt bons centimètres, et la diplomatie n'est pas son fort :

« Vous êtes un assassin !

— Modérez vos paroles ! Vous n'êtes pas en état de formuler des accusations qui ne feraient qu'aggraver votre cas. »

Et voilà. Il n'y a rien à faire, rien à dire. Monsieur le juge est inflexible, vissé dans son droit, glacé dans sa justice, emberlificoté dans les devoirs de sa profession, intouchable, inhumain pourrait-on dire.

Il faut donc en arriver à la conclusion. Elle est désespérante. Sept mois après leur arrestation, Stewart et Lydie se revoient pour la dernière fois. Elle va mourir.

Elle est morte quinze jours avant le procès. Stewart, seul accusé d'avoir détenu neuf dixièmes de gramme de marijuana à son domicile, fut acquitté rapidement et libéré le jour même.

Au parlement de Rome, un député déclara :

« Nous aimerions tous entendre une autocritique du juge d'instruction au sujet de la mort de cette femme, qui avait le droit d'être considérée comme innocente, et comme malade. »

S'il y eut autocritique, personne n'en entendit parler. D'ailleurs, à quoi servent les autocritiques, quand le mal est fait ?

LE PRISONNIER OUBLIÉ

Lorsque le commissaire pointe son grand nez à la mairie de Hochst dans le Voralberg en Autriche, il vient chercher une explication à l'affaire la plus extraordinaire qu'il ait connue au cours de sa longue carrière, et absolument unique dans les annales des polices du monde entier.

Le bureau de la mairie qui a été mis à la disposition du commissaire par le maire de Hochst sent la peinture chaude, car on vient d'y installer le chauffage central. Le commissaire frotte ses joues barbues, abaisse son grand nez sur un dossier qu'il ouvre et demande au planton de faire entrer le gendarme Wilhem.

Le gendarme en question sait exactement ce qui l'attend. Et il prend tout de suite l'affaire de très haut. C'est-à-dire qu'il relève la tête, se dresse sur ses petites jambes car il est haut comme trois pommes, puis déclare :

« Monsieur le commissaire, je ne sais pas pourquoi on fait cette enquête. Tout était dans le rapport. Je vous dis tout de suite qu'en mon âme et conscience nous n'avons rien à nous reprocher. C'est un affreux concours de circonstances !

— C'est possible, gendarme Wilhem, mais à la suite de cette terrifiante histoire, le ministre de l'Intérieur a été durement attaqué. C'est à sa demande que je suis ici. Alors pour commencer, asseyez-vous, et racontez-moi exactement ce qui s'est passé. »

Les pieds du gendarme quittent presque le sol quand il s'assoit dans le siège indiqué.

« Eh bien voilà... dit-il, comme s'il faisait un rapport : le 1er avril 1979, vers onze heures du matin, nous avons été appelés, mon collègue Solenz et moi-même, pour un accident d'automobile sur la route de Hochst à Bregenz. Nous avons trouvé là une Volkswagen en travers de la route et une Skoda dans le fossé. Il y avait un blessé dans la Skoda. Et un autre passager qui était en train de se battre avec l'un des occupants de la Volkswagen. D'après les déclarations des différents témoins, la Volkswagen était responsable de l'accident. Nous avons alors relevé l'identité des passagers de la Volkswagen : le dénommé Peter Studer, dix-huit ans, et Stephan Rude, vingt et un ans.

— Lequel des deux conduisait ?

— Sur le moment, j'ai eu l'impression que c'était le plus jeune : Peter Studer. Je n'en sais pas plus, car à ce moment, nous étions appelés par un accident beaucoup plus grave qui venait de se produire à la sortie de la ville. J'ai donc appelé l'inspecteur Schultz pour qu'il mène l'enquête et puis la gendarmerie de Bregenz pour qu'elle vienne à la rescousse. Puis je suis parti en laissant mon collègue pour les attendre.

— C'est tout ?

— C'est tout, monsieur le commissaire.

— Merci, gendarme Wilhem. Vous pouvez disposer. »

Le gendarme se retire avec empressement. Là-dessus, le commissaire tourne une page du dossier et appelle :

« Faites entrer le gendarme Solenz. »

Fort comme un Turc, des yeux d'épagneul breton, tristes à pleurer sous un crâne minuscule, tel est le gendarme Solenz. Il ne s'est pas remis du drame épouvantable dont il est peut-être l'un des responsables et ne s'en remettra sans doute jamais. Il confirme d'abord point par point le récit de son collègue.

« Et lorsqu'il est parti, qu'avez-vous fait ? demande le commissaire.

— Je n'ai rien fait, monsieur le commissaire. Enfin, je veux dire que, puisque l'inspecteur Schultz était là pour mener l'enquête, je me suis surtout occupé d'aider à sortir le blessé de la Skoda pour qu'on le mette dans l'ambulance. Et puis quand nos collègues de Bregenz sont arrivés, je leur ai demandé de conduire le coupable à Hochst.

— Et, selon vous, qui était le coupable ? Peter Studer ?

— Non... J'ai eu l'impression que c'était l'autre.

— C'est tout ?

— C'est tout, monsieur le commissaire.

— Merci, gendarme Solenz. Vous pouvez disposer. »

Le deuxième gendarme dispose avec soulagement. Le commissaire tourne une nouvelle page de son dossier et appelle les gendarmes de Bregenz. Ils sont deux. *Double-patte et Patachon*, les gendarmes de Bregenz, ont dû se lever ensemble du banc où ils étaient assis dans le couloir, car ils se présentent ensemble à la porte et s'y bousculent un instant. *Patachon*, le plus petit, l'emporte sur *Double-patte* le plus grand et entre le premier.

« Asseyez-vous, messieurs, et dites-moi ce que vous savez... »

De leurs vrais nom Rohman et Bergeletz, les

deux hommes se regardent. C'est qu'ils ne savent rien, justement. Et c'est bien ça le drame. Rien du tout. Lorsqu'ils sont arrivés sur les lieux de l'accident du 1er avril 1979, l'inspecteur Schultz leur a montré les deux jeunes gens en leur demandant de conduire le coupable à Hochst. Là-dessus, il est parti. Ils ont eu l'impression que l'inspecteur avait désigné Peter Studer. Ils lui ont donc passé les menottes pour le conduire à Hochst.

« Et à Hochst, qu'est-ce que vous avez fait ?

— Eh bien, on est passés à la mairie pour voir Karl, le policier de la commune... Y avait personne... On a pris la clef de la cellule, qui est dans la cave de la mairie, et on a enfermé Peter Studer. Et puis on est repartis. »

Le commissaire n'en revient pas. Donc, c'est ainsi qu'aurait commencé cette incroyable histoire ? Aussi bêtement ?

Il rappelle alors les premiers gendarmes, Wilhem et Solenz :

« Alors... dit-il. Vous ne vous êtes pas inquiétés de savoir si vos collègues de Bregenz avaient amené le coupable ?

— Non, monsieur le commissaire, on a pensé, puisqu'ils ne nous ont rien dit, qu'ils ne l'avaient pas arrêté.

— Et vous, les gendarmes de Bregenz, vous n'avez pas pensé à les prévenir ?

— Ben non, monsieur le commissaire, puisqu'ils nous avaient dit de le faire, on l'a fait, c'est tout.

— Donc personne n'a prévenu Karl, le policier de la commune ?

— Ben non, monsieur le commissaire. »

Le commissaire, atterré, secoue la tête en se frottant la barbe :

« C'est bon. Vous pouvez disposer. Mais vous,

gendarme Solenz, conduisez-moi. Je veux voir cette cellule. »

Au plus profond de la cave de la mairie, il existe une porte munie d'une énorme serrure. Le gendarme Solenz qui, au passage, a pris une clef dans le bureau du policier de la commune, l'ouvre avec peine malgré la puissance évidente de sa poigne. Puis il tourne vers le commissaire son regard d'épagneul et son front minuscule plissé d'inquiétude :

« Entrez, monsieur le commissaire... »

C'est un couloir de cinq ou six mètres de long, faiblement éclairé et qui ruisselle d'humidité. Sur les côtés, plusieurs portes. Le gendarme explique :

« Des pièces où y'a des vieux trucs, monsieur le commissaire.

— Des vieux trucs ? Vous voulez dire des archives ?

— Oui, monsieur le commissaire. »

Le commissaire renifle avec son grand nez l'odeur de moisi et pense qu'elles doivent être pourries, ces archives.

Au bout du couloir il aperçoit la porte caractéristique d'une cellule : massive, blindée, munie d'un judas fermé par une énorme targette. C'est donc dans cette cellule d'à peine quatre mètres sur trois, sans lavabo ni water, simplement équipée d'un châlit, que s'est retrouvé le 1er avril vers midi, le jeune Peter Studer, dix-huit ans, 1,80 m, 78 kilos, et particulièrement confiant.

C'est un sportif, au visage lunaire. Un peu trop calme, ennemi du scandale, sans doute a-t-il pensé qu'il s'agissait d'un malentendu. Il s'est laissé enfermer, persuadé que l'enquête allait dans quelques heures établir son innocence. Car il n'était pour rien dans cette affaire. Ce n'est pas lui qui conduisait la voiture.

Il s'est assis sur ce châlit. A son âge, quelques heures perdues ce n'est pas grave : on a la vie devant soi. Il chantonnait.

Le commissaire quitte la cellule, pensif, pour se rendre dans une modeste maison de Bregenz. Là une rouquine de quarante-cinq ans, manifestement accablée de fatigue, la mère de Peter Studer, serveuse de restaurant, le reçoit. Elle parle d'un ton morne et triste, à peine relevé parfois d'une pointe d'indignation :

« Je n'ai commencé à m'inquiéter que le soir. Ce qui m'étonnait c'est que Peter n'avait pas fait prévenir par la voisine qui a le téléphone. Ça lui arrive de ne rentrer que vers minuit, même plus tard, mais il me prévient toujours. Le lendemain matin, j'étais vraiment folle d'inquiétude. Evidemment, j'ai eu peur d'un accident. J'ai téléphoné dans tous les hôpitaux de la région. Il n'y était pas. Alors j'ai appelé la police de Bregenz pour signaler sa disparition.

— A votre avis, est-ce que la police de Bregenz a fait des recherches ?

— Non. Je ne crois pas. Ils m'ont simplement dit de m'adresser à la gendarmerie de Hochst car Peter était impliqué dans un accident. Alors j'ai téléphoné à Hochst où le gendarme Wilhem m'a répondu que le gendarme Solenz — qui s'était occupé en dernier de l'accident — était en congé, et que, de toute façon, on avait remis en liberté toutes les personnes impliquées dans cette affaire. »

Pendant ce temps, à la mairie, dans la cave, au bout du couloir humide, dans sa cellule sans lavabo ni water, Peter, dans l'obscurité totale, attendait. En fait, il s'est endormi, convaincu que si la lumière s'éteignait c'est que la nuit était tombée et qu'il fallait dormir. En réalité, un employé de la mairie passant par là, certain qu'il n'y avait personne dans la cellule, a pensé qu'il s'agissait d'un oubli et, voyant l'interrupteur général ouvert, il a coupé le courant par mesure d'économie.

Peter se réveillait souvent. Mais toujours dans l'obscurité et sans pouvoir lire l'heure à sa montre, alors il essayait aussitôt de se rendormir, persuadé que la nuit n'était pas terminée.

Enfin il lui fallut se rendre à l'évidence lorsque, définitivement réveillé, l'œil complètement rond, il se rendit compte que les vibrations et la vague rumeur qu'il entendait depuis longtemps, c'étaient les bruits de la ville. Et puis il avait faim et soif. Alors, et alors seulement, la colère a commencé à l'envahir. Il s'est mis à frapper contre la porte en hurlant :

« J'ai faim ! J'ai faim ! Donnez-moi au moins à manger, nom d'une pipe ! »

La lumière s'est allumée. Il a entendu un pas dans le couloir. Le judas s'est ouvert, un œil l'a regardé quelques instants, puis le judas s'est refermé d'un coup sec et l'homme est reparti.

Le commissaire interroge à présent ce curieux visiteur. C'est un moustachu en salopette, du genre fataliste.

« Je suis employé à la mairie depuis dix ans... explique-t-il. C'est moi qui fais toutes les bricoles d'entretien. Ce jour-là, je venais de constater que la nouvelle installation de chauffage central ne marchait pas. Avant de l'arrêter, j'ai quand même vérifié tous les radiateurs. C'est comme ça que je suis descendu à la cave. Là, j'ai entendu un type qui tapait et qui criait qu'il avait faim. J'ai jeté un coup d'œil et j'ai vu ce grand garçon. Ça ne m'a pas étonné du tout parce que c'était pas la première fois qu'il y avait un prisonnier dans la cellule

— Oui, mais il criait !

— Oui, monsieur le commissaire... Mais ils crient toujours quand ils sont en colère. »

Plusieurs jours ont passé, après les cris dont il parle et dans la cellule de Peter, c'est à nouveau l'obscurité complète. Pas un instant il n'a pensé qu'on l'avait oublié. Tant de gens s'étaient occupés de lui : tous ces gendarmes, tous ces inspecteurs. Cela l'a amené à réviser ses jugements sur la démocratie : tout ce qu'on disait de la police et de ses manigances devait être vrai. Les policiers le croyaient coupable mais n'osaient pas le tabasser pour le faire avouer, alors ils avaient décidé de l'affamer.

Ce qui lui est alors le plus pénible, c'est d'être sans nouvelles de sa mère, de ses quatre frères et sœurs dont il est l'aîné, de ne pas pouvoir communiquer avec ses amis, l'impression d'être rayé du monde des vivants, sans avoir pu prévenir personne. Et la soif devient tellement intolérable qu'il en vient à boire son urine.

A son tour convoqué par le commissaire, le secrétaire de mairie, un pète-sec qui, pourtant, devrait être un homme organisé, ne se sent nullement concerné.

« Bien sûr, monsieur le commissaire, nous avons forcément une responsabilité morale. Mais, en somme, nous n'avons rien à faire avec la cellule des prisonniers. Ça ne nous regarde pas, ce qui se passe là-dedans. Pour ce qui est de l'entretien et de la nourriture, c'est l'affaire des gendarmes. Jusqu'à présent, toutes les personnes qui y ont été incarcérées l'ont été aux soins de la gendarmerie. Avouez qu'elle n'est pas loin, en face, à peine à cinquante mètres...

— Mais le nettoyage, il n'incombe pas à la mairie?

— Si. Mais seulement lorsque la cellule est vide. Si la porte du couloir est ouverte, notre femme de ménage nettoie la cellule. Si elle est fermée c'est que la cellule est occupée et tombe dans la compétence de la gendarmerie... »

Evidemment, après huit jours et malgré les précautions qu'il prend, la cellule du pauvre Peter est devenue un lieu infect. Il suit désormais la succession des jours en essayant de percevoir, d'une ouïe de plus en plus sensible, les bruits de la ville à travers l'épaisseur des murs. Ces bruits sont le seul lien avec la vie, la seule raison d'espoir qui lui reste. Car il lui est venu à l'esprit que les policiers veulent tout simplement le liquider, et l'ont pris pour un terroriste. Affamé, il mâche les étiquettes en cuir de son blue-jean.

Le contremaître de l'usine où travaille Peter lève les bras au ciel devant le commissaire :

« Ah! Bien sûr... Si on avait su! Mais on ne savait pas! Le premier jour de son absence, on ne s'est pas étonné. Il avait le droit d'avoir la grippe, ce garçon.

— Mais enfin, Peter est bien noté. Il a toujours été consciencieux?

— Ben oui...

— Ce n'est pas son genre de s'absenter sans prévenir?

— Ben non...

— Et pourtant, au bout de quelques jours, vous l'avez rayé de la liste du personnel, comme ça, sans faire la moindre enquête?

— Ben oui. »

Des jours et des jours ont passé. Quatorze jours. C'est à peine croyable. Bien qu'il ne soit pas catholique pratiquant, Peter essaie de se rappeler les prières apprises dans son enfance. Il tente aussi de s'écorcher la main pour boire son sang.

Il lui arrive d'entendre des gens converser au loin derrière les murailles. Il lui arrive même d'entendre des pas, de l'autre côté de la porte du couloir. Mais il n'a plus la force ni de frapper ni de crier. Il comprend qu'il faut accepter la mort.

L'inspecteur Schultz qui était de service à Hochst, le 1er avril, jour de l'accident, et qui fut appelé pour enquêter sur ces circonstances, tient à dégager sa responsabilité devant le commissaire :

« Je ne suis pour rien là-dedans. Moi j'ai donné l'ordre d'arrêter le conducteur de la Volkswagen et non son compagnon Peter. Dans l'après-midi, quand j'ai vu le conducteur au commissariat, j'ai cru qu'on n'avait pas exécuté mes ordres. Mais je ne savais pas que c'était Peter qui avait été enfermé. »

Deux autres inspecteurs de Hochst sont d'un avis différent.

« C'est faux ! Lorsque nous sommes passés sur les lieux pour nous rendre à la sortie de la ville où venait de se produire un autre accident, nous avons vu l'inspecteur Schultz. Il était en train d'exiger qu'on emmène Peter. »

Enfin le commissaire va entendre le policier municipal de Hochst dont le témoignage est le dernier de son enquête à rebours,

« Le 18 avril, déclare le policier, la femme de ménage de la mairie est venue me dire : « Dites « donc, qu'est-ce qui se passe dans votre cellule ? « Ça sent horriblement mauvais ! » Evidemment ça m'a étonné parce qu'en principe il n'y avait personne dans la cellule depuis un mois. Et la dernière fois que je l'avais visitée, elle était parfaitement propre. J'ai répondu : « Bon. Ben j'irai « voir tout à l'heure. » Evidemment, si j'avais su, j'y aurais été plus vite. Ce n'est donc qu'à la fin de la matinée que je suis descendu à la cave. C'était ma foi vrai, quelle odeur! Je me suis dit : quel peut bien être le cochon qui utilise la cellule comme water? J'ai allumé, j'ai ouvert la porte du couloir pour aller jeter un coup d'œil par le judas.

« Là, je suis resté comme deux ronds de flan. J'entrevoyais un homme allongé sur le châlit. Vous imaginez si j'étais surpris de trouver un prisonnier! Et je ne savais même pas pourquoi et depuis quand il était là.

« Mais quand je suis entré, ç'a été le bouquet! Je me suis rendu compte qu'il était complètement décharné. Il a remué la tête et ouvert les yeux, il paraissait complètement dérangé.

« Je suis remonté quatre à quatre et j'ai appelé le médecin de la police. »

C'est la fin du cauchemar de Peter Studer, le voilà enfin sorti de prison.

Tandis que l'on conduit le prisonnier à l'hôpital de Bregenz, la consternation s'étend de la mairie de Hochst à celle de Bregenz, de la gendarmerie de Bregenz à celle de Hochst.

« Quoi? Comment? Qu'est-ce que vous racontez?... Peter Studer? Mais il y a longtemps qu'il est libéré! Mais non. On vient de le trouver dans la cellule. Impossible, voyons, il n'a même jamais été arrêté. Mais si... on vient de l'emmener en ambulance... Alors s'il a été arrêté c'est pas moi. Si c'est pas toi, c'est lui. C'est ni moi ni lui... C'est toi... Et d'abord est-ce que vous êtes sûr qu'il s'agit bien de Peter Studer? Où est-il, qu'on vérifie son identité! A l'hôpital? Pourquoi à l'hôpital? »

Parce qu'il est presque mort. Parce qu'il pesait 78 kilos et qu'il en pèse maintenant 54. Parce qu'il y a dix-huit jours qu'il a été jeté dans ce trou sans lumière, humide. Dix-huit jours sans manger ni boire.

Tandis que l'affaire remonte en moins de temps qu'il n'en faut pour le dire jusqu'au ministère de l'Intérieur, les médecins, d'abord sceptiques, s'aperçoivent rapidement que le jeune Peter récupère avec une rapidité étonnante. Déjà on parle d'un miracle de la médecine. On ne connaît en effet aucun cas où un homme ait survécu sans boire pendant dix-huit jours. Autre miracle, le jeune homme n'a pas gardé de séquelles psychiques après dix-huit jours passés dans l'obscurité totale. Le temps pluvieux, plutôt froid, et le fait qu'il soit tombé dans une profonde apathie ont sans doute contribué à l'heureuse issue de cette extraordinaire aventure.

Huit jours après son hospitalisation, il plaisante déjà. Mais l'administration, elle, ne plaisante pas. Sur le rapport du commissaire spécial, les gendarmes Wilhem et Solenz sont suspendus ainsi que l'inspecteur Schultz. Le ministre de l'Intérieur met 50 000 shillings à la disposition de la municipalité de Hochst pour les soins à donner à Peter.

La mère du garçon engage un avocat dans l'intention de porter plainte. Mais son avocat, qui a la bosse des affaires, monnaie déjà le drame au profit de son jeune client. Les photos de Peter sont vendues 6 000 shillings pièce. La télé, la presse et les magazines se disputent les droits d'une interview avec la victime. Une agence américaine offre 10 000 dollars pour l'exclusivité de son récit.

Tant et si bien qu'on reproche à la mère de faire des affaires avec le drame de son fils.

Alors une de ses voisines déclare à la télévision :
« Elle a quatre petits enfants. Elle doit servir au restaurant et se rendre à tout bout de champ à

la police. Peter était le seul à rapporter un peu d'argent à la maison. Pour un peu on l'aurait tué, et vous trouvez honteux qu'elle en tire quatre sous ! »

Et la mère de Peter interroge le ministre :

« Tout ça, c'est pour lui, vous comprenez. Est-ce que je dois continuer, on me reproche de faire de l'argent...

— Continuez. Vous gagnerez certainement votre procès. Mais qui peut savoir combien votre fils recevra d'indemnités, et quand ? Alors, en attendant, prenez l'argent où vous pouvez. »

Judicieux conseil d'un ministre prudent.

LE PREMIER CRIME DU MONDE

HAMMERFEST est la dernière ville du monde, en Laponie. Elle est située au nord, sur un immense plateau recouvert de neige pendant neuf mois de l'année.

Un Américain nommé Ronson, aventurier chasseur de peaux et de fourrures, découvre cette ville un matin de juin 1926.

Ronson est un géant, aux cheveux blonds, à la barbe blonde, vêtu d'un manteau immense de fourrure d'ours. Son équipage est constitué d'un traîneau de tête attelé de rennes et de deux autres attelés de chiens, contenant bagages et provisions.

Ronson a trois fusils, un revolver, et porte, toujours lié à sa botte, un poignard à manche de corne. Mais ses intentions sont pacifiques et commerciales. Il vient acheter les peaux d'ours noirs ou blancs, les zibelines, les martres et les renards bleus.

Il fait soleil à Hammerfest. Un soleil qui ne se couche jamais, du 16 mai au 27 juillet.

Ronson cherche une chambre, dans le baraquement de bois qui sert de grand hôtel à Hammerfest. Il est rompu de fatigue. Son voyage a duré six semaines debout sur son traîneau à chasser les loups ou à dormir d'un œil, enfoui sous des couvertures gelées, et des peaux d'ours.

Le petit homme qui le reçoit et empoche ses dollars pour le prix d'un lit est un Lapon. C'est un nain ou presque, d'une laideur repoussante. Le visage est large, disproportionné, et plat. La peau jaune safran et le nez écrasé entre deux yeux minuscules.

Son peuple est ainsi, fait de petits hommes, dont la laideur choque les explorateurs de l'époque. Ils sont 25 000 nomades dans cette région, depuis le cap Nord jusqu'aux fjords les plus profonds de Norvège. Ils possèdent un troupeau de 400 000 rennes, et passent de Russie en Finlande, de Suède en Norvège, au mépris des frontières, à la recherche du lichen qui nourrira leurs bêtes. Et aussi pour échapper aux impôts.

D'ailleurs, où sont les frontières sur ce plateau de glace ? On ne voit que sapins et bouleaux. Mais à Hammerfest, surnommée la dernière ville du monde, les Lapons viennent à la rencontre des acheteurs. Ils viennent par tribu, traînant de lourds chariots couverts de peaux, avides de les échanger contre des dollars, de l'or, et même du ravitaillement.

Il y a 2 000 habitants à Hammerfest, presque tous pêcheurs. Chaque saison, ils accueillent avec bienveillance les tribus nomades venues faire leur commerce, et aussi les acheteurs venus de si loin : d'Amérique, du Canada, d'Europe même. Car ces acheteurs, comme Ronson, sont des nomades eux aussi par la force des choses.

Cette nuit du 4 juin 1926, le soleil veille sur le repos des Lapons, installés un peu partout dans les rues, sous des tentes, et dormant sur les fourrures.

Le Lapon est un être à part dans le monde. Il ne

connaît pas le crime, il ne connaît pas le vol. C'est un doux, qui ignore la violence. Or, ce 4 juin 1926, à minuit au soleil, alors que tout le monde dort, hommes, chiens et rennes mélangés, voici que se commet le premier crime du monde, pour les Lapons. Le premier de leur histoire, et qu'ils n'oublieront jamais.

Dans la nuit, Ronson est réveillé en sursaut par des cris étranges. Les chiens aboient. De la fenêtre du baraquement, il distingue les petits hommes courant dans tous les sens... Dans la rue s'est installée une tribu, venue du golfe de Botnie. Ils ont eu de la chance durant toute la période de chasse, et ont amené à la ville des lots de fourrures magnifiques : des zibelines. Ronson les a aperçues la veille, empilées sous une tente et gardées par un petit homme graisseux et sale. Une fortune gardée par un nain.

Le nain est mort. La fortune a disparu. C'est ce que crient les Lapons. Ronson fait le tour des tentes pour arriver jusqu'au lieu du crime.

Etendu sur la neige immaculée, le gardien du trésor de la tribu fait une tache de sang. Il a été égorgé et éventré comme un ours. Son visage, plat et grimaçant, raconte la douleur et la surprise d'un homme, tué en plein sommeil.

Ronson, qui en est à son dixième voyage, comprend le langage des Lapons. Il connaît même le chef de cette tribu : un chasseur redoutable, vieux et malin, aux jambes torses, au visage si ridé et si jaune qu'on le croirait de cire. Il porte le nom de Kapick.

« Qui a fait ça, chef ?

— Personne ne tue chez nous. Jamais.

— Je sais. Tu crois que c'est un Blanc ?

— Je le voudrais bien, l'Américain, mais j'ai peur. Les hommes de ma tribu pensent qu'il s'agit de l'un des nôtres...

— Un Lapon ?

— Oui, un Lapon, de la tribu voisine.

— Pourquoi le pensent-ils ? Depuis que je vous connais, je sais qu'aucun de vous ne prendrait la vie d'un homme.

— Celui-là est différent, l'Américain. Tu l'as peut-être vu déjà, les autres saisons. Il se nomme Nadouk... Nadouk le géant. Il est grand et féroce. Il n'est pas comme nous. Tout le monde le connaît sur le plateau. C'est un téméraire, un fou... Quand il attaque un ours, il enfonce son poing dans la gueule de l'ours, et de l'autre il l'éventre... Il est d'une grande force, et presque grand comme toi. »

Ronson connaît l'individu, en effet. Sa taille relativement haute le fait passer pour un géant parmi son peuple.

Nadouk n'a ni femme ni enfant et il aime boire l'alcool que l'on vend à Hammerfest. Ronson l'a souvent vu, ivre mort, se traînant dans les rues enneigées, avec son bonnet extraordinaire. Un bonnet fait de la dépouille d'un oiseau, appelé *loom*. La tête de l'oiseau dépassant au milieu du front, et les ailes recouvrant les oreilles. Sous cette étrange coiffure, deux yeux ronds et noirs, une bouche énorme et lippue.

Jusqu'à présent, Nadouk n'avait fait que se distinguer par des exploits de chasseur, des bagarres avec ses chiens et ses soûlographies gigantesques...

Ronson est étonné tout de même.

« Nadouk est fou, comme tu dis, mais il n'a jamais volé, et encore moins tué.

— Mes hommes ont vu qu'il était parti cette nuit. Et sa tribu l'a confirmé. Il a pris quatre rennes, les plus rapides, et plusieurs outres d'huile de phoque, pour la boisson. C'est donc qu'il veut aller loin, vers un port de Norvège, pour vendre les fourrures.

— Alors il faut prévenir les policiers, cet homme a ruiné ta tribu.

— Tu peux le faire si tu veux, l'Américain. Nous, nous allons le prendre en chasse. Il doit mourir. C'est un mauvais exemple pour toutes les tribus. Vois-tu, notre vie a changé depuis que nous faisons commerce. Le Lapon est devenu cupide. Il ne se contente plus de la graisse et de l'huile de phoque, il veut l'or que tu amènes ici. Pour la première fois de notre mémoire, un Lapon a tué son frère pour cela. Il ne doit plus vivre, nous devons le chasser comme un loup enragé et affamé. »

Le chef a parlé. Ronson, lui, va prévenir la police norvégienne. Et les policiers eux aussi décident d'entamer la chasse à l'homme. Car eux aussi veulent un exemple. La paisible cité de Hammerfest n'a jamais connu cela. La hausse folle du prix des zibelines, provoquée par la coquetterie des femmes de Berlin, de Londres, de New York ou de Paris, a déjà suffisamment troublé l'existence des 2 000 citoyens, pêcheurs tranquilles et accueillants. La justice doit leur montrer que ce trouble n'ira pas plus loin.

Mais comment faire en ce vaste pays de neige et de glace, sans poste frontière ? La chasse à l'homme s'annonce difficile.

Nadouk, le Lapon géant, et son bonnet d'oiseau ont disparu. Les recherches minutieuses de la police norvégienne, et même de son homologue suédoise, n'ont rien donné. L'homme n'a été signalé nulle part. Ronson l'Américain s'est lui-même rendu dans le dernier port possible, à six cents kilomètres de Hammerfest. A Torno, sur le golfe de Botnie.

Le port n'est qu'un amas de cabanes de bois, et Nadouk y aurait été infailliblement repéré. Or nul ne l'a vu. Ronson va passer les derniers jours de l'été arctique dans ce petit port, le temps d'expédier ses fourrures sur un cargo. Il y arrive alors que l'hiver y accumule déjà la neige et la glace.

La nouvelle du crime a fait le tour de la Laponie, de bouche à oreille. Cet événement extraordinaire : un crime chez les Lapons, fait l'objet de toutes les conversations. Il n'est pas un chasseur sur son traîneau et en rencontrant un autre, qui ne s'informe du géant Nadouk, toujours introuvable.

Au mois de janvier 1927, une information circule ainsi, de tribu en tribu, de chasseurs en chasseurs, jusqu'à Hammerfest. Elle vient de la région de Torno — Elf. Une tribu descendait la rivière et y pêchait le saumon, pour se rendre en Finlande par les glaces du golfe de Botnie. Et elle a signalé à la police de Torno que l'un des pêcheurs avait entendu parler de Nadouk.

Les Lapons de cette région le fuient comme un pestiféré car il porte la mort. Mais l'un d'eux a vu le géant à tête d'oiseau. Il se cache sur le mont Avasaxa, à soixante-dix kilomètres de Torno, où se trouve toujours l'Américain. Aussitôt la nouvelle connue, les trois policiers norvégiens partent dans la direction indiquée, et Ronson se joint à eux, car il a l'avantage de comprendre le langage de Nadouk.

Quatre traîneaux, attelés de rennes, suivis des coffres à provisions, tirés par les chiens longent la rivière, sur la rive gauche. De leur côté, les Suédois de Haparanda détachent également trois policiers, qui remontent la même rivière, côté rive droite.

Le chemin est difficile. On sort à peine de l'obscurité complète des nuits polaires, et les rares cabanes de quelques tribus sédentaires font des ombres vertes sur la neige rose. C'est un spectacle d'une grande beauté, avec au loin les montagnes violettes, sur un ciel bleu clair.

Ronson et ses compagnons de voyage ont couvert 50 kilomètres lorsqu'ils rencontrent la tribu du vieux chef Kapick, celle de la victime, ruinée par le vol des zibelines, et en chasse depuis des mois, après l'assassin Nadouk.

Ronson le salue :

« On t'a donné la nouvelle ?

— Il y a quatre semaines, et nous sommes en route depuis.

— Que veux-tu faire ? Les policiers sont là, c'est à eux de faire la loi, Kapick.

— Chacun sa loi l'Américain, et chacun son traîneau, le premier chasseur qui attrape l'ours pourra prendre sa peau. »

Et le vieux chef hurle après ses rennes, les fouets claquent, une dizaine de traîneaux dévalent sur la rivière glacée... Les policiers suivent le train d'enfer que leur imposent les Lapons.

Arrivés à proximité de la cachette de Nadouk, un pêcheur les arrête. Le criminel a pris la fuite, vers le nord. On voit encore les traces de son traîneau. C'est alors une course folle, éperdue, à toute vitesse de rennes. Les hommes ont abandonné sur place les coffres et les chiens pour aller plus vite. Ces traîneaux que l'on appelle *pulkas* sont en forme de canots larges de 70 centimètres. Ils ne glissent que sur un seul morceau de bois. Le conducteur y est enfoncé jusqu'à la moitié du corps, comme dans une boîte, et il doit rester immobile pour ne pas perdre l'équilibre, en conduisant l'attelage d'une main. De l'autre, il tient un fer pointu qui sert à freiner ou à stopper le traîneau.

Courir à plus de 80 kilomètres à l'heure sur des pentes glacées dans ces conditions relève de l'exploit.

Les traîneaux descendent les rochers escarpés à des vitesses vertigineuses, et bientôt les poursuivants aperçoivent Nadouk loin devant. Ses rennes donnent des signes de fatigue.

Ronson et les policiers forcent l'allure, mais ils n'arrivent pas à gagner du terrain sur le vieux chef lapon. Kapick mène ses chasseurs à la curée avec des cris sauvages. Sans aucun doute, ils arriveront les premiers.

Nadouk est en terrain découvert à présent. Il glisse moins rapidement, on dirait que l'un de ses rennes boite. A sa droite, la lisière d'une forêt, qu'il espère atteindre pour s'y perdre.

La lutte est serrée, Kapick le vieux chef est à cinq cents mètres de lui. C'est alors que surgit, venant justement de la forêt, une horde de grands loups gris. Ils sont une bonne dizaine, peut-être plus, ventre à terre sur la neige glacée, la queue basse et le museau relevé, ils courent perpendiculairement au traîneau de Nadouk. Ils ont senti la proie, la victime facile, et comme les hommes, ils foncent, dents dehors. Nadouk, à genoux dans son traîneau, se sert de son pic pour activer les rennes.

Les policiers, eux, se mettent à tirer au hasard. Mais les loups les ignorent, c'est Nadouk qu'ils veulent. Et ils le rejoignent bientôt, encerclant le traîneau. Un loup immense, le chef de la meute certainement, se jette à la gorge d'un renne, obligeant le traîneau à stopper brusquement. Un autre loup attaque par-derrière, et Nadouk se bat, coincé dans son traîneau, avec pour seule arme son pic de fer.

Les Lapons se rapprochent, les policiers tirent de loin. Nadouk réussit à enfoncer son pic dans la gueule de son agresseur, mais les autres se jettent sur lui en l'espace d'une seconde. De loin, on n'aperçoit plus qu'une boule grise, acharnée et hurlante. Les policiers norvégiens sont rejoints par les Suédois, alarmés par les coups de feu, et les hommes s'emploient à disperser la meute, les uns à coups de feu, les autres à l'aide de grands fouets. Quand le dernier des loups lâche enfin prise, Nadouk gît dans son traîneau, à demi dévoré. Son étrange bonnet d'oiseau a volé dans la neige, les rennes sont morts, l'un égorgé, l'autre d'épuisement.

Ronson observe le vieux chef lapon, immobile dans son traîneau.

« Les loups ont gagné, chef... Tu n'as pas eu ta vengeance.

— Ta police non plus, l'Américain. »

Venus de partout les Lapons qui chassaient dans les parages sont accourus aux premiers coups de feu. Les uns après les autres, ils viennent contempler l'assassin dévoré par les loups. Certains repoussent du pied avec répulsion ce grand corps qui ne leur ressemble pas.

Mais bien qu'il s'agisse d'un monstre pour eux, et du premier assassin de leur histoire, ils ne peuvent se résigner à le laisser sans sépulture. Et le vieux chef Kapick organise la cérémonie.

Ronson est étonné :

« Pourquoi ne pas le laisser dans la neige ?

— Un mort sans sépulture renvoie son âme sur

la terre pour vous faire du mal. Mes hommes vont lui faire un cercueil dans un tronc d'arbre creusé. »

Ronson est resté. Les policiers sont partis. L'Américain voulait voir la cérémonie. Il fut gâté.

Le corps de Nadouk, tassé dans un tronc d'arbre, va être enseveli. Contrairement à la coutume, le chef ne lui rend pas ses armes, son arc, ses flèches, sa lance et son couteau. Un chasseur lapon doit revenir à la vie, et lorsqu'il revient, il doit pouvoir exercer à nouveau sa profession. On l'enterre donc toujours avec ses armes.

Pour Nadouk, le vieux chef déclare :

« Il renaîtra les mains nues et ne pourra plus jamais assassiner. »

Puis il brise l'arc et les flèches, la lance et le couteau. Nadouk est enfin enseveli dans la neige, à l'abri des bêtes sauvages, dans son tronc d'arbre.

Alors les petits hommes jaunes se mettent à piétiner la tombe, et à se rouler dessus dans leur fourrure graisseuse. Ils versent de l'eau-de-vie à l'emplacement du corps, et se mettent à boire, hommes et femmes mélangés. La nuit tombe, les grands loups gris hurlent au loin dans la forêt.

Ronson l'Américain se sent au bout du monde, seul devant son feu, dans l'odeur de graisse d'ours et d'huile de phoque, à contempler la dernière scène de cette équipée sauvage.

Le vieux chef Kapick, ivre mort comme toute sa tribu, lui a dit :

« Ce jour doit être mémorable. Le peuple entier doit transmettre aux générations que Nadouk, le premier assassin, est mort dévoré par les loups, car il était un loup. »

C'est le 4 juin 1926 à Hammerfest, la dernière ville du monde, qu'eut lieu le premier crime de la civilisation lapone, alors que le soleil brillait à minuit. Et les Lapons d'aujourd'hui parlent encore de Nadouk le géant, comme du loup d'une histoire devenue légende.

En Laponie, on ignore encore le crime, ce peuple est le plus sage du monde.

UN INTELLECTUEL
MINCE ET TRANQUILLE

Vers minuit, dans un bar tout proche du *Chinese Theater* à Hollywood en 1960, la jeune serveuse retire son tablier, ferme la caisse en trois tours de clef et lance un regard attendri et complice vers son dernier client, accoudé au comptoir devant un Coca-Cola.

« Je vais fermer, Adolphe ! »

Henry Adolphe Busch, visage mince et lorgnons, est un intellectuel mince et tranquille. La serveuse, une adorable petite bonne femme de vingt et un ans, suit dans la journée des cours car elle veut devenir herboriste.

Cette passion pour les plantes et les fleurs, voici plusieurs jours qu'elle essaie de la communiquer à Henry Adolphe Busch. Mais elle ne se fait guère d'illusions. S'il est là chaque soir, depuis près d'une semaine, timide mais la dévorant des yeux, ce n'est pas par amour de la botanique.

La petite serveuse enfile son imperméable, Adolphe attrape son blouson et ils sortent du bar.

Debout sur le trottoir, ils s'observent un instant. Adolphe n'a rien d'un Apollon. C'est un « vieux », il a trente ans ! Mais avec ses cheveux blonds bien rangés et sa raie sur le côté, il a vraiment l'air attendrissant d'un petit garçon timide.

« Vous venez boire quelque chose chez moi ? demande-t-il... Ma voiture est là... et j'habite à côté. »

Que se passe-t-il dans la tête de la jeune serveuse ? Elle est fatiguée, seule, vraiment trop seule à Hollywood. Elle accepte, contrairement à son habitude.

Une heure plus tard, la voilà nue comme un ver, reculant devant Henry Adolphe Busch. Elle ne voit plus que ses yeux devenus, derrière ses lorgnons, deux petits trous noirs et méchants. Il s'avance vers elle et elle sent la porte dans son dos, elle l'ouvre et s'enfuit à toutes jambes. Elle est nue ? Tant pis ! Elle dégringole l'escalier, ouvre la dernière porte qui donne sur la rue et court, en pleine nuit, sur un trottoir de Hollywood, dans le plus simple appareil.

C'est là le premier épisode de la saga de « l'intellectuel mince et tranquille ».

Un beau matin, d'assez bonne heure, à l'intersection de la Vermont Avenue et du Prospect Boulevard, c'est-à-dire presque au centre de Hollywood, une petite voiture est arrêtée. A l'intérieur, une femme d'une quarantaine d'années, dont la beauté doit beaucoup aux artifices, mais qui ne manque pas d'élégance. A ses côtés, un petit homme au visage mince orné de lorgnons.

Hollywood est une ville où l'on ne circule guère qu'en voiture. A cette heure-là, il n'y a jamais beaucoup de piétons sur les trottoirs. Ce ne sont pas les conducteurs de voitures qui, à ce croisement de deux artères, vont prêter attention à ce qui se passe dans un petit cabriolet mal garé, deux roues sur le trottoir et deux roues sur la chaussée...

Stoppé puis relâché par le jeu des feux rouge et vert, le flot des véhicules s'écoule dans un sens et dans l'autre dans un sourd grondement de moteurs et le souffle des pots d'échappement. Personne n'entend donc la femme crier dans les bras de l'homme.

Un piéton remarquerait sans doute qu'ils se battent. En réalité c'est l'homme qui attaque la femme et celle-ci se défend comme elle peut. Des deux mains, l'homme cherche à l'étrangler. Elle se débat, le repousse. Elle parvient même à lui assener sur le tibia un coup de talon et la douleur lui fait lâcher prise dans un juron. Alors, il tire de la poche de son veston un couteau. D'une simple pression du doigt, une énorme lame en jaillit.

Mais le feu rouge vient d'arrêter, juste à la hauteur du cabriolet, une camionnette de livraison. Et Henry Adolphe Busch, car c'est lui, dissimule dans son dos la lame du couteau et, de l'autre main, essaie de maintenir la femme. Il veut l'empêcher d'appeler à son secours le livreur en salopette assis à côté du conducteur de la camionnette. Mais il est trop tard.

« Qu'est-ce qu'ils font, ces deux là ? » dit le livreur en donnant un coup de coude à son compagnon.

Le conducteur se penche :

« Ils se battent ! »

Avec un bel ensemble, le livreur en salopette et le conducteur, en bras de chemise, manches retroussées, ouvrent chacun leur portière pour sauter sur la chaussée. Le feu est passé au vert et derrière eux les voitures klaxonnent.

Henry Adolphe Busch, qui a remarqué leur mouvement, court déjà sur le trottoir. Le chauffeur arrive juste à temps pour recevoir dans ses bras la femme qui s'évanouit. Le livreur prend en chasse le fuyard. Il saute pour ne pas trébucher sur le sac à main que celui-ci lui jette dans les jambes. Finalement, parvenant à l'attraper par son blouson, il le renverse sur le sol, face contre terre et l'immobilise par une clef au bras. Quelques minutes plus tard voici donc Adolphe Busch, debout sur le bord du trottoir les menottes aux mains et entre deux policiers. Un autre policier interroge la femme qui reprend ses esprits, un autre enfin revient vers eux, ramenant le sac à main abandonné sur le macadam.

L'affaire est des plus banales. Le bonhomme qu'ils vont emmener au commissariat est un voleur de sacs à main, un détrousseur de femmes comme il n'en manque pas à Hollywood. Et ils savent qu'il n'a pas eu à déployer beaucoup d'éloquence pour décider la femme à monter dans sa voiture : c'est une prostituée. Cela fait partie de son métier, et son métier comporte des risques.

L'agent qui ramène le sac à main l'a ouvert pour y jeter un coup d'œil et le rend à la femme d'un geste désabusé :

« Regarde s'il ne manque rien... »

La femme retourne le sac sur la banquette de la voiture, compte les quelques dollars qui en tombent :

« Non. Il ne manque rien.

— C'est tout ce que tu avais comme argent ?

— Oui, c'est tout, j'ai rien fait cette nuit. »

Le jeune sergent se tourne vers Henry Adolphe Busch :

« C'était bien la peine, mon vieux ! Se battre avec une femme pour six dollars ! Allez, monte ! »

Et il le pousse dans la voiture qui démarre toutes sirènes hurlantes. Dans la voiture, les policiers sont silencieux. C'est tout juste si l'un d'eux jette de temps en temps un regard méprisant sur

Henry Adolphe Busch. Le sergent écoute la radio car ils peuvent à tout instant être appelés pour une autre intervention. Leur prisonnier n'est guère encombrant. Il est tassé sur sa banquette. Dans son blouson fripé, regardant droit devant lui, l'œil perdu. Ce voleur de sacs, malgré son air d'intellectuel, est bien le plus menu fretin qui se puisse voir. Or, soudain, il marmonne à voix basse :

« Mmumuin... Mmumuin... »

Le sergent se retourne :

« Qu'est-ce que tu dis ?

— Je dis que je ne voulais pas la voler. Je voulais simplement la tuer.

— Ah ! vraiment ? »

Et le sergent, goguenard, se détourne.

« Parfaitement ! » insiste Busch.

Le sergent hausse les épaules. Mais l'autre continue :

« D'ailleurs, j'ai déjà tué d'autres femmes.

— Tiens... Monsieur veut du galon ! » ricane le conducteur.

Un autre policier surenchérit :

« Monsieur se sent minable ? Trop minable d'avoir battu une femme pour six dollars ! Alors, Monsieur préférerait être un grand assassin, c'est ça ?

— C'est vrai. J'ai tué d'autres femmes. Je ne sais plus combien, mais plusieurs.

— Arrête de dire n'importe quoi ! grogne le sergent, agacé, sinon c'est pas en taule qu'on t'enverra mais au cabanon. »

Dans l'agitation du commissariat, on a d'autres chats à fouetter que d'écouter le délire de cet hurluberlu. On a pris son identité : Henry Adolphe Busch, ingénieur opticien. On va peut-être le relâcher, quitte à le convoquer pour le juger ultérieurement sous l'inculpation de tentative de vol de sac à main.

Soudain, grand brouhaha. Une ravissante petite bonne femme en imperméable attrape par le bras tous les policiers qui passent à sa portée. Elle montre Henry Adolphe Busch :

« C'est lui ! J'en suis sûre ! Je vous dis que c'est lui. »

La jeune femme est serveuse dans un bar. Elle a été interpellée il y a une semaine parce qu'elle courait, complètement nue, sur un trottoir. Toute la flicaille dévisage Henry Adolphe Busch.

« Elle a raison, dit-il. J'ai voulu la tuer. Mais je n'ai pas réussi. »

Puis, voyant qu'enfin on semble lui porter quelque attention, il déclare d'un air triomphant :

« Ah ! tout de même ? Vous m'écoutez maintenant ! Vous seriez encore plus convaincus si vous veniez chez moi, parce qu'il y a un cadavre. »

Le sergent veut en avoir le cœur net. Une heure plus tard, il descend de voiture devant une maison du centre-ville, et en attendant que celle qui transporte Henry Adolphe Busch arrive, il demande les clefs à la logeuse. L'ex-comédienne du muet, qui a acheté ce petit immeuble assez vétuste avec ses économies, s'étonne :

« Les clefs de M. Busch ? Qu'est-ce que vous lui voulez ? »

La logeuse est stupéfaite. Pour elle, Busch est un jeune homme plein de charme, intellectuel très cultivé, de commerce agréable :

« Un vrai gentilhomme... » dit-elle.

Il y a maintenant une longue file de policiers dans l'escalier, encadrant Henry Adolphe Busch, le gentilhomme.

« Vous permettez... » s'empresse celui-ci qui,

72

malgré ses menottes, avance les mains pour aider le sergent à ouvrir la porte.

Dès qu'ils entrent dans son minuscule appartement, l'odeur révèle que Busch a dit vrai. Il y a là un sac de couchage tout neuf. Dans le sac de couchage un cadavre : le cadavre d'une vieille femme dont les pieds et les mains sont attachés par des menottes. Elle a été étranglée.

« Qui est-ce ? demande le sergent.

— Shirley Payne, répond Busch. Elle doit avoir soixante et onze ans. C'est une vieille amie de ma tante. »

Busch répond d'un ton tellement tranquille, comme si tout ceci était absolument normal, que le sergent adopte presque le même ton désinvolte pour lui demander :

« Ah ! bon. Et comment l'avez-vous tuée ?

— Nous sommes allés ensemble au cinéma voir un film de Hitchcock. Je l'ai ensuite invitée à venir chez moi prendre un verre de Coca-Cola. Elle me connaît depuis que je suis enfant. Elle a accepté. Elle ne se méfiait pas. Je lui ai passé les menottes aux mains puis aux pieds et je l'ai étranglée.

— Mais pourquoi ?

— Je ne sais pas. Pour la tuer. Ça ne vous arrive jamais d'avoir envie de tuer ?

— Et quand l'avez-vous tuée ?

— Il y a quatre jours. Elle vivait seule. Personne ne s'est inquiété de son absence. »

Le sergent fait le tour du petit logement : coquet et assez ordonné. Il remarque surtout une bibliothèque comprenant une centaine d'ouvrages parmi lesquels beaucoup de philosophes : Platon, Spinoza, Hegel, etc. En dehors des ouvrages de philosophie, beaucoup de romans policiers. Un peu plus loin, dans un tiroir entrouvert, des dessins, d'ailleurs exécutés sans grand talent.

« C'est de vous, ça ?

— Oui. »

Les dessins au crayon représentent des femmes en bikini ou complètement nues dont les pieds et les mains sont attachés. Le sergent se retourne vers Busch.

« Au fait, pourquoi lui avez-vous mis les menottes ?

— A cause de mes cheveux. »

Devant l'air ahuri du sergent, Adolphe Busch s'explique :

« Si ! Tenez, c'est dans ce livre... »

Et il montre le livre qui traînait sur un meuble et que le sergent tient dans la main. Le livre s'intitule : *Comment la police de New York combat le crime*. Busch y a souligné plusieurs passages au crayon. L'un de ces paragraphes explique comment la police réussit à identifier des criminels en retrouvant sous les ongles de leurs victimes quelques cheveux que celles-ci arrachent au cours de la lutte.

« Et que comptiez-vous faire du cadavre ?

— Je ne sais pas. Je n'y ai pas songé. Il fallait seulement que je la tue. Depuis, je crois que j'ai tué aussi ma tante...

— Ah ! bon... dit le sergent un peu hébété. Et où est le cadavre ?

— Chez elle. »

Le sergent lance à la cantonade :

« Messieurs, on va ailleurs ! D'autres cadavres nous attendent. »

Et toute la caravane de policiers redescend l'escalier à la suite du sergent pour se rendre Virginia Avenue, où habite la tante Margaret Briggs, cinquante-quatre ans. On la trouve étendue dans une robe pimpante, devant un poste de télévision, morte.

« Pourquoi avez-vous étranglé votre tante? demande patiemment le sergent.

— Je ne sais pas. Nous regardions ensemble la télévision. Je me suis levé pour aller chercher des cigarettes dans un meuble. En passant derrière elle, j'ai vu son cou. J'ai mis mes mains autour de ce cou et j'ai serré jusqu'à ce qu'elle meure. Ensuite j'ai essayé de couper le dos de sa robe avec mon canif. Je n'ai pas pu. J'ai pris des ciseaux.

— Pourquoi avez-vous coupé ce vêtement?

— Je ne sais pas.

— Qu'est-ce que vous avez fait après?

— Je me suis assis et j'ai regardé la télévision. C'était un show de music-hall. Puis j'ai été m'étendre sur le lit de ma tante et j'ai dormi. Au matin, je me suis levé. J'ai pris le cabriolet de ma tante pour me rendre à l'usine où je travaille. En route, dans un bar, j'ai rencontré une fille. Je l'ai invitée à venir avec moi. Elle est montée dans ma voiture. L'envie m'a pris de l'étrangler...

— Mais ça c'était ce matin!... s'exclame le sergent.

— Non. C'était hier. A cette heure-là, ça m'arrive souvent d'avoir envie de tuer. Et vous? Vous n'avez jamais envie de tuer? »

La spontanéité avec laquelle Henry Busch avoue ses crimes ne le dispense pas d'être soumis au contrôle de la machine à détecter le mensonge. Là, livré à l'appareil, les aveux de Busch se multiplient encore.

C'est ainsi qu'il explique comment au mois de mai dernier il a été rendre visite à une autre vieille amie de sa tante, Elmira Miller, soixante-quatorze ans. Il avait bavardé avec elle gentiment, évoquant des souvenirs d'autrefois, rappelant avec émotion sa mère décédée. Subitement, sans motif apparent, il lui avait tordu le cou :

« Comme à un poulet maigre », ajoute-t-il.

La police avait découvert le cadavre mais n'avait jamais trouvé l'assassin.

Les policiers fébriles sont suspendus au délire d'Henry Adolphe Busch car, au cours de cette année à Hollywood, huit autres femmes ont été étranglées sans que la police puisse recueillir le moindre indice sur le coupable.

Ces femmes étaient d'âges très différents, de dix-huit à quatre-vingts ans. Aucune n'a été violée ni dépouillée. Elles ont été tuées sans qu'on puisse établir pour quelle raison. Adolphe Busch serait le coupable idéal puisqu'il tue sans raison et répète indéfiniment :

« Je l'ai tuée parce que j'avais envie de tuer. Vous n'avez jamais envie de tuer, vous ? »

Busch affirme pourtant ne pas être l'auteur de ces crimes sans coupable. Mais comme le font observer les psychiatres, il peut parfaitement avoir tué et ne plus s'en souvenir.

Au cours de son long délire, les souvenirs lui reviennent en désordre. Il raconte comment il a cambriolé plusieurs fois et sans aucune nécessité, car son salaire est important. Il se souvient aussi qu'en 1952, alors qu'il était soldat en Corée, il a tué d'un coup de baïonnette un prisonnier chinois blessé. Un cadavre de plus ou de moins... Personne ne s'était aperçu de son geste. On ne compte plus les images de violences qui lui reviennent auxquelles il s'est livré sur des femmes. Mais c'était toujours des prostituées plus ou moins consentantes. Enfin Busch se souvient de la première fois où lui est venue l'envie de tuer : c'était en se livrant à des actes sadiques sur une fille publique. C'est là que l'envie de tuer l'a saisi et ne l'a pratiquement plus jamais quitté.

L'obsession était d'autant plus forte que la femme ne pouvait pas lui offrir de résistance; c'est pourquoi il tuait des vieilles femmes ou, lorsqu'il s'agissait de femmes plus jeunes, il leur attachait les pieds et les mains.

Les médecins recherchent dans son enfance l'origine de cette effroyable folie et de son insensibilité totale. Bien sûr, Busch a été orphelin à quatre ans. Bien sûr, sa mère était épileptique. Mais cela n'explique pas tout.

Il a été élevé par une demi-sœur, fille d'un premier lit de son père qui s'est débarrassée de lui dès qu'il a été en état de gagner sa vie, car il lui faisait peur.

Finalement, la seule explication des crimes d'Henry Adolphe Busch, il la fournit lui-même lorsqu'il demande inlassablement aux policiers qui l'entourent : « Mais vous ? Vous n'avez jamais envie de tuer ? »

« Si... lui a répondu un jour le sergent qui l'avait arrêté. Quand je me dispute avec ma belle-mère et qu'ensuite je passe derrière elle et que je vois sa nuque, moi aussi j'ai envie de l'étrangler. Seulement, moi, je ne le fais pas. »

Henry Adolphe Busch, lui, le fait. Et c'est toute la différence... Le sergent refoule son agressivité et se défoule en flanquant des contraventions. Busch ne refoule rien, il tue sans réfléchir. Il est comme ça. Or, se contenter d'être ce que l'on est, cela s'appelle : la sagesse. Mais agir comme bon vous semble, quelles que soient les conséquences, cela s'appelle : la folie.

Et Henry Adolphe Busch finira chez les fous, bien qu'il soit persuadé de ne pas l'être, et passera le restant de ses jours à le répéter aux infirmiers.

MÉTIS DE DIEU
ET DU DIABLE

Mexico 1952. La capitale du Mexique peut rivaliser par certains côtés avec Paris, Londres ou New York. Des rues illuminées, des gratte-ciel, de somptueuses résidences. C'est le centre, le côté riche.

Le côté pauvre est à l'est. Des quartiers misérables, qui s'étendent sur des kilomètres, jusqu'aux marécages qui rejoignent le lac Texcoco. Plus les marécages approchent, et plus les maisons sont rudimentaires. Ce sont des cases de boue séchée, dont l'architecture n'a pas varié depuis des millénaires.

Tout un peuple d'Indiens et de métis s'y entasse dans un grouillement défiant tous les recensements, et tous les règlements de police.

Là, tout est possible. Le crime, la prostitution, les combines misérables qui aident à vivre des familles nanties pour la plupart d'une demi-douzaine d'enfants. Quelques prêtres tentent de moraliser cet état sauvage, avec plus ou moins de bonheur. Ici se dresse une église, dont le clocher dépasse majestueusement les cases. Mais les fidèles sont rares, car il est de bon ton, dans ce quartier pauvre, d'être un prolétaire anticlérical. C'est une manière de rompre définitivement avec le passé féodal, trop longtemps confondu avec l'image des prêtres eux-mêmes.

Voici pourtant une exception : Manuel Fragoso, Manuel le tisserand. Un homme grand et maigre, d'allure ascétique, au visage extraordinaire. On le dirait sculpté dans du bois ancien.

Manuel est un ouvrier remarquable, un travailleur infatigable. Ses relations avec ses voisins de case sont d'une douceur et d'une bonté angélique. Il assiste à la messe régulièrement, et pour le curé de sa paroisse, Manuel Fragoso est un saint homme. Un homme digne dans la pauvreté et le travail, comme dans le célibat.

Le visage terrible de cet homme, terrible de beauté et de rigueur, de noblesse espagnole et indienne, ferait le bonheur des touristes photographes et à lui seul, il pourrait représenter le Mexique traditionnel sur une affiche d'agence de voyage.

Manuel Fragoso, quarante-sept ans, tisserand habile, métis à la beauté étrange, a le visage d'un Christ qui serait né mexicain. Mais il est le héros d'une Histoire vraie incroyable, un héros satanique, dont la vie secrète et monstrueuse dépasse l'imagination.

Dans la partie du quartier pauvre la moins pauvre, celle des commerçants, les magasins ne sont pas luxueux. Les boutiques sont en bois et couvertes de tôle, mais portent un nom et un numéro. Epicerie Fernandez n° 7, calle San Fernando, par exemple.

Là, on vend et on achète, le facteur apporte le courrier, c'est un endroit répertorié, à la limite de la jungle aux cases de boue séchée. Pour autant, cette partie du quartier bénéficie du même curé, et de la même police que l'autre. Le curé a soixante-dix ans, le commissaire de police presque soixante. Tous deux connaissent bien leurs ouailles : les commerçants des baraques en bois, comme les acheteurs des cases rudimentaires.

Fernandez, l'épicier, est dans sa boutique, ce matin d'avril 1952. Il vend de l'huile et des piments, du sel et des conserves, du tequila et des galettes de maïs.

Le facteur passe la tête par-dessus les conserves.

« Fernandez ? Oh ! Fernandez ! J'ai quelque chose pour toi.

— Une lettre ?

— Non, y'a pas de timbre, et pas d'enveloppe. »

Le facteur tend à l'épicier une espèce de chiffon de papier plié en quatre.

« Qu'est-ce que c'est ? Qui t'a donné ça ?

— Un gamin dans la rue. Il a cru que c'était une lettre que j'avais perdue. Il me réclamait 1/2 peso pour la peine, tu te rends compte ! Je l'aurais pas pris, s'il n'y avait pas eu ton nom, écrit dessus : Pedro Fernandez, épicier, c'est bien toi ! »

Pedro Fernandez déplie le chiffon de papier, où son nom est bien écrit, maladroitement et au crayon. Le reste est un griffonnage difficile à déchiffrer, à moitié effacé par l'eau des caniveaux, et couvert de taches :

« Pedro, aujourd'hui seulement, je trouve l'occasion de faire partir cette lettre, avec quelque chance qu'elle ne soit pas interceptée. Viens à mon secours, Pedro. Je suis gardée prisonnière avec trois autres femmes. Je ne peux pas dire où est la maison. J'entends parfois l'église. Nous filons le coton et celui qui nous garde est très méchant. Je vais mourir si tu ne viens pas. Cherche près de l'église, et viens à mon secours. »

Deux lignes sont indéchiffrables, le papier est déchiré, sali... Mais au bas de la lettre, une signature malhabile et parfaitement lisible : Maria Pia.

Pedro Fernandez reste un moment stupéfait. Maria Pia ? Maria Pia...

Le facteur le regarde, curieux :

« Qu'est-ce que c'est, Pedro ? Qu'est-ce que c'est ? J'ai eu raison, hein ? C'est bien pour toi ? Je t'ai rendu service ? Tu sais, le 1/2 peso, je l'ai donné au gamin !... »

Pedro Fernandez réfléchit sans comprendre. Il tend une bouteille d'alcool au facteur, pour qu'il disparaisse et le laisse seul.

Maria Pia ? C'est un cauchemar. Maria Pia est morte depuis plus de vingt ans ! Maria Pia, sa sœur, était si belle, si fraîche, elle riait toujours. A seize ans, tout le monde voulait la voir danser, avec ses nattes brunes qui tourbillonnaient autour d'elle.

Pedro Fernandez tourne et retourne le chiffon de papier dans ses mains. Il n'y a pas de doute. Pedro Fernandez, épicier, c'est bien lui. Il est épicier depuis la mort de son père, en 1929. L'année qui a précédé la disparition brutale de Maria Pia, la cadette.

Tout à coup, Pedro se décide. Il ferme boutique, c'est peut-être une histoire de fou, une coïncidence, sûrement d'ailleurs, car les morts ne renaissent pas, et ils n'écrivent pas de lettres. Mais tant pis, il veut aller jusqu'au bout.

Un gamin trouve un papier dans la rue, le donne au facteur qui justement connaît Pedro, à qui la lettre est destinée... C'est trop. Il y a du miracle là-dessous, la main de Dieu peut-être.

Or Pedro Fernandez est croyant, et il adorait sa

sœur. Le voilà donc chez le commissaire de police, son chiffon de papier à la main.

Il ne le sait pas, il ne le devine même pas, mais une page de l'histoire criminelle du Mexique vient de naître grâce à lui.

Le commissaire Ribero a lu la lettre. Il connaît bien Pedro, comme il connaît beaucoup de monde dans le quartier. Avec le curé, le commissaire est la seule autorité du quartier Est. Une autorité qui n'a pas toujours les moyens de s'exercer, ferme bien souvent les yeux sur des délits et abandonne souvent, faute de preuves et d'effectifs.

« Qu'est-ce que tu crois, Pedro ? Tu crois que c'est ta sœur ?

— Je ne sais pas, señor commissaire.

— Voyons, elle a disparu à l'automne 1930, c'est ça ?

— Le 13 octobre, señor commissaire. Elle allait prendre un autocar, pour rendre visite à la sœur de ma mère.

— Et on a retrouvé son corps carbonisé dans une voiture.

— Oui, señor commissaire, on ne l'avait pas revue, et deux jours après, la police nous a dit qu'il y avait eu un accident le 13 octobre. Une voiture avait brûlé avec ses occupants. Elle n'était pas dans la voiture, elle avait été renversée dans l'accident.

— Tu l'as reconnue ?

— Oui... enfin, ma mère et moi nous avons dit que c'était elle. Vous savez, c'était difficile. La pauvre était déchiquetée, le visage brûlé, on ne voyait pas grand-chose. Et la police était sûre. Il y avait un morceau de robe rouge, et les nattes correspondaient. De plus, l'accident avait eu lieu sur son trajet.

— Donc, il est possible que le cadavre que vous avez reconnu à l'époque ne soit pas celui de ta sœur?

— C'est possible, señor commissaire. Mais je n'ose pas y croire. Dieu ne m'enverrait pas une épreuve pareille. Si ma sœur était en vie, depuis vingt-deux ans, elle aurait donné de ses nouvelles.

— Tu n'as pas reconnu l'écriture?

— Non, señor commissaire. Mais ma sœur est allée à l'école, chez les religieuses, elle écrivait mieux que moi.

— Ecoute-moi bien Pedro. J'ai une idée, mais tu ne vas en parler à personne! A personne, tu m'entends? Surtout pas au facteur. Tu n'as qu'à lui dire que c'était une plaisanterie.

— Mais quelle idée, señor commissaire? Qu'est-ce que c'est?

— Je ne vais rien te dire pour l'instant. C'est quelque chose qui me revient à l'esprit, une impression que j'ai besoin de vérifier. Tu comprends, ce serait tellement extraordinaire, que je n'y crois pas moi-même. Rentre chez toi, Pedro. Je viendrai te voir demain, et surtout, surtout n'en parle à personne! »

Pedro rentre chez lui, et n'a pas de mal à tenir sa langue. Depuis que sa sœur a disparu, la famille n'existe plus. Le père était déjà mort, la mère l'a suivi quelques années plus tard, et Pedro est resté seul, à l'épicerie, sans femme et sans enfants. Pour vivre pauvre, il vaut mieux vivre seul.

Le commissaire Ribero, lui, s'en va par les ruelles du quartier Est, avec sa petite idée derrière la tête. Il pense à un homme, pourquoi à celui-là précisément? Pour trois détails, apparemment sans lien. Le premier détail est celui-ci : dans la lettre chiffonnée, la femme qui appelle au secours dit : « Nous filons le coton. »

Le commissaire pense à un homme qui exerce le métier de tisserand et cet homme s'appelle Manuel Fragoso. Un honnête homme, qui fréquente l'église et le curé.

L'église, justement, est le deuxième détail. La femme écrit dans la lettre : « J'entends parfois l'église. » Or Manuel Fragoso n'habite pas loin de cette église, apparemment.

Quant au troisième détail, c'est une supposition, une impression même. Un jour, il y a plusieurs années de cela, le commissaire Ribero a vu Manuel Fragoso, le tisserand, acheter de la lingerie féminine. Cela lui a paru curieux, étant donné la réputation de l'homme, son célibat, et son visage de saint taillé dans du bois.

« Tiens, tiens, s'est dit le commissaire, le bonhomme doit se laisser tenter par le diable, de temps en temps. »

Et il aurait oublié ce détail si, en parlant le soir à sa femme, cette dernière ne l'avait pas rabroué vertement :

« Tu n'as pas honte de dire du mal de cet homme ! Tu es un impie. Tu calomnies à plaisir un serviteur de Dieu. Manuel Fragoso est un ange sur terre, c'est le curé lui-même qui l'a dit ! »

C'est le curé que va voir le commissaire Ribero, pour lui demander incidemment, l'air de rien, où habite exactement son ouaille préférée, Manuel le tisserand.

Il sait, le commissaire, que Manuel vit quelque part du côté des marais, mais pas précisément où. De plus, il aimerait bien que le curé l'accompagne. Pour ne pas risquer de donner l'éveil si son idée, par malheur, était la bonne.

Le curé l'accompagne. Le commissaire a raconté qu'il avait besoin d'un métrage de coton tissé, pour un costume que son épouse veut fabriquer elle-même. Tout cela est très plausible, et Manuel Fragoso ouvre sa porte.

Il habite l'une de ces cases, faites de boue séchée, au toit de tôle. Mais l'entretien dure assez longtemps pour que le commissaire se rende compte que le tisserand est propriétaire de plusieurs cases autour de la sienne. Il les a réunies les unes aux autres, de manière à former une sorte d'îlot séparé. Ce petit domaine est en outre cerné par un mur de terre qui l'isole parfaitement du voisinage. Et, chose plus curieuse encore, seule la case où Manuel reçoit ses visiteurs a des fenêtres ouvrant normalement sur l'extérieur. Les autres sont aveugles, fermées par d'épais volets de bois plein, soigneusement assujettis. L'œil exercé du policier note que ces volets clos n'ont certainement pas bougé depuis des années.

Manuel Fragoso aurait-il là un entrepôt ? Ces volets seraient-ils destinés à décourager les voleurs ? Possible, mais le commissaire n'en croit rien. Sans plus, et sans preuve, mais il n'en croit rien. Cet homme est trop étrange, ses yeux sont trop noirs et trop brillants, il est trop beau, trop parfait, trop tout. Il y a du trop chez cet homme, et ces volets clos depuis des années sont en trop eux aussi.

Le commissaire fait semblant de choisir une cotonnade et puis s'en va. Et puis revient, le lendemain matin, avec un ordre de perquisition en règle et trois agents.

Manuel Fragoso proteste et les voisins s'indignent, mais le commissaire sourit :

« Tu es tisserand, Manuel ? Tu es un bon chrétien, qu'aurais-tu à cacher ? »

L'homme devient soudain très pâle, quand le commissaire le prend fermement par le bras :

« Conduis-moi, Manuel. Ouvre-moi les portes de ta maison. »

Au fond de la case de Manuel, une porte communique avec les autres cases. Un verrou et une barre de bois la ferment. Le verrou saute, la porte s'ouvre sur du noir. Il règne une odeur de transpiration. Le commissaire entrevoit une, puis deux silhouettes qui reculent, effrayées. Il avance encore, et dans une autre pièce heurte une lampe à pétrole. La faible lumière lui permet d'examiner lentement les lieux et les habitants.

Il y a là quatre femmes. Quatre femmes vêtues de lingerie transparente. Elles ont l'air fou, ou drogué. Si pâles, avec des yeux si grands de peur.

Maria Pia est la plus ancienne, elle a trente-huit ans. Il y a vingt-deux ans qu'elle est enfermée là, dans le noir ou presque, sans jamais voir la lueur du jour. Estrella a trente et un ans, elle est là depuis dix-huit ans. Maria Esmeralda a vingt-sept ans, elle est là depuis dix ans. Celia n'a que vingt-cinq ans, elle est là aussi depuis dix ans. Mais ce n'est pas tout. Dans les pièces et les couloirs de cette étrange casbah mexicaine, le commissaire découvre seize enfants, prisonniers comme leurs quatre mères. Seize enfants nés dans le noir, à la lueur des lampes à pétrole, et qui n'ont jamais vu le soleil de leur vie. Qui ne savent même pas que le soleil existe, que le jour existe. Qui ne connaissaient du monde que ces cases en forme de prison et ces murs de boue séchée.

Manuel Fragoso avait enlevé sa première femme, Maria Pia, un jour d'octobre 1930. Quelques mois plus tard, elle lui avait donné une fille. C'était à présent une jolie brune de vingt et un ans, un peu pâle, et à l'esprit lent, comme les autres.

Entre-temps, Manuel avait enlevé Estrella, et puis Maria Esmeralda, et Celia. Elles aussi lui avaient donné des filles. Et cela avait décidé le tisserand à limiter à quatre le nombre de ses captives, puisqu'au bout de quelques années, les filles pouvaient remplacer les mères, et grossir son harem.

Quant aux garçons, ils fournissaient le personnel domestique dont avait besoin ce nouveau pacha. Ils filaient aussi le coton et faisaient la cuisine.

Pendant vingt-deux ans, Maria Pia, qui était restée la plus lucide des quatre, avait mûri projet sur projet pour mettre fin à cet esclavage monstrueux. Elle n'y avait jamais réussi. Son petit message était prêt depuis des années. Et, il y a quelques jours, un léger accident survenu au toit de l'une des cases lui avait enfin permis de glisser au-dehors le petit papier, minuscule bouteille à la mer, dans la boue des ruelles. Le message avait miraculeusement suivi son chemin jusqu'à Pedro Fernandez. Encore fallait-il que le commissaire Ribero ait de l'intuition et une mémoire remarquable.

Manuel Fragoso, l'homme au visage taillé dans du bois ancien, le saint homme, était un diable lubrique et monstrueux. La drogue l'avait aidé à maintenir captives et sans rébellion ses quatre épouses. L'ignoble geôlier les habillait de dentelle et de nylon transparent. Il était le sultan, elles étaient les courtisanes.

Les pauvres femmes ont revu le soleil, brutalement, égarées, presque folles, traumatisées à jamais. Il leur a fallu du temps, et des soins, pour raconter leur captivité. Elles n'étaient pas maltraitées, du moins physiquement, mais le sultan régnait sur elles, à l'aide de fleurs de pavot.

Restaient les enfants, les seize enfants issus de ce harem.

C'était horrible de les voir tituber dans la lumière comme des oiseaux de nuit, horrible de les voir découvrir le monde et ses bruits. Illettrés, presque muets, drogués eux aussi, sans identité, enfants d'un père monstrueux.

Et c'était au Mexique en l'an 1953 de notre ère. Manuel Fragoso a terminé ses jours en prison, dans le fameux pénitencier de Mexico.

Jusqu'en 1952, cette prison fédérale avait des règlements surprenants, qui en faisaient une manière de palace pour les prisonniers. Manque de chance pour le sultan déchu, ces règlements furent abolis, l'année de son internement, et remplacés par d'autres. Il a donc connu le premier cachot souterrain, réservé aux prisonniers exceptionnels comme lui.

Mais il se confessait et réclamait le droit d'aller à l'office religieux, chaque dimanche. Métis d'Espagnol et d'Indien, Manuel Fragoso était aussi métis de Dieu et du Diable.

LE MASO

Un inconnu entre deux âges, emmitouflé dans une épaisse canadienne, tend au gros flic rougeaud qui le reçoit au commissariat de Ville-d'Avray une lettre rédigée au crayon d'une écriture malhabile :

« Je l'ai trouvée en revenant de la pêche, dit-il. C'était posé bien en évidence sur la table de la cuisine. »

Le policier penche son visage écarlate sur la feuille de papier et lit, les sourcils froncés par l'effort :

« Excuse-moi, mon petit Jeanjean chéri, il faut que je t'avoue quelque chose, ça va te faire beaucoup de peine. L'enfant que je porte n'est pas de toi. J'ai fait tout ce que j'ai pu pour le faire passer, tu t'es rendu compte, cette nuit, comme j'ai eu mal. Pour ne pas faire honte dans la famille, je préfère disparaître, aller rejoindre maman. Pour le temps que nous avons passé ensemble, j'ai été très heureuse, je t'en remercie. Prends bien soin de Sophie. Avec tout l'amour que j'ai pour toi. Adieu. Pauline. »

Le policier repose la feuille de papier et dévisage son interlocuteur. C'est un homme de trente-cinq ans, le visage largement auréolé de cheveux blonds soigneusement rangés et ondulés. Bien qu'il porte encore ses vêtements de pêche, il paraît élégant et méticuleux. Il a tout à fait le physique de son métier : chef de rayon dans un grand magasin parisien. Son attitude calme, affable, un peu solennelle a quelque chose qui évoque en effet la silhouette élégante et discrète du chef de rayon, tel qu'on le concevait autrefois : prêt à s'incliner devant la clientèle et à houspiller la vendeuse.

« Jeanjean, c'est vous ? demande le policier.

— Oui, je m'appelle Jean-Claude Valtaille.

— Et Pauline ?

— Pauline, c'est ma femme.

— Et depuis cette lettre, vous ne l'avez pas revue ?

— Non. »

Les yeux du sympathique chef de rayon s'embuent. Il toussote pour s'éclaircir la voix :

« Je crains qu'elle ne se soit noyée. »

Alors le flic se lève enfin pour aller pévenir le brigadier. Le brigadier a des binocles et des moustaches tombantes. C'est un homme efficace :

« Il y a combien de temps que vous avez trouvé cette lettre ?

— Il y a vingt minutes.

— Lorsque vous avez vu votre femme pour la dernière fois, il était quelle heure ?

— Il devait être cinq heures, elle était encore couchée. Je l'ai embrassée avant de partir... Nous avons eu une nuit agitée, mais à ce moment-là, elle paraissait calme.

— Vous en parlez déjà au passé ?

— Je vous l'ai dit, je crains qu'elle ne se soit noyée. »

Le brigadier lit et relit la lettre de la pauvre Pauline.

« Vous avez eu une discussion cette nuit au sujet de cet enfant ?

— Oui, mais je pensais que c'était fini. J'en avais pris mon parti.

— Et pourquoi pensez-vous qu'elle se soit noyée ?

— Nous habitons tout près des étangs. Et puis cette nuit, une ou deux fois, elle m'a dit que si elle avait du courage, elle devrait se noyer...

— C'est aux étangs que vous étiez à la pêche ?

— Non, j'étais allé à Bougival. »

Déjà le brigadier a décroché le téléphone, s'apprêtant à organiser le ratissage des étangs de Ville-d'Avray, plus connus sous le nom des étangs de Corot, le peintre qui les a rendus célèbres... la routine, en somme.

Mais au même moment, une guimbarde ferraillante s'arrête devant le commissariat et l'affaire va se corser.

Il en descend un rouquin d'une cinquantaine d'années, vêtu comme un moujik, d'un pantalon de velours, de bottes en caoutchouc, de trois pullovers superposés, avec, sur la tête, un bonnet d'astrakan. Sa portière, qui s'ouvre en grinçant, exhibe une inscription à demi effacée : LAFAILLE, PLOMBIER, MARNE-LA-COQUETTE. Il entre en trombe dans les bureaux surchauffés et reste médusé en découvrant le sympathique chef de rayon.

« Qu'est-ce que tu fais là, toi ?

— Je suis venu prévenir la police... J'ai trouvé ça ! »

Et Jean-Claude Valtaille montre la lettre de sa femme.

Le plombier se penche sur le comptoir et lit la lettre. Puis il prend la feuille de papier, la lève en direction de la lumière pour la regarder par transparence, la repose, examine l'écriture de plus près. Il est manifestement tout à fait déconcerté.

« Ce n'est pas son écriture ? lui demande le brigadier.

— Si si... mais je ne comprends pas...

— Qui êtes-vous ? demande le brigadier.

— Qu'est-ce que tu viens faire ici ? » demande Valtaille.

Le plombier ne les écoute pas : il réfléchit. Cette fois, le brigadier demande au chef de rayon :

« Vous le connaissez ? Qui est-ce ?

— C'est mon oncle. »

Enfin le plombier semble avoir pris une décision : il tourne le dos à son neveu pour s'adresser au brigadier :

« Ne cherchez pas sa femme, elle est chez moi ! Ce salaud a voulu la tuer ! »

Le « salaud » a blêmi. Le brigadier tape du doigt sur la lettre.

« Mais alors comment expliquez-vous ça ?

— Je ne l'explique pas. Ce que je sais, c'est que Pauline a frappé à la porte ce matin vers six heures. Lorsque ma femme lui a ouvert, elle est tombée dans ses bras. Elle était grelottante, trempée des pieds à la tête, le visage plein de sang avec de l'herbe dans les cheveux. Tout ce qu'elle a pu dire avant de tomber dans les pommes, c'est que son mari avait voulu la tuer. J'ai été chercher le médecin. Il lui a fait quelques points de suture dans le cuir chevelu. On l'a réchauffée. Maintenant, elle dort. »

Tous les visages se sont tournés vers le sympathique chef de rayon qui ne trouve rien d'autre à dire que :

« C'est pas possible... C'est pas possible. »

Vers midi, le brigadier entre dans un pavillon de meulière au fond d'un jardin sauvage de Marne-la-Coquette. C'est le plombier qui ouvre la porte. Derrière lui se tient une grande femme brune solide comme le Pont-Neuf, qui porte dans les bras un paquet à demi défait.

« Entrez, dit le plombier... Pauline va bien... Mais ma femme a été lui acheter une couverture chauffante parce qu'elle grelotte encore de froid. »

Dans la chambre du plombier, tout en chêne clair creusé de style 1935, une jeune femme est allongée. Le plus remarquable en elle est le pansement qui lui entoure la tête. Pour le reste, il n'y a hélas pas grand-chose à dire. Elle n'est ni belle ni laide, ni blonde ni brune. Ses yeux marron ne sont ni clairs ni foncés. A-t-elle une bouche ? Oui, une bouche comme tout le monde, mais la bouche de tout le monde. Les oreilles n'ont rien de personnel et le nez se laisse complètement oublier. Parle-t-elle ? Oui elle parle. Et avec une voix de femme, c'est tout ce que l'on peut en dire. Sauf qu'elle n'a pas l'élocution facile, elle cherche ses mots et ne les trouve pas toujours, ce qui émaille son discours d'expressions inattendues, sinon saugrenues.

« Jeanjean avait mis le réveil pour cinq heures, dit-elle... Après il s'est levé pour chauffer le café, et il m'a passé mon médicament.

— Qu'est-ce que c'est que ce médicament ?

— Du... du... enfin quelque chose... parce que je suis enceinte de six mois. Puis il m'a dit qu'il fallait que je m'habille parce qu'on avait rendez-vous avec l'oncle Lafaille... Je lui ai dit : « Et Sophie ? » Il m'a dit : « On n'en a pas pour longtemps... « laisse-la dormir. »

— Et pourquoi aviez-vous rendez-vous ? »

Pauline ne sait pas. Elle n'a pas jugé utile de poser des questions. En épouse docile elle s'est vêtue : depuis longtemps, elle a pris l'habitude de se laisser conduire.

Elle a suivi son mari jusqu'aux étangs de Corot où ils sont arrivés vers 5 heures 20.

L'oncle n'étant pas encore là, son mari a décrété qu'il fallait l'attendre un peu. Le froid était piquant. Autour d'eux, lorsque la brise soufflait, les branches des arbres couverts de givre s'entrechoquaient dans un cliquetis comme si elles étaient en verre. Pauline commençait à s'inquiéter. Elle a tout de même demandé :

« Mais qu'est-ce qu'on fait là ?

— Tu vas le savoir bientôt. Mets-toi près de ce buisson, tu auras moins de vent. »

Son mari lui a désigné un endroit où la berge est la plus haute et l'étang le plus profond.

« C'est à ce moment-là, explique-t-elle au brigadier, que Jeanjean m'a poussée. Il m'a poussée si fort que je suis tombée en arrière. Je pensais que j'allais me faire mal sur la glace de l'étang. Mais la glace était toute mince. Je ne l'ai même pas sentie, j'étais dans l'eau. »

La pauvre Pauline ne sait pas nager. Elle est revenue à la surface car du bout du pied, elle a pu toucher le fond de vase. La peur de mourir de congestion l'a aidée tant bien que mal à se diriger vers une berge plus douce, distante de quelques brasses. Mais au moment où elle allait saisir la branche d'un arbuste, son mari l'a repoussée d'un grand coup de bâton sur la tête.

La scène se déroulait jusque-là dans le silence de la nuit, et Pauline et son mari ressemblaient au fond de la forêt à deux bêtes concentrant leurs forces dans une lutte à mort.

Tout à coup, une image a traversé l'esprit de Pauline : Sophie, sa petite fille de trois ans. Elle s'est mise à crier :

« Au secours ! Ma fille ! Ma fille ! »

Comme s'il était pris de remords en songeant à

Sophie, son mari lui a tendu la main en lui disant :

« Allez... viens, mon chou. »

Mais ce n'était qu'une ruse pour assener à sa femme un nouveau coup de bâton qu'il espérait décisif.

Cette fois, comme la pauvre Pauline ne bougeait plus dans son bain de glace, son mari s'est éloigné pour prendre des vêtements de pêche secs qu'il avait eu la précaution d'emporter dans une musette.

Allongée dans l'eau glacée qui lui effleurait la bouche, Pauline a attendu d'être sûre qu'il ne reviendrait pas pour se mettre à quatre pattes et remonter la pente. Comprenant dès lors que le froid était son pire ennemi, elle a eu la force et le courage de se traîner jusque chez l'oncle Lafaille, le plombier.

Le brigadier estime que le récit de Pauline se tient. Mais il lui manque deux choses : d'abord une explication sur la lettre d'adieu qu'elle a écrite et qui annonce son suicide; ensuite un mobile à la tentative criminelle du mari.

Pour ce qui est de la lettre, l'explication est simple. Elle éclaire d'ailleurs la naïveté singulière de la malheureuse. Et cette naïveté conduit au mobile. Un mobile pour le moins étonnant.

Disons tout de suite que le crime, sans être parfait, a été parfaitement prémédité. L'avant-veille du jour fixé pour la noyade de sa femme, le « sympathique chef de rayon » l'a priée d'un air tout à fait naturel de tracer quelques phrases sur une feuille de papier.

« Pour quoi faire ?

— J'ai un camarade graphologue. Grâce à quelques phrases, il te dressera un horoscope valable pour un an.

— Ah ! bon... et quelle phrase je dois mettre ?

— Prends ce crayon, je vais te dicter. Mais tu laisseras des blancs aux endroits que je t'indiquerai. »

C'est ainsi que, sans manifester ni curiosité ni intérêt particulier, passive comme à son habitude, Pauline écrivit le texte suivant :

« Excuse-moi (*un blanc*) chéri, (*un blanc*). Il faut que je (*encore un blanc*) quelque chose, ça va te faire beaucoup de (*un blanc*) que je porte (*un blanc*). J'ai fait (*un blanc*) ce que j'ai pu pour le faire (*un blanc*) tu t'es rendu compte, cette nuit, comme j'ai eu (*un blanc*). Pour ne pas faire (*un blanc*) dans la famille, je préfère (*un blanc*) aller rejoindre (*un blanc*). Pour le temps que nous avons passé ensemble, j'ai été très heureuse, je t'en remercie. Prends bien soin de (*un blanc*). Avec tout l'amour que j'ai pour toi (*un blanc*) Pauline. »

Il y a de quoi rester confondu devant cette femme qui accepte d'écrire un texte pareil sans chercher à comprendre ! Même sans méfiance, même avec les mots qui manquaient lui retirant tout son sens, quelques bribes de phrases auraient dû la laisser perplexe !

Au magasin, le lendemain, le toujours sympathique chef de rayon avait complété les espaces vides en imitant la maladroite écriture de sa femme. Au crayon, c'est évidemment beaucoup plus facile, car il pouvait gommer et recommencer. Le texte prenait alors la signification très précise d'une lettre d'adieu et de l'annonce d'un suicide.

Tout cela bien sûr ne fournit pas le mobile. Et comme le criminel se tait obstinément, les enquêteurs et le juge d'instruction en sont réduits à le trouver eux-mêmes.

Or, il faut signaler que tant à Ville-d'Avray qu'à Marne-la-Coquette, dans les deux familles, et au grand magasin où travaille le criminel, l'opinion générale était très favorable à ce couple.

Le monde judiciaire va donc se pencher avec intérêt sur le cas de cet homme. S'il s'était agi d'un violent, d'un passionné ou d'une crapule, le crime eût été aisément explicable, mais ce n'est pas le cas.

Pendant des semaines, on interroge des centaines de gens qui l'ont plus ou moins connu depuis sa naissance et l'opinion unanime confirme l'impression qu'il donne : c'est le meilleur garçon du monde, prévenant, sympathique, excellent travailleur, très sérieux. Il a commencé comme manutentionnaire avant de devenir chef de rayon. Il ne sortait jamais, même le dimanche, et faisait la vaisselle à l'occasion. Un témoin dira : « La douceur faite homme. »

Non seulement Pauline ne lui connaît pas de liaison, mais personne ne l'a jamais vu en compagnie d'une autre femme. C'est tout juste si on lui découvre un petit flirt sans importance avec une vendeuse du magasin qui le trouvait gai et enjoué. C'est une fille au front bombé, assez jolie mais au regard dur. Faut-il découvrir un mobile valable dans une phrase que la vendeuse répète au juge : « Dommage que je sois marié, aurait-il dit, et que je ne vous aie pas rencontrée avant ma femme » ? Boutade à laquelle la vendeuse a répondu : « Vous auriez eu vos chances peut-être. »

« Vous lui avez dit ça ?

— Oui, mais il y a plusieurs mois. S'il avait pris cette remarque au sérieux je pense qu'il n'en serait pas resté là. »

Cette vendeuse a sans doute raison. Alors ?

Alors c'est de sa première femme que va venir la vérité, car le « sympathique chef de rayon » a été marié une première fois et sa première femme l'a quitté. C'est une brunette autoritaire aux yeux pétillants de malice avec une grande bouche, mince, serrée comme les lèvres d'une huître.

« Pourquoi l'avez-vous quitté ?

— Parce qu'il m'agaçait.

— Et pourquoi vous agaçait-il ?

— Parce qu'il était trop gnangnan.

— Il paraît que vous lui avez mené la vie dure...

— On a même dû vous dire que je le trompais et que je le battais. Non ? Eh bien, c'est vrai. Moi qui suis haute comme trois pommes, je me permettais de le battre. Et si vous voulez savoir la vérité c'est pour ça que je suis partie, parce que je le battais de plus en plus souvent. Il s'y prenait de telle façon qu'il me mettait hors de moi. Il me cherchait jusqu'à ce que je le frappe. Depuis j'ai réfléchi, et j'ai compris. Je crois qu'il aimait ça, c'est un maso... Et vous voulez que je vous dise ? Qu'il ait voulu tuer sa femme, ça ne m'étonne pas. D'après ce que j'en sais, cette pauvre Pauline est tout le contraire de moi, jamais un mot plus haut que l'autre : l'homme a toujours raison, pour elle c'est le calme, l'apathie, l'indifférence, la servilité, bref une dépendance complète. Ça devait être effroyable pour lui, invivable, insoutenable. Jeanjean a voulu la tuer parce qu'il s'ennuyait de ne pas être malheureux. »

Aussi étonnant que cela paraisse, c'est en effet le seul mobile que la police retiendra pour expliquer cette tentative criminelle et c'est la seule défense que le sympathique chef de rayon présentera devant le tribunal : il s'ennuyait avec sa femme.

Sado-masochiste il fallait qu'il souffre ou fasse souffrir. Mais Pauline était bien incapable de faire souffrir. Pire que cela : prête à tout, acceptant tout (même en amour) elle donnait l'impression de n'être même pas capable d'une souffrance quelconque.

Fidèle à son personnage, elle refusa d'ailleurs de se porter partie civile. Tout ce qu'elle trouvera à dire lorsqu'elle lui sera confrontée ce sera :

« Pourquoi m'as-tu fais ça ? Tu sais bien que je suis enceinte de six mois. »

Mais elle accouchera à terme d'un garçon parfaitement constitué, et son mari en prendra pour cinq ans.

L'EXORCISME

Anna Michel, une belle femme enceinte et brune, se promène dans les bois près de la ville de Klingenberg en Allemagne de l'Ouest en 1953. Elle passe devant une sinistre maison abandonnée. D'une ouverture dont la porte pourrie pend, accrochée par des gonds rouillés, sort une vieille femme borgne. L'œil unique de la sorcière se pose sur le ventre de la femme enceinte et lui dit :

« Ton enfant sera pris par le Diable. »

La malheureuse femme s'enfuit, terrifiée. Ses cheveux bruns en désordre, dans un grand froissement de jupe, elle court à travers bois jusqu'à son mari Joseph Michel.

Celui-ci, robuste et paisible, pêchait à la ligne. Il écoute attentivement sa femme. Voyant qu'elle a pris la chose au sérieux, il court à la recherche de la vieille femme. La maison existe, sinistre à souhait, mais nulle trace de la sorcière.

Joseph Michel, lui-même né à Klingenberg où il est établi depuis trente ans, riche propriétaire de scieries dans la région, ne la connaît pas. Pendant les jours qui suivent il procède à une enquête discrète, mais personne n'a jamais rencontré cet étrange personnage ni entendu parler d'elle.

Les mois ont passé. L'enfant naît. C'est une fille, Hildegarde, que ses parents prendront l'habitude d'appeler Anneliese. Elle est normale, et même pleine de santé. Mme et M. Michel, petit à petit, oublient l'étrange prédiction de la vieille femme borgne. Les années s'écoulent et d'autres enfants naissent dans cette famille prospère.

C'est durant l'été de 1969, lorsque Anneliese est âgée de quinze ans, que survient la première crise.

Sans prévenir, en regardant la télévision, la jeune Anneliese — une charmante adolescente aux longs cheveux bruns hérités de sa mère — tombe sur le sol, déchire ses vêtements, en gémissant dans une langue incompréhensible.

Puis, ce qui est loin de lui ressembler, car Anneliese est plutôt réservée, sous les yeux horrifiés de ses parents et de ses frères et sœurs, voici qu'elle se contorsionne en des poses volontairement obscènes.

Le lendemain, Anneliese est conduite chez un médecin à Klingenberg qui la dirige sur un spécialiste des nerfs. Ce dernier pense qu'il s'agit de crises d'épilepsie et prescrit un traitement médical. Mais les crises continuent. Et chose curieuse elles n'ont jamais lieu au lycée où Anneliese est étudiante, ni même dans un endroit public. De sorte que la jeune fille termine ses études secondaires et entre à l'université, sans problème.

Malheureusement, le traitement médical ne fait aucun effet et comme les crises continuent, toujours plus nombreuses et plus fortes, Anna et Joseph Michel, les parents, ne sont pas d'accord avec les médecins. Leur entourage non plus. Chacun, prétendant avoir déjà vu des épileptiques, estime que les symptômes ne correspondent pas à ceux d'Anneliese.

S'il est vrai que les épileptiques tombent sur le sol et gémissent, ils ne prononcent pas comme Anneliese des paroles bizarres. Car lors de ses crises Anneliese parle, mais une langue étrange que ses parents ne comprennent pas. Peut-être est-ce du grec ou du latin, mais ni Anna ni Joseph Michel ne pourraient l'affirmer car ils n'ont pas une grande culture.

Le 14 septembre 1975, les parents se tournent alors vers l'Eglise dont ils pensent que les prêtres sont plus compétents dans un cas semblable.

Le 1er juillet 1976, le docteur Martin Keller reste pétrifié en découvrant la malade qu'on lui présente.

Est-ce un être humain ? Oui. Est-ce une femme ? Seule la chevelure sombre et soyeuse, roulant sur l'oreiller, fournit la réponse : Oui, c'est une femme. Pour le reste le squelette est sec et cassant. S'agit-il d'une adulte, d'une adolescente ou d'une enfant ?

« Mais elle est morte ! s'exclame le docteur Keller. Elle est morte de faim ! Comment est-ce possible ?

— Elle n'a rien mangé depuis le Vendredi saint, répond Joseph Michel.

— Qui est-ce ?

— C'est notre fille. »

Le médecin, atterré, reste quelques instants silencieux, avec l'impression de vivre un cauchemar. Il a lu ou entendu raconter des histoires étranges mais il pensait qu'il s'agissait de romans et que cela ne lui arriverait jamais. Et puis voilà : il entre dans une villa, belle et confortable, appelé par des gens riches, des notables connus dans toute la région, jusqu'à Francfort. Et il trouve ça !

Vu l'âge des parents, la morte ne peut en aucun cas être une enfant.

« Quel âge avait-elle ?

— Vingt-trois ans.

— Comment en est-elle arrivée là ?

— Elle était possédée du démon, explique Joseph Michel.

— Qu'est-ce que vous me racontez ?

— Puisqu'on vous le dit, ajouta Anna Michel, le visage noyé de larmes. Le Diable était en elle. La mort l'a délivrée et maintenant elle est au ciel.

— Bon, bon. Moi je veux bien. Mais vous comprendrez que, dans de telles conditions, je ne puisse pas délivrer de certificat de décès !

— Alors partez, nous demanderons un autre médecin ».

Et Joseph Michel pousse vers la porte le docteur Martin Keller qui, toujours aussi ahuri, a haussé les épaules :

« Vous vous faites des illusions. Vous avez beau être des gens connus et fortunés, vous ne trouverez pas un médecin pour signer de certificat de décès. D'ailleurs, il est de mon devoir de signaler le cas à la police. Et l'on va certainement ouvrir une enquête. »

Anna et Joseph Michel ne répondent rien et le médecin se retrouve à l'air libre sous le soleil de juillet.

A peine vingt minutes plus tard, une équipe de policiers sous la direction d'un jeune commissaire à lunettes et à moustache blonde, flanqué d'un juge d'instruction à lunettes mais à moustache noire, fait irruption dans la villa. Anna et Joseph Michel les conduisent en pleurant vers la chambre où gît le cadavre recouvert d'une couverture.

Le commissaire à lunettes et à moustache blonde soulève la couverture et fait :

« Ah ! »

Le juge d'instruction à lunettes et à moustache noire fait :

« Oh ! »

La tête sur l'oreiller ressemble à un crâne momifié et la peau à du parchemin. Les yeux sont tellement enfoncés dans les orbites qu'on ne voit plus très bien s'ils sont ouverts ou fermés. Seule la chevelure sombre et soyeuse, comme l'avait remarqué le médecin, indique que cet être humain était une jeune fille.

Le commissaire et le juge d'instruction tournent l'un vers l'autre leurs lunettes et leurs moustaches : ils ont déjà vu des cadavres mais osent à peine toucher celui-là.

Le médecin légiste, bien qu'avec une certaine répugnance, vient à leur secours, manipulant délicatement le petit corps comme s'il s'agissait d'une ombre prête à s'évanouir.

« Elle doit faire dans les trente kilos, dit-il, à peine.

— Est-ce que vous voyez des signes de violence ?

— Violence à proprement parler ? Non. Mais tout de même quelques griffures, sans gravité. Peut-être faites par la victime elle-même, notamment sur les parties génitales. Il y a aussi des marques profondes sur les poignets, sans doute parce qu'on a dû l'attacher. »

La moustache blonde du commissaire se tourne vers les parents :

« Qu'est-ce que cela signifie ? Elle était attachée ?

— C'était pour l'empêcher de se mutiler. »

C'est au tour de la moustache brune du juge d'instruction de se tourner vers Anna et Joseph Michel :

« Mais pourquoi ? Elle était folle ?

— Elle était possédée par le démon. »

Le commissaire et le juge d'instruction, ébahis, promènent dans la chambre leurs regards à lunettes. Ils voient un autel, un crucifix, des cierges, des rosaires.

Les deux hommes éprouvent la même impression : Anna et Joseph vivent dans un autre monde. Indiscutablement, ils ressentent du chagrin devant la mort de leur fille mais n'en sont pas étonnés.

« Mais enfin... dit le commissaire. On dirait que tout cela vous paraît normal !

— On dirait que vous vous y attendiez ! » s'étonne le juge d'instruction.

Anna et Joseph Michel s'y attendaient en effet. Plus ou moins consciemment, ils s'y attendaient depuis que, voici vingt-trois ans, sortant d'une maison abandonnée, une vieille femme borgne avait regardé le ventre d'Anna avec son œil unique et prophétisé :

« Ton enfant sera pris par le Diable. »

Au commissariat de police où ils sont conduits, Anna et Joseph Michel font une déposition qui va durer deux jours. Elle va mettre en cause beaucoup de personnes et déclencher un procès dont on parlera dans le monde entier.

Au cours du procès, au banc des accusés : Anna et Joseph Michel, respectivement cinquante-six et cinquante-neuf ans, et trois prêtres, les pères Ernest Alt, trente-neuf ans, et Wilhem Arnold Rentz, cinquante et un ans, le jésuite Adolf Rodewyck et l'évêque Josef Stangl. Ils sont accusés d'homicide par négligence sur la personne d'Anneliese, étudiante universitaire âgée de vingt-trois ans.

Mais derrière les accusés se profile une cohorte de personnages non impliqués par la justice, mais dont le rôle a été parfois déterminant.

On ne connaît rien du père Alt sinon la déclaration qu'il fait à la Cour lors du procès :

« Lorsque Anna et Joseph Michel sont venus me dire qu'ils avaient définitivement renoncé à guérir Anneliese par les moyens de la médecine, cela ne m'a pas étonné. J'avais toujours pensé qu'Anneliese n'était pas épileptique mais possédée par le démon.

— Sur quoi basiez-vous votre jugement ? demande le président du tribunal.

— Sur les récits que me faisaient Anna et Joseph Michel.

— Donc vous n'avez jamais assisté à aucune crise ?

— Non.

— De quoi était composé votre traitement ?

— De prières et de purifications.

— Il ne semble pas, remarque le président, que ces conseils aient été indispensables. Anneliese était une jeune fille très croyante dans une famille tout aussi croyante. Depuis sa plus tendre enfance, elle possédait un autel pour ses dévotions et priait beaucoup, parfois cinq ou six heures par jour. Les prières n'ont donc pas été plus efficaces que le traitement médical. Anneliese continua à tomber sur le sol, à prendre des attitudes obscènes et à parler des langues étrangères. Alors, en désespoir de cause, vous avez fait appel à un expert en la matière : le père jésuite Adolf Rode-wyck, de Francfort, âgé de quatre-vingt-deux ans et auteur de deux livres sur la démonologie et la possession. »

Lorsque vient le tour du père jésuite d'être entendu par la Cour, le président lui demande :

« Comment avez-vous su qu'Anneliese était possédée du démon ?

— J'ai demandé à Anna et Joseph Michel de présenter un crucifix à Anneliese lors de la prochaine crise et de noter sa réaction.

— Que s'est-il passé ?

— Anneliese s'est mise à gronder en voyant la croix. Elle grondait comme un loup, paraît-il. Et, pour la première fois, elle s'est mise à parler intelligiblement. Elle hurlait : « Retirez ça ! Retirez « ça ! »

Le diagnostic du jésuite fut sans appel : Anneliese était possédée par un ou plusieurs démons. Il fallait donc l'exorciser. La machine se mit en route. D'abord, il convenait d'en appeler aux autorités compétentes. Mgr Josef Stangl, évêque de Würzburg, mis au courant des faits, donna son accord pour le grand exorcisme et chargea le père Arnold Rentz de procéder à la cérémonie avec l'assistance du père Ernest Alt.

Anneliese et ses parents ayant donné leur accord, l'exorcisme commença le 14 septembre 1975 et dura jusqu'en juin 1976. Toutes les séances furent enregistrées sur magnétophone, soit 43 bandes et 86 heures d'enregistrement.

Selon le père Arnold Rentz et le père Ernest Alt il y avait au moins six démons qui, tour à tour, possédaient Anneliese et s'exprimaient par sa bouche. Mais leurs langages étaient bien différents.

Le premier était Lucifer. Il crachait sur le crucifix, hurlait sous l'eau bénite et faisait aux prêtres des propositions malhonnêtes. Néron s'exprimait dans un vieux latin qu'Anneliese, paraît-il, ne connaissait pas. Il était aussi très intéressé par les activités sexuelles dont il parlait abondamment.

Le troisième démon, Caïn, semblait plus féru de violence et décrivait avec force détails les tourments qui attendaient dans l'enfer Anneliese, ses parents, les deux prêtres, leurs amis et parents. Il imitait à la perfection les voix de personnes parfois mortes depuis longtemps, affirmant que tout ce monde rôtissait déjà en enfer.

Judas, quatrième démon, ne parlait pas souvent. Lorsqu'il le faisait, c'était pour se plaindre : 30 pièces d'argent, c'était peu, et il voulait une compensation. Toutefois c'était pendant les manifestations de Judas qu'Anneliese avait ses plus grandes convulsions; avec Judas sa voix devenait grave et basse, tout à fait différente de la sienne. Il semblait paraît-il impossible qu'elle puisse venir de la gorge fragile d'une jeune fille de vingt-trois ans.

Par contre, la voix du père Fleischmann était la plus haute. Si tous les démons étaient très connus, Fleischmann, lui, ne l'était pas. Seul le père Arnold Rentz fut capable de l'identifier. En 1563 ce prêtre-démon avait assassiné sa maîtresse : il fut défroqué, excommunié, pendu, écartelé, et selon toute vraisemblance jeté en enfer. Les traitements qu'il y recevait n'avaient pas diminué ses ardeurs sexuelles car son langage était affreux. D'après les deux prêtres, non seulement il s'exprimait dans une forme archaïque d'allemand que personne ne parlait depuis longtemps, mais il était difficile de comprendre comment la prude Anneliese avait pu apprendre de telles horreurs.

Pour les pères Rentz et Alt, il n'y avait rien d'étonnant à tout cela, puisque les démons parlaient par la bouche d'Anneliese.

Le sixième démon était Adolf Hitler. Il annonçait toujours sa présence par le salut nazi et était très calé en politique. Les parents d'Anneliese se souvenaient très bien des discours d'Hitler et c'était bien sa voix qui passait par la bouche de leur fille.

Pendant les neuf mois que dura l'exorcisme, l'état de la jeune fille empira. Les crises devinrent plus fréquentes et plus graves, le langage de plus en plus affreux, les blasphèmes succédèrent aux blasphèmes et les actes sexuels devinrent si graves qu'il fallut attacher Anneliese.

A partir de ce moment, les prêtres virent les stigmates apparaître sur les pieds et les poignets d'Anneliese.

Si la lutte était épuisante pour les exorcistes, elle l'était aussi pour la jeune fille; déchirée par des forces qui tordaient son corps et son esprit, Anneliese criait parfois : « Je n'en peux plus, je « n'irai pas plus loin. »

Nul ne peut donner une explication à ces mots. Par moments, Anneliese était parfaitement consciente et désirait coopérer. Entre ses crises, elle priait, demandait sa délivrance avec l'aide de Dieu.

L'aide ne vint pas. La vue d'un crucifix déclenchait des crachats, des vomissements et un flot de paroles en langue archaïque. Plus les mois passaient et plus Anneliese s'affaiblissait. Les démons, eux, se portaient de mieux en mieux. Chaque fois, ils semblaient se battre entre eux. Alors les convulsions d'Anneliese étaient terribles à voir.

Le Vendredi saint du 16 avril 1976, Anneliese Michel refusa de manger puis de boire, et le 30 juin elle mourut, enfin délivrée.

Pour la loi, le cas était des plus clairs : Anna et Joseph Michel, les pères Arnold Rentz et Ernest Alt étaient coupables d'homicide par négligence : ils avaient laissé mourir Anneliese sans soin. Au point de vue de l'éthique, cela était

110

largement différent : tous avaient agi au mieux de ce qu'ils pensaient être l'intérêt de la jeune fille. Lorsque la question fatale fut posée : l'exorcisme avait-il tué Anneliese ? d'éminents médecins affirmèrent qu'Anneliese devait être épileptique, mais reconnurent ensuite qu'ils n'avaient jamais vu la jeune fille. Des psychiatres et des psychanalystes affirmaient qu'elle souffrait d'une lutte interne, entre ses sentiments religieux et son sentiment de culpabilité né d'un intérêt coupable dans la personne du Christ. Selon certains, et cela paraît évident, le terrain de cette psychose avait été largement préparé par une névrose familiale, comme en témoigne l'apparition de la sorcière. Peut-être une longue psychothérapie aurait-elle pu guérir Anneliese, mais il s'agit là d'un traitement dont aucun des accusés n'avait ni la connaissance ni même la compréhension. Quoi qu'il en soit, une bonne et simple médecine aurait pu au moins l'empêcher de mourir de faim.

Les tribunaux allemands n'ayant jamais reconnu l'existence des démons, Anne et Joseph Michel ainsi que les deux prêtres furent condamnés à quatorze mois de prison. Le jésuite qui avait diagnostiqué la possession et l'évêque qui avait permis l'exorcisme ne furent pas condamnés.

Mais personne ne fut satisfait du verdict et le débat dure encore. Vers le début de 1978, une religieuse subit à son tour des crises de possession durant lesquelles elle affirma que le corps d'Anneliese serait retrouvé intact dans sa tombe. Sous la pression de certains croyants et des défenseurs des accusés, il fallut procéder à l'exhumation. Le 25 février 1978, le cercueil d'Anneliese fut donc

ouvert. Ce n'était qu'une masse informe en putréfaction. Que les hommes se prennent pour Dieu
ou Diable, ils ont du mal à retourner à la poussière originelle.

LA PROTECTION

Le cœur battant, Corrado Barone se dresse brusquement sur son lit. Il vient d'entendre un cri, et il ne s'agit pas d'un cri lointain, mais tout proche. Comme s'il provenait de la maison même. Corrado Barone tend la main, cherche à tâtons le bouton qui commande la lumière de sa table de nuit et allume. Son réveil indique vingt-trois heures trente. Corrado Barone, qui est grutier sur le port de Gênes, doit se lever à cinq heures demain. Il ne tient donc pas à passer une nuit blanche. Il éteint, donne un grand coup de poing dans son oreiller et se rendort.

Dans ce triste quartier où s'entassent en désordre quelques centaines de villas qui semblent avoir poussé là par hasard, aucun bruit, sinon une chouette et quelques aboiements de chiens. Mais au n° 8 de la rue Scipion-l'Africain, dans la chambre qu'il a louée voici deux semaines, Corrado Barone est à nouveau réveillé en sursaut.

« Zut ! Qu'est-ce que c'est encore ? »

Le grutier, assis sur son lit dans l'obscurité, a cru entendre un hurlement de douleur, et il perçoit maintenant des gémissements plaintifs.

« C'est gai... Qu'est-ce que ça peut être ? Aucun doute, c'est dans la maison. »

La chambre qu'il occupe est contiguë aux autres pièces qu'occupe la propriétaire, une vieille dame de soixante-treize ans.

« Ce n'est tout de même pas elle qui crie comme ça ! » grogne le grutier.

Il s'allonge, donne à nouveau un grand coup de poing dans son oreiller. Se souvenant que la vieille dame héberge en ce moment une fille mariée, mère de trois jeunes enfants, il pense que ces plaintes échappent à l'un des petits, soumis à une rude correction maternelle.

Après tout, ce n'est pas si grave, ça ne le regarde pas, et ça ne doit pas l'empêcher de dormir. Il se rendort donc.

La Sûreté Générale de Gênes a l'air d'un commissariat de police de romans-photos. Il y a, cette année-là, des classeurs poussiéreux et des archives empilés jusque dans les couloirs. Mais le bureau du commissaire Pierangeli, où pénètre Corrado Barone, est net, impeccable et rutilant.

Le commissaire Pierangeli, costume bleu croisé à rayures blanches, cravate bordeaux, grosses lunettes d'écaille, cheveux tellement bien cirés et ondulés qu'on croirait une perruque, a l'air lui aussi de sortir d'un roman-photos. Il regarde s'avancer l'ouvrier endimanché au visage massif sous des cheveux en brosse, qui tourne entre ses mains une casquette flasque.

« Eh bien parlez, monsieur Barone, dit-il d'une belle voix grave. Je vous écoute.

— Oui, monsieur le commissaire... Voilà... C'est pas facile à expliquer... »

C'est bien la première fois de sa vie que le grutier entre dans les bureaux de la police. Il est ému, et à présent qu'il est devant le commissaire, il a un peu peur d'être considéré comme un délateur. Pourtant, il faut qu'il parle. Il doit parler. Tout cela se lit sur son visage. Le commissaire Pierangeli, lui, semble tellement à l'aise dans son personnage de roman-photos qu'on croirait voir une bulle s'élever au-dessus de sa tête lorsqu'il parle. Dans cette bulle, il y aurait écrit :

« Votre confusion même, monsieur Barone, prouve que vous êtes un honnête homme... Alors parlez en confiance, je vous guiderai. »

Tout en s'asseyant sur la chaise que lui désigne le commissaire, le grutier tente de s'expliquer :

« Voilà, monsieur le commissaire... Ça fait bientôt deux semaines que j'ai loué une chambre chez Mme Gilia, 8 rue Scipion-l'Africain. A côté, il y a plusieurs pièces qui sont occupées par la propriétaire et depuis quelques jours, par sa fille. Remarquez, c'est une vieille dame, plutôt gentille... pas commode, mais gentille...

— Et alors ?

— Eh bien, ça fait déjà plusieurs nuits que j'entends des cris.

— Des cris ? Et souvent ?

— Presque toutes les nuits.

— Quel genre de cris ?

— Des cris de douleur, ou des gémissements.

— Et vous dites qu'il n'y a qu'une vieille dame et sa fille ?

— Oui, monsieur le commissaire, mais il y a aussi trois enfants.

— Ah ! bon. Vous m'en direz tant.

— C'est tout de même bizarre, monsieur le commissaire. C'est pas des cris normaux.

— Vous pensez que les enfants sont maltraités ?

— Je ne sais pas, mais peut-être que c'est ça, monsieur le commissaire. »

Des dénonciations de bourreaux d'enfants plus

ou moins imaginaires, le commissaire Pierangeli en entend tous les jours, aussi est-ce avec une certaine désinvolture qu'il se lève et congédie le grutier :

« C'est bon, monsieur Barone, je vais faire procéder à une petite enquête. Est-ce que ces gémissements vous empêchent de dormir ?

— Oui... Mais parce qu'il n'y a pas que des gémissements; il y a aussi des cris.

— D'accord, nous verrons ça. Mais je vous préviens : si l'enquête s'avère négative, vous ne pourrez rien faire. Ces gens sont chez eux. Si vous ne pouvez pas dormir, il faudra déménager. »

Le grutier a l'impression que sa visite n'a été qu'un coup d'épée dans l'eau, et se retrouve dans la rue comme il était venu.

Le commissaire Pierangeli ordonne pourtant une petite enquête discrète. Tellement discrète que le carabinier quinquagénaire et chauve qui en est chargé n'entre même pas dans la maison. Il se contente d'échanger quelques mots avec Mme Gilia et sa fille sous un prétexte anodin, dans la cour minuscule où s'égouttent des draps tendus sur un fil, tandis qu'un chat noir se faufile entre les flaques.

La vieille Mme Gilia, chevelure blanche et robe noire, est dignement assise dans un fauteuil, devant une fenêtre dont les volets fermés ne doivent pas s'ouvrir souvent.

Sa fille, d'une trentaine d'années, brune et plantureuse, tient dans ses bras une fillette aux joues roses. Deux bambins, que le carabinier juge fort bien tenus, jouent sur le pas de la porte avec des jouets qui semblent quasiment neufs.

Les trois enfants semblent gais et bien nourris.

Aucun d'eux ne présente la moindre contusion, pas la plus petite égratignure.

De retour au commissariat, le rapport du carabinier peut se résumer en quelques mots :

« Les enfants sont bien soignés, certainement pas maltraités. Ce M. Barone a des visions. C'est vrai qu'il s'agit d'un célibataire. Il ne sait pas ce que c'est que d'avoir trois enfants. »

Pourtant, le jour approche où le grutier Corrado Barone va recevoir un choc.

Ce matin-là, le brave homme, qui doit partir pour quelques jours dans son village natal, entre à l'improviste chez sa propriétaire pour payer le loyer. Les trois enfants sont partis avec leur mère. Tandis qu'il compte ses billets sur la table de la salle à manger, la vieille Mme Gilia semble pressée d'en finir :

« Laissez ça, dit-elle. Je les compterai moi-même. Je vous fais confiance. »

Comme d'habitude, son ton est impératif. Dans son visage sévère, le regard des yeux noirs encore vifs se dirige plusieurs fois vers une porte fermée que Corrado distingue dans un recoin obscur de la pièce et d'où semble provenir un certain bruit.

Soudain, cette porte grince sur des gonds rouillés, laissant apparaître une silhouette épouvantable.

Une créature humaine ? Oui, c'est une créature humaine, ce squelette aux yeux morts dans des orbites enfoncées. Une créature humaine qui palpe ce qui l'entoure avec des mains maigres et si noires que la simple idée qu'elles puissent le toucher fait frissonner le grutier.

Cheveux et barbe hirsutes, le fantôme s'avance, plutôt se traîne, vers Mme Gilia et son locataire, bégayant d'une voix éteinte, dans un souffle à peine perceptible :

« J'ai faim... j'ai faim... »

Il ne va pas bien loin, ce fantôme. Mme Gilia se saisit aussitôt d'un énorme bambou et le chasse comme une bête. Alors jaillissent ces mêmes cris de douleur, ces mêmes plaintes inhumaines qui traversaient comme des cauchemars les nuits du grutier.

Mme Gilia pousse le fantôme dans les ténèbres à l'intérieur de la pièce et referme la porte dans le grincement des gonds rouillés.

Comme Corrado Barone, la bouche ouverte, s'apprête à la questionner, elle lui dit d'un ton sans réplique :

« Ne vous occupez pas de ça !... Au revoir, monsieur Barone. »

Au n° 8 de la rue Scipion-l'Africain, un homme de quarante ans descend de voiture, avec un costume croisé impeccable, des cheveux ondulés bien cirés, des lunettes d'écaille, tous accessoires réunis, semble-t-il, par le régisseur d'une équipe de roman-photos pour en habiller son héros : le commissaire Pierangeli.

Il est accompagné de deux inspecteurs et d'un représentant des services sociaux.

La porte de la maison est entrouverte. Il n'y a qu'à la pousser du pied pour entrer dans une pièce aux murs enduits d'une peinture sombre mais propre. Au plafond bas pendent deux rouleaux de papier tue-mouches.

Deux femmes sursautent en voyant entrer ces quatre hommes à l'allure décidée. L'une, brune et opulente, épluche des légumes; l'autre, mince et blonde, donne le sein à un bébé.

« Qui êtes-vous ? demande le commissaire Pierangeli.

— Mais... nous sommes les filles de Mme Gilia.

— Et où est votre mère?

— Elle vient de sortir pour faire des courses. »

Le regard inquisiteur du commissaire Pierangeli parcourt la pièce et s'arrête dans le coin obscur sur une porte hermétiquement close.

L'opulente brune prévient la demande du policier :

« Cette partie de la maison n'a que trois pièces : celle-ci, une chambre, et... »

Elle hésite. Le commissaire répète :

« Et ? »

La jeune femme montre du doigt la porte close.

« Voulez-vous m'ouvrir cette porte ? »

Le ton du commissaire est aimable mais il s'agit bien d'un ordre.

La jeune femme hésite, visiblement troublée :

« C'est que...

— Je vous demande d'ouvrir immédiatement cette porte.

— Obéis, Micheline », conseille à sa sœur la petite blonde.

Micheline se saisit alors d'une énorme clef, la tourne péniblement dans la serrure et s'efface.

Ce n'est qu'après une forte poussée de l'un des inspecteurs que le battant tourne dans son habituel grincement de gonds rouillés.

Le commissaire Pierangeli s'enfonce alors dans un trou noir, d'où monte une odeur si nauséabonde qu'il a un geste de recul.

« Eclairez-moi, s'il vous plaît. »

Dans le réduit, le briquet d'un inspecteur jette brutalement une lumière tremblotante sur les murs et sur les croisées de l'unique fenêtre barricadée et presque invisible sous une couche épaisse de poussière.

Puis, tout d'un coup... sur un grabat pourri... la

vision atroce : squelette vivant, avec des os qui semblent vouloir transpercer la peau, il est bien tel que l'a décrit le grutier Corrado Barone. Une sorte de cadavre vivant, aux yeux morts, enfoncés dans leurs orbites, cheveux et barbe hirsutes, collés de crasse.

L'être, tout d'abord, n'a pas une réaction. Nu, accroupi dans un coin, sa tête repose dans un trou creusé dans le mur. L'enquête révélera que ce trou a été fait au long des heures, au long des jours, des mois, des années par le grattement de ses ongles.

Puis, dans la lueur du briquet, le commissaire Pierangeli voit ce fantôme se contracter, relever lentement les bras au-dessus de sa tête et les replier pour se protéger, comme s'il s'attendait à recevoir des coups.

Le commissaire Pierangeli sort un instant du réduit pour reprendre une bouffée d'air :

« Venez nous aider, dit-il aux deux hommes qui attendaient debout à côté des deux jeunes femmes. Nous allons le transporter dans la chambre. »

Puis il se tourne vers la petite blonde et l'opulente brune :

« Préparez la chambre, et préparez-vous aussi à répondre à mes questions. »

Avec une douceur inattendue chez des policiers, ils soulèvent le malheureux. Mais aussi doux que soient leurs gestes, de la bouche décharnée aux lèvres pâles et sèches s'échappent des gémissements, comme les plaintes d'un petit enfant.

Le voici maintenant allongé sur le lit de la chambre, long et mince, sur l'édredon moelleux où il semble flotter, dessinant autour de lui un petit ourlet, comme fait une aiguille lorsqu'elle flotte sur un verre d'eau. A le voir dans la lumière

du jour, il y aurait presque de quoi fuir d'épouvante, comme a fui le témoin Corrado Barone. Le
commissaire Pierangeli se penche sur lui :

« Vous m'entendez ? »

La voix est blanche, incertaine.

« Oui, je vous entends. »

Plus tard, l'enquête établira qu'il fallait que
l'homme entende et même qu'il entende bien : son
réduit est infesté de rats qu'il devait entendre,
faute de les voir, pour ne pas être mordu.

« Vous souffrez ? demande le commissaire.

— J'ai faim... J'ai faim. »

Aux deux sœurs muettes et pâles qui se tiennent
à la porte de la chambre, le commissaire demande
des aliments.

« Apportez du lait et du pain... Il doit bien y en
avoir à la cuisine. »

Quelques instants plus tard, le malheureux
engloutit avidement la tranche de pain trempée
dans du lait que l'un des policiers a portée à sa
bouche.

« Quel âge avez-vous ?

— Je ne sais pas. »

Le commissaire s'adresse alors aux deux sœurs.
C'est la petite blonde qui répond.

« Il a trente-huit ans.

— C'est un parent à vous ?

— C'est notre frère.

— Bravo ! Et ça fait combien de temps qu'il vit
enfermé là-dedans ? »

Cette fois c'est le misérable lui-même qui
répond :

« Oh ! ça fait longtemps. Depuis toujours.
Depuis que je suis devenu aveugle. »

Devant le regard du commissaire, l'opulente
brune explique :

« Umberto a perdu la vue à la suite de la variole, lorsqu'il avait sept ans. »

Les quatre hommes ont le même sursaut effaré.

« Lorsqu'il avait sept ans ? Il serait là-dedans depuis trente et un ans ? »

Sans qu'on sache pourquoi, Umberto se met à rire. Le rire est le propre de l'homme et Umberto est un homme, donc il sait rire. Mais il a ses raisons à lui, ce qui le fait rire ne fait pas rire les autres et vice versa. Son rire est atroce : une sorte de grimace muette, qui laisse voir se dents noires et secoue ses flancs creux de petits soubresauts.

« De temps en temps, dit-il en hoquetant, maman pense que je suis là et me jette un morceau de pain. Des fois, elle n'y pense pas. J'ai beau appeler, crier, personne ne m'entend. Ou alors si maman m'entend, elle vient me battre avec un bâton. »

Et c'est fini. Epuisé par ce rire homérique, Umberto retombe dans une profonde léthargie, et le commissaire ne peut plus en tirer un mot.

L'ambulance vient d'emporter Umberto Gilia. Micheline, l'opulente brune, en sanglotant, tente d'expliquer, d'excuser l'inexcusable :

« Il faut que je vous dise d'abord, monsieur le commissaire, que maman est très pauvre et que ma sœur et moi nous ne vivons pas avec elle. Je ne suis revenue qu'il y a un mois, lorsque mon mari est mort.

— La pauvreté n'excuse pas une séquestration de trente et un ans ! C'est inimaginable. Expliquez-vous !

— Mon frère est devenu aveugle à l'âge de sept ans et puis, il était un peu simple. A l'époque, un docteur avait conseillé à nos parents de le faire admettre dans une maison pour attardés. Mais maman s'est opposée à son internement. Elle ne voulait pas être privée de son fils, même aveugle. Elle disait : « Si je n'ai qu'un morceau de pain je « le partagerai avec lui. »

— Curieuse façon de partager le morceau de pain ! Et ça n'explique toujours pas la séquestration.

— Mais, commissaire, s'il couchait dans cette pièce, c'était pour qu'il échappe aux moqueries des enfants ou à la curiosité des gens du quartier qui le regardaient comme un phénomène de foire.

— C'est vrai, intervient la petite blonde qui berce doucement son bébé dans les bras. Il ne faut pas croire, maman aimait beaucoup Umberto. Du moins, elle l'a aimé longtemps. Et puis...

— Et puis quoi ?

— Ça ne s'explique pas, monsieur le commissaire. Ça se comprend, mais ça ne s'explique pas.

— Parce que vous trouvez cela normal ?

— Moi ? Pas du tout ! Mais je ne vis pas avec ma mère. Si je suis là, c'est parce que nous devions mettre au point la communion de ma nièce. Je ne vois presque jamais mon frère. D'ailleurs, il ne sait même pas que je suis sa sœur. Lorsque je rends visite à ma mère, elle trouve toujours une raison pour le laisser enfermé dans son réduit. Les rares fois où je l'ai aperçu, c'est pour l'entendre réclamer à manger. Comme un jour je m'étonnais qu'il soit si maigre, elle m'a répondu qu'elle lui donnait suffisamment à manger : s'il était aussi maigre, c'est parce qu'il était déréglé mentalement. Malgré tout, je lui ai apporté quelquefois des pâtes et du raisin que j'ai tenu à le voir manger devant moi. Je dois dire qu'il mangeait comme un affamé.

— Mais pourquoi n'avez-vous jamais essayé de le sortir de là ?

— Mais souvent j'ai conseillé à mes parents de le mettre dans un hospice ou dans une maison de santé. Ma mère a toujours répondu qu'elle ne se séparerait de son fils qu'à sa mort. Qu'est-ce que je pouvais faire de plus ? On voit bien que vous ne connaissez pas ma mère. Même mon père a toujours dû lui céder. »

A l'hôpital, on allonge Umberto sur un lit frais et blanc. Il reprend ses esprits pour supplier :

« Dites, vous ne me ferez pas retourner chez maman. Je ne veux pas retourner chez maman ! »

Au n° 8 de la rue Scipion-l'Africain surgit alors une femme de soixante-treize ans, à la robe noire et aux cheveux blancs, dont le visage sévère pâlit en découvrant quatre policiers dans sa maison. Elle retient à l'extérieur les trois bambins qui l'accompagnaient dans ses courses. Son regard encore vif s'arrête sur la porte ouverte dans le recoin obscur :

« Où est Umberto ? Qu'est-ce que vous avez fait à Umberto ?

— Il est à l'hôpital, madame, répond le commissaire Pierangeli, et vous êtes accusée de l'avoir séquestré pendant trente et un ans... »

Un flot de larmes, une bouffée de rage, montent au visage de la vieille dame qui, brusquement, hurle :

« Protégé, monsieur ! Protégé pendant trente et un ans ! »

Et elle n'en démordra pas.

DIEU,
MA PATRIE ET MON DROIT

UNE nuit de novembre 1943, dans un petit appartement sombre et calme de Southampton, se tient une jeune femme à la coiffure blonde et architecturale. Car il est de mode à l'époque d'avoir les cheveux genre pièce montée. La jeune femme pose près de la porte d'entrée une petite valise et ses chaussures. Puis à pas de loup elle entre dans la chambre de Molly sa petite fille de quatre ans, se penche sur son lit et l'embrasse tendrement :

L'enfant s'éveille :

« Où vas-tu, maman ? »

La jeune femme réprime un sanglot :

« Dors, mon chéri... Et ne t'inquiète pas... Papa reste là... Moi je vais faire une course. »

C'est une drôle de course. La jeune femme qui s'appelle Beatrice Corcocan sort de la chambre, essuie les larmes qui coulent sur son visage, se chausse, prend sa petite valise et s'en va. Elle ne va pas loin : un train l'emmène dans une ville voisine où elle s'installe seule dans une chambre d'hôtel.

Voici maintenant le héros de cette histoire. C'est un petit bonhomme : une sorte de John

Wayne en miniature. Costaud, viril, un beau visage sympathique, des yeux vifs un peu malicieux et une tignasse rousse.

Comme John Wayne, il est irlandais. Ce détail est essentiel dans cette affaire. Et comme John Wayne, c'est un calme : un solide père tranquille.

Lorsqu'il monte l'escalier ce soir-là il ne se doute pas une seconde de ce qui l'attend. Son ménage avec Beatrice a jusqu'alors été parfaitement heureux. Leur petite fille Molly est intelligente et pleine de santé. Seul point noir : Beatrice. Comme tant d'autres femmes anglaises (car s'il est irlandais elle est anglaise) Beatrice, depuis quelques semaines, est triste et abattue. Généralement bouillante, elle paraît avoir perdu sa vigueur. Un ami médecin consulté a diagnostiqué une de ces déconcertantes dépressions nerveuses si courantes en Angleterre à la fin de la guerre.

Toujours est-il que la stupeur de Dennis Corcocan est énorme lorsqu'il trouve sur la table de la salle à manger ce petit mot : « Pardonne-moi, Dennis. Je suis partie. Je n'en pouvais plus. »

Il se précipite dans la chambre de l'enfant qui s'éveille et lui explique :

« Maman est partie faire une course. »

Ce que l'enfant a déjà entendu une fois.

Le lendemain matin, toujours sans nouvelles de sa femme, Dennis Corcocan mène une petite enquête qui le conduit très vite dans l'hôtel lugubre d'une petite ville voisine.

« Beatrice Corcocan... Beatrice Corcocan... (Le concierge de l'hôtel cherche dans son livre...) Oui, elle a dû arriver cette nuit. Chambre 212. »

Dennis frappe à la porte :

« Entrez... » répond la voix de Beatrice.

Seule la haute chevelure blonde de Beatrice

dépasse du dossier de l'immense fauteuil qui est tourné vers la fenêtre.

« C'est toi, Dennis ?

— Oui.

— Je me doutais bien que tu viendrais. »

Dennis Corcocan s'avance pour découvrir les yeux gris de sa femme qui, rêveusement, regarde la mer.

« Qu'est-ce qui se passe ? Qu'est-ce qu'il y a, Beatrice ?

— J'avais besoin d'être seule... »

Bien que placide Irlandais, Corcocan ne peut se contenter de cette réponse. Il insiste pour avoir des explications qu'il n'obtient pas. Alors il supplie Beatrice de revenir à Southampton. Si ce n'est pour lui, au moins qu'elle fasse cela pour l'enfant.

Rien à faire, répond Beatrice. Peut-être plus tard. Pour le moment, elle a besoin de solitude.

Le 24 décembre, il pleut sur Southampton tout le jour et toute la nuit. Beatrice, soudain, se demande ce qu'elle fait la nuit de Noël seule dans une chambre d'hôtel au lieu d'être près de sa fille.

Impulsive, elle boucle sa valise et saute dans le premier train au petit matin. Elle arrive à Southampton dans la gare déserte et se fait conduire chez elle.

Une terrible surprise l'attend : la maison est vide. Elle interroge les voisins qui lui apprennent que son mari Dennis est parti l'avant-veille avec Molly leur petite fille pour Bishopswood en Irlande. Il a déclaré qu'il allait passer les fêtes chez sa mère.

Jusque-là rien encore d'extraordinaire, rien d'irrémédiable, tout pourrait s'arranger... Seulement voilà... Il y a maintenant un troisième personnage dans cette affaire : Mary Corcocan, la mère.

Le 26 décembre, la bouillante Beatrice, le cœur battant, les bras chargés de cadeaux, traînant derrière elle un landau de poupée, descend d'un taxi dans le village irlandais de bishopswood.

La maison ancestrale des Corcocan est une vieille bâtisse de pierre au toit de bois manifestant une fâcheuse tendance à s'affaisser tel un vieux chapeau de feutre tiré vers le sol par les lianes d'un lierre sinistre qui l'assaille de toutes parts. Par contre, chaque fenêtre est égayée de pots de fleurs soigneusement peints en vert où dès le printemps doivent fleurir des géraniums.

Dès la porte ouverte, la petite Molly, ravie, court vers Beatrice.

Paraît alors Dennis : il a l'air sévère mais il est pâle, c'est normal. Beatrice est certaine que le malentendu va s'éclaircir.

« Pardonne-moi, Dennis... Je t'en prie... Pardonne-moi. »

Encore sur le pas de la porte, elle tente d'expliquer tant bien que mal l'espèce de folie qui s'est emparée d'elle il y a deux mois. Elle est certaine que Dennis va comprendre. Il comprend sans doute puisqu'il dit :

« Entre. »

Mais lorsqu'il s'efface pour la laisser passer, Beatrice découvre Mary Corcocan raide au milieu de la pièce.

Mary Corcocan est aussi sèche que le jambon qu'on aperçoit pendu au plafond près de la cheminée. Au milieu du visage maigre, osseux et ridé, des yeux vert clair. Sur les joues et le nez, une poignée de taches de son que la main du Seigneur lui a jetée en pleine figure le jour de sa naissance. Car le Seigneur est responsable de tout, ici-bas.

Du bonheur qu'il envoie pour vous récompenser comme des malheurs dont il vous frappe pour vous punir ou pour vous éprouver. C'est l'avis de Mary.

Ce fut sans doute une punition pour elle que son fils bien-aimé, irlandais et catholique, ait épousé une Anglaise protestante.

Mais ce fut pour l'éprouver certainement que Dieu voulut que cette femme refusât d'élever Molly dans la foi catholique : de toute sa vie, Mary Corcocan n'a pu commettre suffisamment de péchés pour mériter un tel châtiment.

Elle s'écarte de trois pas lorsque sa belle-fille entre, comme si elle avait la peste. Lorsque Beatrice veut l'embrasser elle tend une joue si froide et se retire si vite qu'on pourrait croire qu'elle l'a brûlée.

Lorsque la petite Molly ouvre les paquets de ses cadeaux, Mary Corcocan ramasse au fur et à mesure, et sans un mot, la ficelle et les papiers qu'elle replie soigneusement car comme tout le monde dans ce village elle est pauvre et comme tout le monde économe.

Ces jouets, elle les regarde avec un rien de répugnance. Ce sont les fruits du péché puisque Beatrice les offre pour se faire pardonner. Mais si Molly, la pauvre enfant, pardonne, si son fils pardonne parce qu'il est trop brave, elle, Mary Corcocan, ne pardonnera pas.

C'est ce qu'elle crie le lendemain, à l'issue d'une scène orageuse :

« Partez ! Mais partez donc ! Je ne demande que ça ! Mais partez seule ! Ce que vous avez fait ne se pardonne pas. »

Beatrice reprend donc seule le chemin de l'Angleterre avec la conviction que son mariage est à jamais rompu.

C'est alors qu'intervient l'homme de loi. Dans un cabinet qui enferme, entre ses quatre murs bourrés de livres poussiéreux, toute la science juridique du monde depuis la nuit des temps, l'avocat rondouillard regarde sa cliente d'un air vicieux.

Ce n'est pas l'expression du désir brutal et vulgaire qu'il pourrait ressentir devant une jolie femme, non, c'est la joie libidineuse de l'homme de loi qui vient d'imaginer un coup joliment tordu.

« Si Corcocan... explique-t-il d'une voix légèrement zozotante, avait demandé le divorce lorsque vous étiez seule dans un hôtel en Angleterre, il aurait obtenu tout ce qu'il aurait voulu. Mais vous êtes revenue sans qu'il ait rien fait auprès de la justice. Donc, maintenant, juridiquement, c'est lui qui vous chasse ! »

L'avocat réfléchit encore :

« Bishopswood, c'est riche ou c'est pauvre ?

— C'est un village très pauvre.

— Est-ce qu'il y a une école ?

— Elle est assez loin... Et c'est une toute petite école.

— Donc, nous pourrions prouver que vous êtes en mesure de donner à votre enfant une meilleure éducation que celle qu'elle recevrait à Bishopswood. Je vous conseillerai donc de porter tout de suite l'affaire devant les tribunaux. Vous êtes sûre d'obtenir la garde de votre petite fille. »

Si l'avocat connaissait la suite il ne frotterait pas ses mains, satisfait, en voyant partir sa cliente.

Devant le tribunal, quelques semaines plus tard, l'avocat rondouillard et zozotant acquiert par la vertu de sa robe noire et de sa perruque une certaine prestance.

« Certes ma cliente, les nerfs ébranlés par la guerre, a connu un moment d'égarement. Mais reconnaissez, Votre Honneur, qu'il a été court et qu'elle s'est tout de suite ressaisie. Par contre, vous allez décider maintenant de toute une vie : celle de ma cliente bien sûr mais surtout celle de son enfant. »

Là-dessus, l'avocat évoque ce que pourrait être l'atroce existence d'une délicate fillette anglaise, privée d'une sage maman protestante, dans le cadre brutal d'un village irlandais et catholique.

Devant de tels arguments, un juge anglais n'a plus à réfléchir, à discuter, à juger même. L'affaire est entendue. Il accepte le divorce. L'enfant sera confiée à Beatrice, et Dennis Corcocan, qui devra lui verser une pension, est condamné aux frais du procès.

Corcocan, le placide, contre-attaque en s'adressant aux tribunaux irlandais. Il fait valoir que sa femme, qui de son aveu même n'a jamais rien eu à lui reprocher, a bel et bien quitté le domicile conjugal et abandonné son enfant. Cette fois, c'est à lui que la justice irlandaise donne gain de cause.

Beatrice accourt en Irlande et fait appel devant la justice irlandaise. Elle est déboutée par les tribunaux irlandais qui confirment leur premier jugement.

La bouillante Beatrice fait appel une seconde fois : mais les tribunaux irlandais décident pour la troisième fois que l'enfant appartient à Dennis Corcocan.

C'est alors que l'affaire va prendre un tour inattendu : Dennis Corcocan, fort de l'arrêt rendu par la justice irlandaise, confie définitivement la petite Molly à sa mère, et retourne travailler en Angleterre.

Quelle erreur ! Pour des cas de ce genre, aucun accord n'existe entre les justices anglaise et irlandaise. Pour la justice anglaise, les arrêts rendus en Irlande sont sans valeur.

Des messieurs en imperméable et chapeau mou attendent donc Dennis lorsqu'il descend la passerelle du bateau :

« Vous êtes Dennis Corcocan ?

— Oui.

— Vous êtes arrêté.

— Arrêté, moi ? Qu'est-ce que j'ai fait ?

— Vous êtes arrêté pour " mépris du Tribunal ".

— Quel tribunal ?

— Vous contrevenez au jugement de la justice de Sa Majesté puisque vous ne restituez pas votre fille Molly à sa mère à la garde de laquelle elle a été confiée. »

C'est ainsi que le placide Dennis Corcocan se retrouve en prison.

Evidemment, il y aurait pour Dennis Corcocan un moyen de recouvrer sa liberté, ce serait de reconnaître sa faute et de restituer l'enfant, ce qu'en bon Irlandais têtu il refuse.

Lorsqu'il le fera, il sera trop tard : lorsqu'on mêle à ses affaires une belle-mère, un avocat, la justice, la religion et le chauvinisme, le moindre incident dans un ménage peut devenir une affaire planétaire.

Même un homme tranquille comme le placide Dennis Corcocan supporte mal la prison. Même Irlandais avec la tête dure, le régime pénitentiaire finit par vous assouplir. Après trois mois de réflexion solitaire dans sa cellule, Dennis Corcocan écrit à sa femme Beatrice qu'il est prêt à un arrangement... Il propose que l'enfant soit confié chaque année six mois à Beatrice et six mois à lui-même, à tour de rôle.

Dans le petit appartement de Southampton où elle vit désormais seule, Beatrice lit la lettre de son ex-mari. Autour d'elle sa famille. Des Anglais. Rien que des protestants qui la regardent inquiets tandis qu'elle réfléchit. La mère de Beatrice est indignée :

« Qu'est-ce que c'est que cette combine ? Six mois l'un, six mois l'autre ! Six mois Irlandais. Six mois Anglais. Six mois protestant. Six mois catholique. Six mois dans une école. Six mois dans une autre. »

Finalement Beatrice relève la tête :

« Vous avez raison, maman ! J'aurai l'enfant et je l'aurai pour moi seule. »

Au mois de juillet de l'année suivante, soit après un an de prison, le malheureux Dennis à bout de résistance capitule : il s'offre à présenter à la Cour ses plus humbles excuses et s'engage à faire revenir l'enfant.

Dans le petit village de Bishopswood, Mary Corcocan la grand-mère, assise à la table de la salle commune près de la cheminée, promène sur les hommes de loi et les notables locaux qui l'entourent le regard affreusement clair de ses yeux verts. Elle pose sur la table la lettre qu'elle vient de recevoir de son fils, lui demandant d'envoyer Molly en Angleterre.

« Je n'y crois pas... dit-elle.

— Comment, vous n'y croyez pas ?

— Non. Mon fils ne peut pas avoir écrit en toute liberté une lettre pareille! »

Et avec un bon sens qui rejoint la folie tout comme la loi souvent dépasse l'absurde, elle explique :

« Si mon fils n'était pas en prison, il n'aurait pas écrit cette lettre. Il a écrit cette lettre parce qu'il est en prison. Il l'a écrite pour être libre, donc s'il me demande d'envoyer sa fille en Angleterre c'est sous la contrainte. Et vous appelez ça de la justice? Je refuse! Si mon fils revient en Irlande, si je le vois ici, dans cette maison, libre d'agir comme bon lui semble, alors il fera ce qu'il voudra. S'il décide d'emmener la petite en Angleterre, il l'emmènera. En attendant je refuse. Il pourrait m'écrire cinquante lettres depuis sa prison que ce serait inutile. »

En Angleterre, l'avocat rondouillard et zozotant se sent peut-être dépassé par les conséquences du coup joliment tordu qu'il a si bien mis au point. Accompagné de sa cliente, il va trouver la justice anglaise, faisant valoir que l'important pour Beatrice c'est de récupérer son enfant. Or son enfant ne peut lui être rendue que si son ex-mari va la chercher lui-même en Irlande. Ne pourrait-on envisager de le libérer? Provisoirement, en quelque sorte. Après quoi, comme il aurait rendu l'enfant, il ne serait plus coupable devant la justice de ce pays qui pourrait alors le libérer définitivement.

« Refusé! Dennis Corcocan est coupable. Un coupable doit purger sa peine. Il ne sera pas libéré.

— Mais...

— Il n'y a pas de mais... La justice c'est la justice. Trouvez une autre solution. »

Les mois passent. Le sort du placide Dennis Corcocan est positivement tragique.

En Irlande, dans une maison primitive du pauvre petit village de Bishopswood, au cœur du comté de Tipperary, la mère de Dennis Corcocan pleure silencieusement à longueur de journée depuis qu'elle sait que la justice anglaise a refusé de rendre provisoirement la liberté à son fils. Il suffirait d'un geste à Mary Corcocan pour que son fils sorte de prison. Ce geste que son fils, paraît-il, attend, comme il le lui a écrit dix fois. Mais dix fois elle a refusé de le croire, persuadée qu'il écrit sous la contrainte. C'est du moins ce qu'elle prétend.

En attendant, elle garde près d'elle la petite Molly qui a maintenant six ans et écrit presque chaque dimanche à son père :

« Papa, pourquoi ne reviens-tu pas à la maison ? »

La lettre est adressée « Prison de Winchester — Cellule 121. »

« Je suis sûre que Dieu est avec moi, dit la vieille catholique fanatique. Et puis après tout la justice m'a donné raison. »

A Southampton, Beatrice s'attendrit sur le sort de celui qui fut son mari, gémit sur l'argent qu'elle dépense à traîner dans les cours de justice, pleure sur sa propre solitude, mais conclut avec rage :

« Je continuerai à m'opposer à ce que notre petite fille reste avec sa grand-mère, même si je dois mourir de dénuement et si Dennis doit finir son existence entre les quatre murs d'une cellule. Après tout, j'ai la justice pour moi. »

A ce stade, l'observateur a le droit de s'indigner. De penser qu'il n'y a pas *une* justice, mais *des*

justices. Que les individus sont quelquefois dérai-
sonnables. Mais qu'à l'échelle de deux peuples et
dans un cas aussi absurde, il est possible de trouver une solution. Il doit y avoir une solution! Que
la mère et la femme soient têtues jusqu'à la folie,
passe encore... mais il y a bien quelque part des
décideurs raisonnables capables de faire libérer ce
malheureux. Il ne faut pas penser cela. Car le
monde n'est pas ainsi.

L'avocat de Beatrice, qui ne poursuit plus qu'un
but : trouver une issue, demande à la police irlandaise de s'assurer de l'enfant. Non pas en vertu du
jugement de la justice anglaise, mais pour répondre à la demande de Dennis Corcocan lui-même,
qui souhaite que l'enfant soit restituée à sa
femme.

C'est alors que l'affaire atteint le sommet de
l'absurde : la police irlandaise refuse avec logique.

Motif : l'arrêt de la cour irlandaise est contraire
à l'arrêt de la cour anglaise. Si Dennis Corcocan
veut que sa fille soit confiée à sa femme il ne
respecte pas la décision de la justice irlandaise.
Qu'il le fasse, ça le regarde... mais la police irlandaise ne peut tout de même pas l'y aider!

Et cela va beaucoup plus loin. Les juristes irlandais estiment que le traitement infligé à Dennis
Corcocan est illégal. On doit considérer ses actes
après deux ans d'emprisonnement comme ceux
d'un irresponsable. Ce qui signifie que, même si
Dennis Corcocan venait en Irlande chercher sa
fille, il n'est pas certain du tout que la justice
irlandaise l'y autoriserait...

Alors les journaux anglais et irlandais, la radio
irlandaise et anglaise parlent sans arrêt de cette
affaire. Tout le monde s'indigne mais Dennis Corcocan reste en prison.

Tout le monde le plaint mais tout le monde

s'accroche à ses principes. Tant et si bien que — et l'on ose à peine le dire — les années passent, l'affaire se tasse et Dennis Corcocan est oublié dans sa cellule.

A Londres, au ministère de la Justice, vous pouvez demander ce qu'est devenu un certain Dennis Corcocan, on vous répondra à peu près ceci :

« Ah ! oui, Corcocan... Ç'a été une affaire célèbre !

— Oui, mais qu'est-ce qu'il est devenu ?

— Il a été libéré.

— J'espère... Mais quand ?

— Oh !... Très longtemps après l'affaire... Dix ans peut-être... »

LA LOI DU SANG

Dans un hôpital de Saint Louis, aux Etats-Unis, le patron referme un dossier :

« Bon. Eh bien, mes enfants c'est clair. Il faut lui faire une exsanguino-transfusion... C'est la seule chance qu'on ait de le sauver. »

Là-dessus, le patron lève sa haute silhouette genre officier des *Marines,* passe une main sur ses cheveux gris en brosse et ajoute :

« Exécution, mes enfants ! Le plus tôt sera le mieux. Il suffit de trouver les donneurs. »

Comme l'affaire se passe en 1951 et que les méfaits du tabac ne sont pas alors formellement établis, beaucoup de praticiens fument encore. Le patron allume donc une cigarette en ajoutant :

« Ah !... au fait. Il faut demander l'autorisation des parents. »

La médecine depuis cette époque et dans bien des domaines a accompli d'immenses progrès. Aujourd'hui, sans doute, cette histoire ne pourrait pas se produire, mais peu importe. Elle pose un problème de fond sur lequel on n'a pas fini de discuter.

Cherryl Lynn est un petit bout de femme qui ne

se doute pas de l'émotion qu'elle va provoquer : elle n'a encore que quelques mois.

Née au printemps précédent, Cherryl semblait normalement constituée. Hélas ! on s'aperçut bien vite qu'au lieu de profiter, elle dépérissait. Sur la recommandation d'un médecin, ses parents l'ont fait transporter dans cet hôpital. Après quelques jours d'observation, le patron n'a eu aucune peine à déceler une forme très grave de leucémie.

Dans la leucémie, les globules rouges sont détruits par les globules blancs, entraînant un dépérissement de l'organisme. Dans cette forme particulière, la mort survient en quelques mois. En 1951, le seul remède applicable, surtout pour de tout jeunes enfants, est l'exsanguino-transfusion. Peut-être existe-t-il aujourd'hui un autre traitement. Mais le problème n'est pas là. Il suffit de savoir que l'exsanguino-transfusion consiste à remplacer entièrement dans les artères du bébé le sang mal constitué par un sang normal pris à des donneurs soigneusement triés.

C'est donc tout à fait par acquit de conscience que le patron responsable de Cherryl Lynn fait prévenir les parents du diagnostic qu'il vient d'établir et leur demande l'autorisation de procéder à l'application de l'exsanguino-transfusion. Pour lui la réponse ne fait aucun doute puisque c'est la seule chance de sauver le bébé.

Or, quarante-huit heures s'écoulent sans réponse. Au matin du deuxième jour, lorsqu'il a fini de dépouiller son courrier, le patron demande

« Au fait, on n'a pas de réponse des parents de la petite Cherryl ?

— Non, pas encore, Patron.

— Vous leur avez écrit ?

— Oui, Patron. »

Le troisième jour, le patron jette sur le courrier épars sur son bureau un regard étonné.

« Je ne vois pas la réponse des parents de Cherryl !

— Ils n'ont pas encore répondu, Patron. »

Sa main sèche et bronzée martelant le bureau, le patron exige l'autorisation des parents :

« Ou bien ils sont inconscients... grogne-t-il, ou bien ils n'ont pas reçu notre lettre. Je veux qu'on leur écrive à nouveau ou qu'on leur téléphone. Bref, qu'on se remue ! »

Le quatrième jour un assistant prend les devants tandis que le patron vide sur son bureau la corbeille qui contient son courrier :

« Nous n'avons pas encore la réponse des parents de Cherryl. Mais je les ai eus au téléphone : ils me l'ont promise pour demain. »

Le patron lui jette un sombre regard, chargé de reproches et d'étonnement. Sans doute est-il ahuri qu'on puisse être aussi négligent avec la vie d'un enfant. Peut-être aussi se demande-t-il sans rien dire : « Qu'est-ce que ces gens mijotent ? »

De toute façon, il n'y a plus longtemps à attendre : le sixième jour au matin la réponse est là : c'est un télégramme. Mme et M. Lynn font savoir à l'hôpital qu'ils s'opposent à l'exsanguino-transfusion.

Le médecin est abasourdi. Il n'a même pas la force de crier. Il secoue lentement la tête :

« Mais ces gens sont idiots ! Ils n'ont rien compris.

— Ils ont peut-être peur de faire souffrir inutilement leur petite fille... suggère l'assistant.

— Peut-être... »

Puis le patron retrouve le ton du commandement :

« Je veux les voir ! Convoquez-les !

— Quand ?

— N'importe quand. Aujourd'hui. Je me débrouillerai. »

Lorsqu'ils sortent de voiture sur le parking, Mme et M. Lynn passent totalement inaperçus : deux braves bourgeois comme il y en a tant en Amérique. De même, lorsqu'ils entrent dans l'hôpital, lui en complet veston croisé d'une couleur indéfinissable, tenant du gris et du marron, elle dans une longue jupe en lainage gris et un corsage épais de couleur uniformément rouille des poignets jusqu'au cou, ils ne se distinguent en rien du commun des mortels. A la réception toutefois, lorsqu'ils se présentent, l'infirmière les dévisage avec curiosité :

« Je vais prévenir le professeur... » dit-elle.

Lorsqu'on lui annonce l'arrivée de Mme et M. Lynn, le patron va les accueillir à la porte de son bureau en frottant comme il en a l'habitude ses cheveux en brosse. En les voyant, il croit bon d'illuminer son salut d'un grand sourire.

Mme Lynn a des yeux gris dans un visage harmonieux au modelé un peu mou : on dirait que sa peau blanche recouvre une chair pas très ferme. Mais dans son corsage rouille et sa jupe de lainage gris elle se tient raide comme la justice. Lui a les yeux bleus, le front étroit, les pommettes légèrement saillantes et d'assez grosses lèvres. Il n'est ni beau ni laid, probablement ni bête ni méchant.

« Je vous ai demandé de venir, madame et monsieur Lynn, parce que je ne puis malheureusement quitter l'hôpital aujourd'hui. Mais je tenais à vous expliquer d'urgence et personnellement en quoi consiste l'exsanguino-transfusion. Vous savez que le cas de votre petite fille est désespéré et que la seule chance que nous ayons de la sauver c'est de pratiquer cette opération. Elle est totalement indolore, ne présente aucun danger et ne peut avoir que d'heureux résultats.

— Je sais », dit M. Lynn d'une voix calme et douce. Un peu trop calme, un peu trop douce. « Je sais, nous nous sommes renseignés. Mais Dieu a dit : « Tu ne prendras point le sang d'un autre « être. »

Le patron en reste pantois :

« Il a dit ça ?

— Oui. C'est dans la Bible.

— D'accord, on ne doit pas prendre le sang d'un autre être. Mais dans une transfusion on ne le prend pas : ce sont de braves gens qui le donnent d'eux-mêmes. La preuve, c'est qu'on les appelle des " donneurs ".

— N'insistez pas, monsieur le professeur. Je ne veux pas que ma fille soit sauvée de cette façon. Si elle doit être sauvée, Jéhovah y pourvoira. »

Le patron, devenu blême, se contient. Il sent que la colère n'arrangerait rien :

« Bien. Je n'insiste pas. Mais je pense que vous voudriez voir l'enfant ? »

Tandis qu'ils déambulent dans les couloirs de l'hôpital, M. Lynn explique au patron qu'ils appartiennent à une secte particulière de protestants rigoristes, les Témoins de Jéhovah, qui prend la Bible pour seule règle de vie et l'applique au pied de la lettre.

« Lorsque j'ai reçu votre diagnostic et votre proposition d'effectuer sur ma fille une exsangui-no-transfusion, explique M. Lynn, j'ai voulu m'assurer que rien dans la Bible ne condamnait cette pratique. Tout de suite, je suis tombé sur ce commandement de Dieu : « Tu ne prendras à ton

« frère : ni son âne, ni son bœuf, ni sa femme... »
J'ai pensé qu'à plus forte raison on ne devait pas
lui prendre son sang. »

Le patron n'ose même pas lui faire remarquer
qu'il a extrapolé... pour lui, ces gens sont fous.

Devant le petit berceau blanc de Cherryl Lynn,
la mère se raidit un peu plus. Des larmes lui montent aux yeux, mais elle serre les dents et n'a pas
besoin de sortir un mouchoir. C'est M. Lynn qui
paraît encore le plus affecté. Ses mains tremblent
sur le bord du petit berceau et le patron voit monter et descendre plusieurs fois sa pomme d'Adam
pour retenir un sanglot lorsqu'il se penche sur
l'enfant. Cherryl ressemble à un petit cadavre
exsangue, abandonné comme un chiffon fripé sur
l'oreiller.

« Vous voyez... dit le professeur, il faut faire
quelque chose. On ne peut pas la laisser comme
ça... Je respecte vos convictions, mais je crois que
vous devez réfléchir encore. Peut-être pourriez-
vous consulter d'autres témoins de Jéhovah. Ils ne
seraient peut-être pas du même avis. »

Cette fois, comme M. Lynn, dont les lèvres
tremblent, est incapable de parler, c'est sa femme
qui répond, et d'une voix sèche :

« Nous l'avons fait, monsieur le professeur.
Nous avons convoqué nos frères en religion. Une
réunion s'est tenue chez nous. Bien sûr, il y a eu
quelques controverses mais le verdict a été
formel : la transfusion sanguine est un crime
contre la nature telle que Dieu l'a établie. »

Cette fois, le professeur explose :

« Et la leucémie alors ! N'est-ce pas un crime
contre nature ?

— Les maladies, monsieur le professeur, c'est
Dieu qui nous les envoie.

— Qu'est-ce que vous en savez ? La leucémie,

c'est une sorte de cancer du sang. Une maladie qu'on connaissait à peine il y a quelques années. C'est peut-être la civilisation de l'homme qui en est responsable ! »

M. Lynn retrouve sa voix pour déclamer sentencieux un verset en réalité assez obscur de la Genèse :

« Tu ne nourriras point de viande avec la vie, c'est-à-dire avec le sang.

— Taisez-vous ! hurle alors le patron. Tout ceci est un charabia insensé ! La seule chose claire, c'est que vous condamnez votre fille à mort.

— Nous prions le Seigneur... » répond M. Lynn.

Là-dessus, croisant dans les couloirs le personnel hospitalier qui, prévenu par les éclats de voix du patron et le téléphone arabe, les regarde avec stupeur, ils s'en vont dignement. Et chez eux, effectivement, ils se mettent en prière entourés de plusieurs Témoins de Jéhovah.

Bien entendu, l'histoire de Cherryl Lynn a vite fait de franchir les murs de l'hôpital. La presse et la radio s'en emparent et les foyers américains se passionnent. Le patron est assailli de démarches contradictoires. Des associations de parents viennent le trouver, frémissantes d'indignation devant l'attitude de M. et Mme Lynn. Des associations puritaines, au contraire, s'efforcent de le convaincre que si les parents ont donné la vie à cette enfant, ils ont bien le droit de décider des moyens par lesquels cette vie doit être préservée.

Un journaliste lui fait remarquer que dans les régimes totalitaires la question ne se poserait pas puisque leurs doctrines veulent d'abord que l'enfant appartienne à l'Etat. Ce à quoi le patron répond :

« Certes nos lois sont plus circonspectes et plus humaines et elles respectent les droits paternels, mais Cherryl a aussi un droit : celui de vivre. »

Car le patron, lui, ne voit qu'une chose c'est que, tandis que Mme et M. Lynn prient, Cherryl dépérit dans son berceau. Or pour la sauver peut-être suffirait-il d'une transfusion, et pour effectuer cette transfusion il suffirait d'une autorisation. Alors il lui vient une idée : puisque les parents refusent l'autorisation pourquoi ne changerait-on pas les parents ?

Il s'adresse à un tribunal, qui selon une procédure peut-être assez peu orthodoxe, et en application peut-être approximative de la loi américaine, admet sa requête. Cherryl doit être confiée à un père adoptif provisoire.

Il s'en présente une centaine. Les instances administratives et le patron choisissent celui qui leur semble être le meilleur : un garagiste de trente-cinq ans, grand garçon brun, athlétique dont la femme de trente ans, infirmière blonde et sportive, ne peut pas avoir d'enfant.

Dès qu'il est informé que sa requête est acceptée, le nouveau « papa » se précipite à l'hôpital, dans le bureau du patron, pour y signer la fameuse autorisation d'exsanguino-transfusion.

Tout est déjà prêt : les donneurs sont sous pression et l'opération a lieu sur-le-champ.

Pendant les jours et les semaines qui suivent, le père adoptif et sa femme, tour à tour, ne quittent pas le bébé une minute. Leur vie semble suspendue à celle de l'enfant.

Après quelques semaines, Cherryl est considérée comme guérie. C'est alors que surviennent M. et Mme Lynn.

Il a, comme le premier jour, son costume croisé tenant du gris et du marron. Elle a sa jupe de lainage gris et son corsage épais de couleur uniformément rouille des poignets jusqu'au cou.

« Nous venons reprendre notre fille... » dit Mme Lynn.

Consternation dans l'hôpital. Le personnel jetterait volontiers à la porte cette femme aux yeux gris, raide comme la justice et son mari au front étroit et à la voix trop douce. Il s'explique calmement :

« Notre incapacité à assurer la responsabilité de notre enfant tenait à notre refus d'accepter l'exsanguino-transfusion. Notre fille étant guérie, l'incapacité ne peut plus être retenue contre nous et nous reprenons tous nos droits sur notre fille.

— Ce n'est plus votre fille, c'est la nôtre ! » s'exclame alors le garagiste.

Et avec l'aide de sa femme il obtient que l'hôpital lui remette Cherryl Lynn.

« Le premier réflexe de M. et Mme Lynn est de leur courir après jusque sur le parking où la police, prévenue par l'hôpital, les interpelle. M. et Mme Lynn n'insistent pas et décident de s'adresser à la justice.

Un avocat va donc plaider pour eux :

« Mes clients, dit-il, n'ont jamais abandonné leur enfant. Mais ils n'ont pas voulu désobéir à Dieu. Nous sommes un pays chrétien où chacun sait que la loi divine doit être respectée avant la loi humaine. D'ailleurs ils ont si peu abandonné Cherryl qu'ils ont prié pour elle jour et nuit. Alors qu'est-ce qui prouve que c'est votre transfusion de sang qui a sauvé Cherryl ? Qu'est-ce qui prouve que ce n'est pas leur prière ? »

En réponse, l'avocat du garagiste produit les conclusions unanimes de dix experts consultés par la justice américaine. Pour eux, il ne fait aucun doute que Cherryl serait morte aujourd'hui si l'on n'avait pas opéré la transfusion sanguine.

« Nous reconnaissons parfaitement le droit aux Témoins de Jéhovah de refuser la transfusion sanguine pour eux-mêmes, déclare l'avocat. Mais ce droit ne saurait s'étendre à d'autres personnes qu'à l'individu concerné par la transfusion. Le premier devoir de l'être humain, surtout d'un père et d'une mère, est de tout tenter pour sauver la vie d'un autre être humain, et prendre une décision contraire à ce devoir doit être considéré comme une faute. »

Evidemment, le débat passionne les Etats-Unis. Les partisans de M. et Mme Lynn évoquent la loi du sang :

« Tous les jugements, disent-ils, n'empêcheraient pas que Cherryl soit et reste la fille de M. et Mme Lynn. »

A quoi leurs adversaires répondent non sans logique :

« La loi du sang ? Vous nous faites rire : Cherryl n'a plus dans ses veines une seule goutte du sang de son père et de sa mère. »

Finalement, la Cour Suprême des Etats-Unis, après avoir longuement examiné le dossier de Cherryl Lynn, décide qu'elle ne sera pas rendue à ses premiers parents. Elle restera pour toujours la fille de son père adoptif.

En vérité, dans cette histoire, la grande question débordait largement le cas de Cherryl Lynn et l'on pourrait la poser de la façon suivante : « A qui est-on le plus redevable ? A ceux qui un jour (et parfois sans trop y penser) nous ont donné la vie ? Ou à ceux qui, volontairement, nous l'ont conservée ? »

LE TRÉSOR DU HOLLANDAIS

Le sergent William Redgrave, de la police de Sa Majesté, est une caricature du policier colonial britannique, en Guyane anglaise de 1950. Le sergent Redgrave porte un long short kaki, des chaussettes et de grosses chaussures montantes. Certes il ne coiffe plus le casque colonial, mais sous son képi, à l'ombre de la visière, son visage rouge brique est orné d'une moustache dont les poils soigneusement rangés pointent en avant comme ceux d'une brosse à dents en parfait état.

Ce jour-là, le sergent William Redgrave fait arrêter sa jeep au bord de la piste qui conduit à une bourgade profondément enfouie dans la forêt. Soudain, il aperçoit un groupe de Noirs sortant d'un épais fourré et qui se dispersent aussitôt. Toutefois, l'un d'eux lui dit au passage :

« Ce n'est pas nous... Nous, on n'a rien fait.

— Rien fait ? Mais de quoi s'agit-il ? Qu'est-ce qu'il y a là-bas ? »

Comme le Noir préfère s'enfuir plutôt que de répondre, le sergent décide d'aller jeter un coup d'œil dans les buissons. Il met pied à terre et s'y rend d'un pas tranquille. Les Noirs, hommes et femmes, l'observent de loin; des gamins demi-nus ou vêtus de chemises en lambeaux se rapprochent lentement.

A première vue, rien d'anormal dans les fourrés. Et quoi qu'il s'y trouve, rien de bien important, se dit le sergent. Mais, dès les branchages écartés, il entend bourdonner les mouches. Puis une puanteur stagne dans l'air chaud. Enfin, sous l'essaim de mouches bleues et de fourmis rouges qui s'acharnent après lui, apparaît un cadavre, sans doute celui d'un animal.

Surmontant son dégoût, le sergent s'en approche. Il a d'abord quelque peine à établir de quel animal il s'agit. Puis il pousse un énorme juron et, soulevant son képi, s'essuie le front avec épouvante. Il s'agit d'un enfant, sans doute une fillette. Le choc est terrible, presque insoutenable.

Pour comble d'horreur, le cadavre ne forme pas un tout. Il est complet mais chaque membre et la tête sont séparés du tronc. Et le tronc lui-même porte, en croix, deux plaies horribles.

Le sergent se redresse, repousse les enfants qui veulent entrer dans le fourré et appelle le policier qui l'accompagnait :

« Tu restes ici, ordonne-t-il. Et tu empêches tout le monde d'approcher. Moi je vais prévenir le gouverneur. »

Le sergent Redgrave fonce vers la maison du gouverneur, le képi en bataille, et demande à être reçu immédiatement. Non que Clara, la malheureuse petite victime, soit un important personnage. Elle n'a jamais été bien grosse pour ses sept ans, et des petites Négresses comme elle, il y en a des nuées. C'est tout juste si elles sont recensées et si on leur a donné un nom. Le sergent a une autre préoccupation, dont il fait part immédiatement au gouverneur :

« J'ai tenu à vous voir personnellement, monsieur le gouverneur, car j'ai l'impression qu'il s'agit d'un crime rituel.

— Allons bon... grogne le gouverneur qui sent venir les ennuis. Et à quoi voyez-vous ça ?

— Les membres et la tête ont été détachés du tronc avec soin... Après une ligature des membres, sans doute pour éviter que le sang coule trop. Pour que la victime reste vivante jusqu'à la fin du sacrifice. Les entailles, faites sur le tronc, sont disposées en croix et parfaitement rectilignes. Enfin les viscères ont été sortis...

— Pouah !... grogne le gouverneur qui sort d'un étui en or une cigarette, l'allume et aspire une longue bouffée comme s'il voulait puiser dans la fumée le courage d'entendre la suite.

— Le crime est récent... poursuit le sergent Redgrave. Tout juste quarante-huit heures et je n'aurai aucune peine à retrouver les coupables, ce genre de cérémonie s'accomplit généralement devant un grand nombre de témoins.

— Attendez... Attendez... »

Et le gouverneur, s'avisant que le sergent Redgrave est devant lui au garde-à-vous, raide comme un piquet, lui montre une chaise :

« Et asseyez-vous, bon sang !... Ce n'est pas un problème qu'on va régler en trois coups de cuillère à pot. »

Le gouverneur est lui aussi une caricature : chauve et distingué, il a le ton cassant, le geste impérieux, une belle voix grave et s'exprime dans un anglais parfait. Toute son énergie est mobilisée vers un seul objectif : l'autorité. Son autorité jamais ne doit être contestée puisqu'il représente le gouvernement de Sa Majesté britannique.

Malheureusement, il n'est ni plus ni moins hésitant que les autres hommes et, comme eux, il doute à tout bout de champ. Tandis que le sergent

Redgrave l'observe, assis sur le bord d'une chaise, le gouverneur s'interroge une fois de plus : doit-il laisser ce policier professionnel, consciencieux et borné, foncer dans le brouillard ?

Dans ce pays où, en dépit de tous les progrès de la civilisation, le culte vaudou se maintient à l'état endémique, un crime rituel est toujours inquiétant. Il peut être le prélude à quelques dangereux coups de tête de la part du cocktail de Noirs, d'Indiens et de sang-mêlé qui vivent entre la rivière Demerara et les Monts-de-la-Lune.

« Vous êtes sûr de votre affaire ? demande le gouverneur au sergent Redgrave... Je veux dire : sûr d'arrêter les vrais coupables ?... très vite, et quels qu'ils soient ?

— Oui, monsieur le gouverneur. »

Le gouverneur n'ose pas dire qu'il préférerait, si l'affaire doit traîner en longueur, qu'on l'étouffe gentiment... C'est le genre d'avis que ne comprendrait pas le sergent Redgrave. Il insiste tout de même :

« Si vous n'en êtes pas certain...

— J'en suis certain, monsieur le gouverneur.

— Alors, allez-y, sergent... Vous avez carte blanche », dit-il en soupirant d'inquiétude.

Le sergent Redgrave ne s'est pas trompé. La façon dont Clara est morte est facilement et rapidement éclaircie. Il s'agit bien en effet d'un sacrifice rituel auquel une centaine d'indigènes ont collaboré. Comment et pourquoi Clara a été choisie comme victime, le policier ne le sait pas encore. Mais quelques témoins, affirmant n'être mêlés en rien à cette cérémonie, vont lui raconter comment une troupe — sorcier en tête — est venue en fin d'après-midi enlever la malheureuse enfant. Ces gens se sont réunis dans une clairière perdue au fond de la forêt vierge où ils ont allumé de grands feux. Au rythme des tambours creusés dans des troncs d'arbres et des calebasses évidées, ils ont chanté, entremêlant les complaintes héritées des esclaves d'autrefois, les hurlements cadencés dépourvus de sens et les hymnes chrétiens. Cet accompagnement sonore soutenait un déchaînement de danses qui ne cessait de croître à mesure qu'avançait la nuit.

Le maître du jeu était un petit sorcier indien vivant dans la forêt et, paraît-il, âgé de plusieurs siècles !

Quand l'aube approcha, le sorcier s'en fut réveiller Clara qui, malgré le tintamarre, dormait sur une couverture dans un coin de la clairière. Le sorcier la fit entrer dans une case construite pour l'occasion et brillamment éclairée avec des bougies. Là elle fut étendue sur une sorte de lit grossier et la scène d'horreur commença.

Tandis que les témoins répétaient, après le sorcier, les paroles d'un chant mystérieux auquel ils ne comprenaient pas un traître mot, celui-ci brandissait un coupe-coupe et désarticulait puis coupait chaque membre du petit corps de Clara, l'un après l'autre, articulation par articulation, faisant chaque fois une rapide ligature de liane pour éviter la perte de sang. Pour que le sacrifice réussisse, il fallait que la victime reste vivante jusqu'au bout, c'est-à-dire à l'instant où son bourreau l'achevait enfin.

Alors le sorcier incisait en croix le buste et le ventre de l'enfant pour en sortir le cœur et les viscères qu'il recueillait soigneusement dans un panier. C'est seulement au bout de quelques jours, en examinant leur aspect, que le sorcier devait connaître la réponse à la question posée aux dieux. Car le but ultime de ce sacrifice était d'obtenir des dieux une réponse.

« Quelle réponse ? » demande le policier à chacun des témoins.

Prolixes tant qu'il s'agissait de décrire la cérémonie du sacrifice, les témoins deviennent brusquement muets lorsqu'il s'agit de révéler son objet.

« Demandez au sorcier... » c'est tout ce qu'ils consentent à dire.

Le sergent Redgrave ne fait ni une ni deux, il s'en va dans la forêt et en ramène un étrange personnage. On est tenté de dire qu'il s'agit encore d'une caricature : la caricature du sorcier.

Il s'agit d'un affreux petit sorcier indien qui se déplace difficilement, plié en deux par l'âge, et dont la peau rugueuse est incroyablement ridée. Il ressemble à un vieux tronc d'arbre, sec. Seuls la bouche et les yeux paraissent humides et vivants. Malheureusement l'affreux petit sorcier se tait, comme s'il était muet. Il n'écoute même pas les questions qu'on lui pose. Il semble vivre « ailleurs », bien loin du monde artificiel de ces Blancs dérisoires et de leurs questions stupides.

Alors le sergent Redgrave poursuit son enquête en dehors du petit sorcier et découvre que, parmi les témoins du sacrifice rituel, figurait un très important personnage sur l'initiative duquel avait été organisée la cérémonie, monseigneur l'évêque Eric Benfield.

Cette découverte a un certain retentissement local. Et le téléphone grésille sur le bureau du policier.

« Allô ? Sergent William Redgrave ?... Ne quittez pas... le gouverneur veut vous parler...

— Allô... C'est vous, sergent Redgrave ?...

Qu'est-ce qu'on me dit ! Vous avez arrêté Mgr Benfield ?

— Oui, monsieur le gouverneur... Il a participé à l'assassinat de Clara.

— Vous êtes sûr ?

— Certain.

— Il a avoué ?

— Pas encore, monsieur le gouverneur.

— Nom de D... Mais vous vous rendez compte de ce que vous avez fait ?

— Parfaitement, monsieur le gouverneur.

— C'est bon. Tenez-le-moi au chaud. J'arrive. »

Ainsi se trouve bientôt réuni un étrange quatuor : la caricature du gouverneur, la caricature du policier colonial, la caricature du sorcier et la caricature de l'homme d'Eglise que voici : Mgr Eric Benfield est l'« évêque » d'une secte chrétienne, connue sous le nom d'« Eglise spiritualiste ». Ce mulâtre, grand, gros, quasiment obèse, est pudique comme une jeune fille, modeste comme une vieille servante et il a tout du saint homme. Réfléchi, calme, il regarde ses ouailles avec des yeux bleus très doux et ne leur donne que de bons conseils. Il n'importune personne avec les manifestations de sa foi mais lorsqu'il le fait sa véhémence éclate, et son énorme corps se met à vibrer. Cette caricature d'homme d'Eglise jouit d'une grande autorité auprès des indigènes.

« Monsieur le gouverneur, dit-il drapé dans sa dignité, je vous demande d'ordonner immédiatement qu'on me laisse entrer chez moi. »

Le sergent Redgrave ne laisse pas au gouverneur le temps de répondre. Sa moustache en poils de brosse à dents se pointe, frémissante :

« Je vous libérerai si vous pouvez répondre correctement à mes questions. »

Mgr Benfield, sans élever la voix, exprime alors

154

son indignation, jetant la malédiction sur le sergent « qui me traîne dans la boue, moi qui représente l'Eglise spiritualiste ». Mais ce nouveau moyen de défense ne réussit pas mieux que le premier. Le sergent William Redgrave lui montre une soutane tachée de sang :

« Nous avons trouvé cette soutane chez vous, après votre arrestation. Pouvez-vous m'expliquer pourquoi elle est pleine de sang ? »

Cette fois, l'évêque reste coi, cherchant une explication. Le gouverneur le regarde, espérant qu'il va en trouver une et une bonne car il n'est pas bon politiquement de maintenir en prison un si haut personnage religieux...

Le sergent William Redgrave, lui, en bon flic, boit du petit lait. Car l'évêque obèse transpire d'angoisse sur sa chaise. Il le houspille un peu, pour le plaisir :

« Alors ? Vous me donnez une explication ? Pourquoi votre soutane est-elle pleine de sang ? »

Incapable de répondre, l'évêque laisse enfin tomber sa tête dans ses mains.

C'est alors que l'affreux petit sorcier trouve le moment venu de parler enfin. Il faut rappeler ici qu'il est un sorcier dit au pouvoir mystérieux. Et il décide que la meilleure attitude possible est de jeter un sort à ces Blancs, venus troubler le bon déroulement d'une sorcellerie folklorique, en quelque sorte.

« Vous avez volé le cadavre qui était destiné aux dieux... » commence-t-il.

Comme le gouverneur interroge du regard le sergent, celui-ci explique en haussant les épaules :

« Je ne l'ai pas volé, je l'ai mis à la morgue. C'est tout. »

Mais l'affreux petit sorcier poursuit comme s'il n'avait pas entendu :

« Mais avant une semaine, les dieux se seront vengés ! »

Cette prédiction ne remonte absolument pas le moral de l'évêque qui ne trouve toujours pas d'explication à la soutane tachée de sang. Alors il cède, son corps énorme agité d'un tremblement nerveux, il raconte toute une histoire. La voici, en termes historiques et précis, pour la compréhension du sujet qui ne manque pas d'intérêt.

L'affaire vient de très loin. Elle commence voici trois siècles sur la côte orientale de l'Amérique du Sud, à la hauteur des Guyanes et des îles méridionales de l'archipel des Caraïbes. La région était alors parsemée de repaires de pirates : ceux que l'on appelait les « Frères de la côte ».

L'un d'eux : Edward Mansveldt, célèbre flibustier hollandais, rêvait de grouper les Frères de la côte en un royaume organisé et indépendant. L'idée n'était point stupide. A condition que les Frères de la côte puissent accepter suffisamment longtemps l'autorité qui eût permis l'établissement d'une structure politique, administrative et militaire, l'existence d'un tel Etat eût complètement modifié l'avenir du Nouveau-Monde. Oubliant les régions sans ressources et les forêts impénétrables, cet Etat profitant des embouchures des fleuves et des rades naturelles abritant des ports pleins d'avenir eût été commerçant, maritime et riche. Donc puissant.

Mais pour réussir dans une telle entreprise, il fallait de grands moyens avant tout financiers. Dans ce but, Mansveldt avait constitué un énorme trésor de guerre. Estimant prudent de le mettre à l'abri en attendant de s'en servir, il le transporta à bord de deux navires à l'embouchure de la rivière

Demerara, dans ce qui est aujourd'hui la Guyane Indépendante.

Pendant plusieurs jours, on y vit une file ininterrompue d'esclaves transporter ce trésor jusqu'au plus profond de la forêt vierge, où il fut enfoui dans un souterrain creusé pour lui.

Lorsque cela fut terminé, Edward Mansveldt, en politique prudent autant qu'énergique, massacra les esclaves pour être sûr qu'ils ne parleraient pas.

Hélas! la chance se détournait de lui. Au retour, alors que ses navires passaient en vue de La Havane, une tempête les jeta sur la côte. Les Espagnols s'emparèrent d'Edward Mansveldt et n'eurent rien de plus pressé que de le pendre haut et court. Ce grand rêve qui eût sans doute bouleversé l'histoire de l'Amérique s'écroulait.

Pas un seul des compagnons du Hollandais n'ayant été épargné, le trésor demeura dans la pourriture de la forêt vierge où il est encore. Le trouvera qui peut.

Mais les grandes idées sont immortelles ou plus exactement comme le phénix, elles renaissent indéfiniment chez des personnages bien divers et sous les formes les plus inattendues : unir l'Europe était l'ambition de Charlemagne, de Napoléon, d'Hitler et de Jean Monnet[1].

En 1950, l'idée d'unir les Guyanes, les petites îles des Caraïbes et d'autres pays de la région, est l'obsession de Mgr Eric Benfield. Il rêve de faire de sa secte un christianisme adapté aux traditions et aux superstitions de ses frères noirs de la région. En cette époque de fermentation

---

1. Jean Monnet, brillant économiste français, premier président de la Communauté européenne du Charbon et de l'Acier dans les années 50.

générale, ce nouveau christianisme unirait le grouillement de races bigarrées qui peuplent l'Amérique latine et souffrent de se sentir traitées en inférieures.

Mais des projets de cette ampleur ne se réalisent pas sans argent. La caisse de l'Eglise spiritualiste est vide. Les fidèles à qui elle pourrait faire appel sont, dans leur immense majorité, des gens très pauvres.

C'est alors que Mgr Eric Benfield — qui a entendu comme tout le monde parler du trésor du Hollandais — se prend à rêver. Au début ce n'est qu'une vision agréable. Une sorte de phantasme. Puis la vision persiste. Elle l'agace. Il la chasse. Elle s'impose. Dans ces conditions, inutile de lutter. A titre de passe-temps, Mgr Benfield étudie les documents qui tombent à sa portée, fouille les vieux bouquins, interroge les spécialistes au hasard des rencontres. Bien entendu, aucun résultat ne couronne ses efforts. L'énigme du trésor demeure insondable.

C'est à ce moment, en janvier 1950, qu'il rencontre un homme étrange : un affreux petit sorcier indien vieux comme la forêt.

« Je pense... déclare le sorcier d'une voix rauque et sifflante comme un soufflet de forge... Je pense que j'ai les moyens de résoudre cette énigme.

— Quels moyens ?

— Oh ! ce serait difficile et très long. Et, bien sûr, ce n'est pas certain mais ce serait possible...

— Mais comment ? »

L'affreux petit sorcier n'explique rien, tout d'abord. Il ne s'exprime qu'en termes vagues, ne laissant nullement prévoir ce qu'il envisage. Mgr Benfield va-t-il être envoûté ? C'est bien possible : chaque fois que l'évêque de l'Eglise spiritualiste rend visite à l'affreux petit sorcier, il est comme fasciné par ce tronc d'arbre desséché dans lequel s'ouvre une fente humide où bouge une langue rouge. Par ce rocher qui parle et le regarde par deux trous tout petits et tout ronds au fond desquels larmoient deux éclats d'onyx bien noirs.

De plus en plus souvent, le gros évêque s'en va soufflant et transpirant asseoir son monumental postérieur dans la case minuscule de l'affreux petit sorcier. Or, plus Mgr Benfield cède à l'envoûtement et plus l'intention de l'affreux petit sorcier se précise :

« Si vous voulez vraiment retrouver le trésor du Hollandais, explique-t-il, il faut la complicité des dieux. Pour cela, il faut revenir aux rites anciens, notamment invoquer la déesse solaire qui régnait sur nos pays alors qu'ils n'étaient peuplés que par les hommes rouges. »

Enfin, au mois de mars 1950, l'affreux petit sorcier frappe un grand coup :

« Les hommes blancs sont des enfants, explique-t-il. Ils ont inventé des tas de choses amusantes et inutiles et leur religion n'est qu'une religion parmi tant d'autres où tout est agréable et facile. Ils ne connaissent que la surface des choses. Pour obtenir la complicité des dieux, il faut les rejoindre dans les hauteurs ou dans les profondeurs qu'ils habitent. Pour cela, pratiquer comme le faisaient nos ancêtres, non pas les terreurs grotesques du Vaudou et les sacrifices dérisoires, mais le vrai sacrifice, le seul qui puisse concerner les dieux. »

Le gros évêque écoute l'affreux petit sorcier les yeux exorbités.

« De quel sacrifice voulez-vous parler ?

— Mais vous le savez très bien, voyons. Tout le monde le sait, depuis toujours. Ne soyez pas hypocrite : il s'agit d'un sacrifice humain. Et depuis la nuit des temps les hommes font de tels sacrifices. Même votre religion a eu besoin d'un sacrifice humain. Le Christ n'a-t-il pas été sacrifié ? »

L'affreux petit sorcier parle avec une terrifiante et lucide assurance. Il semble sage, impavide, vieux comme les temps qu'il évoque.

« Et, poursuit-il, pas n'importe quel être humain. Mais comme le faisaient les Incas, les Aztèques ou les Mayas, c'est une vierge innocente qu'il faut leur sacrifier, si vous voulez satisfaire les dieux ! »

Le gros évêque ne réagit même plus à cette incroyable proposition, il laisse le sorcier poursuivre.

« Je peux procéder à ce sacrifice. Je connais parfaitement le rituel de la cérémonie. Je descends d'une famille Maya et, qui plus est, d'une famille de prêtres. »

Définitivement convaincu par l'affreux petit sorcier, l'évêque accepte. Voilà pourquoi le sergent William Redgrave découvrit en juin 1950, le cadavre d'une petite fille de sept ans, innocente victime du grand sacrifice rituel.

Mais le sorcier avait menacé au moment de son arrestation :

« Les dieux se vengeront avant une semaine ! »

Sur qui allaient-ils se venger ? Sur le gouverneur ? Le sergent ? L'évêque ? Ou lui-même ?

Sans doute avait-il mal interprété le message des dieux, car ces quatre personnages ont vécu encore longtemps, lui et l'évêque en prison, le sergent et le gouverneur en Angleterre.

Mais trois jours après sa prédiction, il se produisait un incident tout de même assez rare. La morgue brûla entièrement et l'on ne retrouva plus rien du minuscule cadavre de la petite Clara. Les dieux étaient-ils enfin satisfaits?

UNE BOUTEILLE AU DÉSERT

En état de choc, à peine consciente, une jeune fille à travers le désordre de ses cheveux bruns voit dans la nuit l'homme se jeter sur elle une fois de plus. Elle tente de se relever mais ne peut éviter un coup sur la tête. Un coup donné avec une telle force qu'elle retombe en arrière. Des bras puissants soulèvent à demi son corps nu et elle sent qu'on la traîne sur les cailloux jusqu'au pied d'un rocher. Plus morte que vive elle reste là, implorant le Ciel pour que son agresseur l'abandonne et cesse de la torturer.

Combien de temps s'écoule avant qu'elle tente de se relever dans le silence du désert ? Elle ne sait pas. Mais tout doucement elle bouge. Toujours à demi consciente elle sent que quelque chose d'horrible lui est arrivé. Bien que totalement hébétée, elle se rend compte qu'elle perd son sang. Dans ses cauchemars les plus affreux elle n'aurait jamais pu imaginer qu'on puisse perdre tant de sang. Elle se met fiévreusement à chercher ses vêtements, et ne les trouve pas. D'ailleurs, à quoi bon, puisqu'elle réalise seulement qu'elle n'a plus de bras. Ils ont été tranchés au niveau du coude. A leur place, il y a deux moignons sanglants.

Aux dernières heures de la nuit, le 30 septembre 1978, la jeune fille reprend connaissance, au milieu d'une mare de sang, dans le désert californien entre Los Angeles et San Francisco. Elle réalise à ce moment que la voiture bleue et son agresseur, qu'elle ne connaît que sous le nom de Larry, ont disparu. Allongée complètement nue, seule, les deux bras sectionnés au-dessus du coude, perdant son sang par deux moignons horribles, elle est animée soudain d'un formidable instinct de conservation. Elle pense : j'ai seize ans, je suis trop jeune pour mourir dans ce désert.

Elle faisait de l'auto-stop pour aller voir une amie à Los Angeles. Le premier conducteur était avec sa femme et ses enfants. Il venait de Denver. Fatigué il a voulu s'arrêter dans un motel.

Le second allait à Las Vegas. En la déposant sur le bord de la route il lui a fait une pancarte, en écrivant avec un feutre : « Pour L.A. » (Los Angeles).

A Los Angeles, elle devrait y être. Peut-être même, depuis longtemps. Au lieu de cela, elle est abandonnée, horriblement mutilée, dans un canyon à 80 miles au nord-est de la ville.

Elle se souvient maintenant que le dénommé Larry, son agresseur, l'homme à la voiture bleue, le troisième à la prendre à son bord pour l'emmener à Los Angeles, a tourné brusquement dans une route sinistre et déserte. Elle avait remarqué la pancarte *Terrain accidenté à 6 miles.*

Elle se redresse à demi, puis s'appuyant sur ses moignons sanglants elle trouve la force de se lever et de marcher. Toujours en état de choc elle s'en va, titubant à travers le désert. Pendant combien de temps ? Elle ne sait pas. Mais le jour se lève.

Elle entend passer une voiture au loin. Encore quelques centaines de mètres et, affaiblie, elle s'appuie contre le grillage de l'autoroute.

Jim et Liz Gooder sont partis de Los Angeles dans la nuit pour se rendre à San Francisco passer le week-end chez des amis. Le jour se lève. Jim est un sympathique garçon qui semble sorti tout droit d'un catalogue de magasin de sport : cheveux blonds et courts, yeux bleu clair dans un visage bronzé, la musculature bien visible sous sa chemisette légère. Il conduit sa Buick blanche en écoutant les informations à la radio. Liz, sa jolie femme, dort à moitié et n'entrouvre les yeux que lorsqu'elle sent la voiture ralentir brusquement.

« Qu'est-ce qu'il y a, Jim ?

— Je ne sais pas... Regarde... »

Liz aperçoit, à 200 mètres, ce qui lui paraît être une femme en bikini. Puis elle comprend que la femme est nue, qu'elle est couverte de sang, et qu'elle n'a plus de mains.

Jim, qui n'en croyait pas ses yeux, freine brutalement alors qu'il vient de dépasser la malheureuse. En marche arrière, il recule dans un ronflement strident.

La jeune femme, les bras pendants, se tient immobile le front appuyé contre le grillage. Elle le regarde descendre de la Buick blanche. Brune avec des yeux noisette, elle est toute jeune, peut-être seize ans. Elle ne pleure pas, mais lorsqu'il s'approche il entend un râle s'échapper de sa bouche entrouverte.

« Qu'est-ce qui vous est arrivé ? »

Elle répond très vite :

« Il m'a violée. »

Manifestement, c'est tout ce qu'elle peut dire.

Vingt minutes plus tard, une ambulance s'arrête au motel de Pignon Valley. Jim Gooder et sa femme ont fait vite : cinq minutes pour trouver une ouverture dans le grillage, s'y engouffrer avec la Buick, rouler de l'autre côté, et allonger la jeune fille sur la banquette arrière avec toutes les précautions possibles.

Cinq minutes pour rouler, tombeau ouvert, jusqu'au motel de Pignon Valley et appeler une ambulance. Dix minutes pour que celle-ci arrive. Ce minutage est extrêmement important pour la suite.

Tandis que les brancardiers installent la malheureuse dans l'ambulance, le jeune toubib qui les accompagne murmure :

« Elle revient de loin. »

Jim Gooder, décomposé, grogne pour la dixième fois :

« C'est horrible ! Pauvre gosse... C'est horrible... Il faut retrouver ce type ! »

Sa femme remarque :

« Elle n'a pas l'air de comprendre qu'elle n'a plus de mains...

— Oui, explique le toubib, c'est l'état de choc. C'est un miracle qu'elle n'ait pas perdu tout son sang.

— J'appelle la police, dit Jim Gooder. Il faut retrouver ce monstre...

— Attendez... »

Le médecin l'arrête d'un geste :

« Appeler la police, d'accord. Mais il y a plus urgent. Il faudrait essayer de retrouver ses bras... »

Jim a un sursaut d'incompréhension, et le médecin insiste :

« Oui. Si ça se trouve, la blessure n'a pas plus d'une heure ou deux. Si on retrouvait ses bras... »

Jim Gooder court déjà vers sa voiture :

« J'y vais... J'y vais... »

Et il crie à sa femme :

« Toi, tu appelles la police. »

Deux voitures démarrent en même temps en sens inverse : l'ambulance qui emmène la jeune fille à l'hôpital et la Buick blanche de Jim Gooder qui part à la recherche des bras de la jeune fille.

Lorsqu'il retrouve l'ouverture dans le grillage, Jim Gooder traverse froidement l'autoroute en laissant son pot d'échappement sur le terre-plein qui sépare les deux voies. Puis il s'y engouffre et roule dans un nuage de poussière et de sable jusqu'à l'endroit où il a chargé la malheureuse.

Là, rien... Pas même une goutte de sang. Mais quelques traces de pas, les pas de la jeune fille. Il comprend que le drame s'est produit ailleurs. Mais où ? Il regarde autour de lui et ne voit que le désert : des rochers à droite, une falaise à gauche. Les traces cessent dans la pierraille. Il est impossible de voir d'où elles venaient. Et le comble, c'est qu'il n'y a pas de sang...

Plus tard, un expert donnera l'explication suivante : c'est parce que ses artères ont été complètement déchiquetées qu'elle n'a pas perdu tout son sang. L'état de ses artères a entraîné des spasmes qui ont stoppé l'hémorragie.

A tout hasard, Jim Gooder roule le long du grillage qui s'arrête quelques centaines de mètres plus loin. Rien. Il continue. Là, le sol pierreux est tout aussi vierge : des cactus cierges et candélabres, à perte de vue, gris de poussière.

A l'hôpital, la malheureuse jeune fille vient d'être livrée aux chirurgiens. Avant que ceux-ci lui administrent un sédatif, elle a le temps de crier :

« Mes bras ? Où sont mes bras ? »

Le patron qui examine les plaies se tourne vers le jeune toubib qui vient de l'amener :

« Vous avez raison. Si on pouvait retrouver ses bras. Je crois qu'on pourrait essayer de les greffer, il y a une chance. »

Dans le couloir, il y a un téléphone que le jeune médecin décroche pour appeler la police de Pignon Valley.

« Allô... Ici l'hôpital. On vient d'amener une jeune fille qui a été agressée par un type. Il lui a coupé les avant-bras. Oui : les avant-bras. Pourquoi ? Mais je ne sais pas pourquoi. Si on pouvait les retrouver, les chirurgiens essaieraient de les greffer. Oui... de les greffer ! Et alors il faudrait les chercher ! Non je ne peux pas vous dire où ça s'est passé exactement. Mais vous devez trouver un homme dans une Buick blanche qui est déjà sur place. Le long de l'autoroute. Il les a peut-être trouvés. En tout cas, il pourra vous renseigner. Si vous les avez il faut les rapporter très vite. Dans de la glace si possible. C'est une question de minutes... Merci. »

Le jeune médecin raccroche et se tourne vers une infirmière qui lui demande :

« Vous croyez qu'ils ont compris ?

— J'espère...

— Et vous croyez qu'ils les trouveront ?

— Pour les trouver, ils finiront par les retrouver. Mais quand ? »

Sur l'autoroute, deux motards qui roulaient tranquilles accélèrent brutalement. On vient de leur expliquer par radio qu'il faut retrouver deux bras pour les recoller à une jeune fille qui vient d'être agressée. Il paraît qu'un homme dans une Buick blanche les cherche déjà et pourrait les renseigner.

Jim Gooder, seul dans le désert au bord de l'autoroute où passe par moments un énorme poids lourd dans un grondement qui se prolonge indéfiniment, est assis sur la banquette de sa voiture. Par la portière ouverte, il défait ses chaussures pour en faire tomber le sable, tout en marmonnant une série de jurons.

Il ne peut s'empêcher de revoir la silhouette de la malheureuse jeune fille et de ses moignons. Ses bras sont sans doute quelque part, ici ou là. Mais où ? Peut-être sont-ils tout à fait ailleurs. Peut-être a-t-elle été amenée, déjà blessée, en voiture jusqu'ici. Jim est parti trop vite. Il aurait dû essayer de l'interroger.

C'est alors que deux points noirs apparaissent à l'horizon :

« Tiens... des flics », dit Jim.

Lorsqu'ils sont à une centaine de mètres, Jim Gooder se lève car ils ralentissent. Ils vont lui demander ce qu'il fait là. Il est interdit de stationner à cet endroit. Il va pour leur expliquer, mais c'est inutile. L'un des deux policiers, ayant calé sa moto, vient très rapidement vers lui en soulevant son casque pour essuyer la sueur sur son crâne chauve.

« C'est vous qui cherchez les bras ?

— Oui.

— Vous les avez ? »

Jim Gooder, d'un grand geste, montre le désert autour de lui :

« Non... Comment voulez-vous que je les trouve là-dedans ! »

En quelques mots, il explique qu'il n'a pas chargé la victime au lieu où s'est produit l'agression et qu'il lui a été impossible de retrouver cet endroit... Il faudrait plus de renseignements.

Le policier retourne à sa moto pour demander des détails par la radio.

Le permanent de la police lui répond qu'actuellement la victime est dans le coma et que, pour avoir des détails, il faudrait retrouver le criminel.

Quarante-cinq minutes après que Jim Gooder a trouvé la jeune fille, un quart d'heure à peine après son admission à l'hôpital, un policier explique au chirurgien :

« Il faut la faire parler, docteur...

— Ce n'est pas le moment...

— Si vous voulez qu'on retrouve ses bras, il faut la faire parler... »

Dix minutes encore et la jeune fille, stimulée par une piqûre, revient à elle.

« Mademoiselle... lui demande le policier, où avez-vous été attaquée ?

— Je ne sais pas... Près d'une petite route où il y avait un panneau : *Terrain accidenté à 6 miles*, mais je ne sais pas où...

— Vous avez marché longtemps avant d'arriver à l'autoroute ?

— Oui.

— Combien de temps ?

— Je ne sais pas.

— Une heure ?

— Je ne sais pas.

— Dix minutes ?

— Je ne sais pas.

— Comment était cet homme ?

— C'est un Caucasien. »

Cette précision qui peut surprendre n'a rien d'étonnant dans cette région où les Caucasiens sont nombreux; les Californiens sont habitués à les identifier.

« Comment est-il ?

— Je ne sais pas dire...
— Il est moyen? Petit? Grand?
— Grand.
— Quelle couleur de cheveux?
— Noirs.
— La couleur des yeux?
— Je ne sais pas. Il a des lunettes. »

Patiemment, le policier insiste et finit par arracher à la malheureuse enfant, bribe par bribe, d'autres détails : l'homme avait à côté de lui des bouteilles de vodka et de gin et il buvait souvent à même la bouteille qu'il jetait vide par la portière. Il avait une cicatrice sur le visage et un nez boursouflé comme s'il s'était récemment battu. Sa voiture était bleu foncé et les sièges gris. Sur la plage avant, il y avait un rasoir électrique ainsi que son chemisier rose, ses blue-jeans et ses chaussures de tennis blanches... Enfin l'homme avait dit se prénommer Larry.

Avant de perdre à nouveau connaissance, la jeune fille donne enfin son nom et son âge exact : elle n'a pas encore seize ans.

Les deux motards et Jim Gooder, prévenus par radio que l'agression a eu lieu près d'une petite route traversant un terrain accidenté, ont vite trouvé celle-ci. Mais ils ont beau la parcourir dans un sens puis dans l'autre ils ne trouvent aucune trace de l'agresseur. Et les empreintes de pneus sont trop nombreuses, car il n'y a pas eu un souffle de vent ni une goutte de pluie depuis plusieurs jours.

Trois quarts d'heure seulement se sont écoulés depuis que la jeune fille a été conduite à l'hôpital, lorsque plusieurs radios de Los Angeles consacrent un bref instant à l'affreuse agression qui vient de se produire dans la région de Del Puerto

170

Canyon et diffusent une description sommaire de l'agresseur.

Une institutrice demeurant dans une petite ville du nord de Los Angeles avec sa petite fille entend distraitement la nouvelle. Elle ne s'y intéresse pas. Mais au moment où le speaker prononce un prénom : Larry, la petite fille remarque :

« Tiens c'est comme notre voisin de Martinez. »

L'institutrice se souvient en effet avoir connu un Larry qui demeurait à côté de chez elle, il y a dix ans, lorsqu'elle habitait à Martinez près de San Francisco. Bien sûr Larry est un prénom répandu. Mais c'était un Caucasien, avec une balafre, un gros nez, des lunettes.

Elle attend quinze minutes qu'un nouveau bulletin d'informations la renforce dans son impression qu'il s'agit peut-être du même homme. Et elle appelle la police, enfin.

« Un homme répondant au nom de Larry Singleton vivait près de chez moi lorsque j'habitais Martinez. C'était un Caucasien. Il avait une balafre, un gros nez, des lunettes. Lorsqu'il était sobre, il était charmant. Mais l'alcool le rendait fou.

— Qui êtes-vous, madame ?

— Mme Alice Boehn.

— Pouvez-vous me donner son adresse ?

— Bien sûr. »

Il y a une heure et quinze minutes que la jeune fille a été conduite à l'hôpital lorsqu'à Martinez la police se précipite au domicile du dénommé Larry Singleton.

Est-il chez lui ? S'agit-il bien du criminel ? Reconnaîtra-t-il son crime ? Fournira-t-il à temps les renseignements permettant de retrouver les bras de sa victime ?

L'homme à lunettes grand, brun avec une balafre et un nez boursouflé ouvre la porte d'une villa de Martinez, au nord de San Francisco. Un inspecteur essoufflé lui demande :

« Vous êtes Larry Singleton ?

— Oui.

— Avez-vous chargé cette nuit une auto-stoppeuse sur l'autoroute de Los Angeles ?

— Non...

— Il y a combien de temps que vous êtes là ?

— Depuis... deux... ou trois heures...

— C'est votre voiture qui est devant la maison ? J'ai tâté le capot. Il est encore tiède. Vous mentez ! »

L'inspecteur dévisage le suspect : l'homme est pâle, se balance d'avant en arrière, tient à peine les yeux ouverts, ses joues pendent lamentablement.

« Vous êtes complètement ivre.

— J'ai un peu bu... oui... »

L'inspecteur se tourne vers les policiers qui l'accompagnent :

« Vous deux, interrogez les voisins. Quand est-il sorti ? Quand est-il rentré ? Vous autres, fouillez la maison. »

La villa est coquette et pas trop mal tenue.

« Vous vivez seul ici ?

— Non. Avec ma fille.

— Où est-elle ?

— Chez des amis pour le week-end. »

Dans un appentis un policier trouve deux haches, le manche de l'une d'elles est humide. Il y a aussi un tapis de voiture fraîchement lavé qui sèche derrière la maison dans le petit jardin. Dans la boîte à ordures : une chemise rose, un blue-jean, des chaussures de tennis et d'autres affaires ayant peut-être appartenu à la jeune victime.

« Comment expliquez-vous ça ? demande brutalement l'inspecteur en brandissant un soutien-gorge.

— C'est à ma fille.

— Menteur. Il était coincé entre les coussins de la banquette arrière de votre voiture. »

Encore ivre, Larry comprend tout de même qu'il lui faut trouver une explication.

« Bon, c'est vrai... dit-il. J'ai pris une gosse en auto-stop près de Richmond en venant ici. Je ne savais plus très bien ce que je faisais parce que j'avais trop bu. Un peu plus tard j'ai pris deux autres passagers. C'était deux hommes. Tous les trois nous avons payé pour avoir des rapports avec elle. Tout ça à l'arrière de la voiture. Je vous dis, je ne savais plus ce que je faisais...

— Et alors, ça n'explique pas qu'on lui ait coupé les bras ! Qu'est-ce qui s'est passé après ?

— Je ne sais pas. Je m'étais endormi à cause de l'alcool. Lorsque je me suis réveillé on roulait vers San Francisco. C'est l'un des auto-stoppeurs qui conduisait. Et la petite n'était plus dans la voiture.

— Et pourquoi avez-vous lavé le tapis de votre voiture ?

— Parce que j'ai vomi dessus.

— Et cette hache dont le manche est humide...

— Je ne m'en suis jamais servi contre personne. »

Là-dessus, les autres policiers qui ont interrogé les voisins viennent au rapport suivis d'un groupe de badauds qui se pressent devant la villa :

« Il est parti hier matin... dit l'un.

— Il y a tout juste une heure qu'il est arrivé... dit l'autre.

— Il paraît qu'il est très dangereux quand il a bu... » explique le premier.

Des voix s'élèvent :

« Il a déjà eu des contraventions pour conduite en état d'ivresse.

— Il se dispute toujours avec sa fille! crie une autre voix. Souvent elle sort en courant de la maison parce qu'elle a peur de lui quand il a bu...

— C'est vrai... D'ailleurs quand il commence à boire il boit comme une machine : au moins une bouteille par heure... »

Sur la petite route accidentée qui serpente dans le désert, une ambulance vient d'arriver avec, à tout hasard et probablement trop tard, de la glace. Elle est accompagnée de plusieurs voitures de police dont les occupants se préparent à faire une battue. Jim Gooder vient d'être rejoint par sa femme et les deux motards sont accrochés à leurs émetteurs.

Tous entendent par la radio la voix d'un policier lointain nasiller dans le désert. Il leur fait le point de la situation. Celle-ci n'a guère évolué puisque le suspect refuse d'avouer. Dans ces conditions, la battue ne donnera rien, c'est évident. Ce n'est pas trente policiers, même s'ils sont rejoints dans quelques instants par quelques volontaires de Pignon Valley, qui permettront de retrouver deux bras dans ce désert.

« Si seulement on savait à quel endroit de la route il s'est arrêté avec sa voiture... »

C'est alors que Jim Gooder se souvient de deux remarques : la malheureuse jeune fille a dit qu'« il avait à côté de lui des bouteilles de gin et de vodka qu'il buvait au goulot et qu'il jetait vides par la portière »... Et le policier vient de leur rapporter par radio le propos d'un voisin : « Il boit comme une machine : une bouteille par heure. »

Or, le temps de s'arrêter, d'entraîner la jeune fille dans les rochers, de la violer, de la supplicier comme il l'a fait, le criminel devait avoir très soif lorsqu'il a rejoint sa voiture sur le bord de la route. Il a dû boire. Et, qui sait, peut-être jeter une bouteille vide. Jim Gooder suggère timidement :

« C'est peut-être idiot... mais si on cherchait une bouteille sur le bord de la route ? »

Quelques instants plus tard, à trois miles à peine de l'intersection de l'autoroute, l'un des deux motards trouve en effet une bouteille de gin vide. Elle sent encore l'alcool. Une voiture récemment s'est arrêtée là. Cent mètres plus loin, il y a au pied d'une falaise un rocher. Derrière le rocher le soleil luit sur du sang déjà sec. C'est ici qu'a eu lieu, il y a moins de trois heures, l'horrible carnage. Les deux avant-bras sont sur le sol, souillés de poussière.

Aussi extraordinaire que cela paraisse, la greffe opérée ce jour-là sur Mary Coch, probablement trois heures et demie à quatre heures après sa mutilation, réussit parfaitement. Mary Coch a reçu des milliers de lettres de félicitations et quelques demandes en mariage qu'elle a refusées, s'estimant trop jeune. Elle veut devenir physicienne à l'Université de Berkeley dont elle suit actuellement les cours.

LA MAMMA

C'est la guerre. Les Alliés préparent le débarquement en Sicile. Dans un train, parti de Palerme dans la nuit, dort une petite armée de permissionnaires. Les hommes sont entassés les uns sur les autres. Ils sont jeunes. A vingt ans, on dort n'importe où, n'importe comment, et la guerre est une chose tellement inhumaine, qu'elle dépasse l'entendement. Pasquale par exemple, un jeune Sicilien de dix-neuf ans, dort comme un enfant déguisé en homme. Son uniforme et son calot ont l'air trop grand pour lui. Il n'est dans l'armée que depuis quelques semaines. On lui a appris très vite à manier le fusil, et à ramper sur le ventre. Il ignore encore à quoi tout cela pourra bien lui servir. C'est un paysan, un peu fruste. Le dernier fils d'une famille de pauvres, qui a déjà donné à l'Italie de Mussolini les trois aînés, morts.

Au village, il ne reste plus que la Mamma. Pasquale vient de l'embrasser peut-être pour la dernière fois. Son régiment était cantonné si près du village, qu'il a obtenu une permission exceptionnelle de vingt-quatre heures.

Il a retrouvé son vieux lit de fer et la cuisine de sa mère, le temps d'une parenthèse. Elle est terminée.

La train cahote, et secoue son chargement de jeunes hommes. Soudain c'est l'enfer. Un enfer qui tombe du ciel. Une escadre de forteresses volantes américaines nettoie le secteur. Un raz de marée de bombes déferle sur le train. Les rails se disloquent, les wagons éclatent, le feu, les tôles tordues, les hurlements des blessés font un décor hallucinant dans la campagne déserte.

Des morts, des morts, et encore des morts, partout. Le convoi était une cible fragile, à l'aube de cette journée de 1945. Les quelques survivants courent dans la plaine, affolés. Et lorsque les secours arrivent, il ne reste que les morts et les blessés graves, entremêlés, dans les ferrailles tordues.

Il reste Pasquale aussi. Debout au milieu de cet enfer, les yeux fous. Il est sain et sauf. Le wagon où il dormait s'est ouvert comme une coquille de noix. Ses camarades sont morts, il est là tout seul au milieu d'eux, miraculé, sans une écorchure, sans la moindre bosse. Il a tout vu, tout entendu, tout vécu, et il est resté là, comme un zombie, à regarder la mort de près.

Avant cela, Pasquale était un enfant. Après cela, il aura du mal à devenir un homme, malgré tout l'amour du monde.

Mais Pasquale a rejoint son régiment, car la guerre n'est pas terminée, et l'instruction continue.

« Debout là-dedans ! »

Que ce soit en français, en italien, en allemand, en américain, en espagnol ou en russe, c'est toujours la même chose. Une chambrée s'éveille au clairon, et au « debout là-dedans ! » d'un adjudant ronchonneur.

Du fond de son lit, Pasquale répond :

« Pour quoi faire, debout ? On peut rester couché, pour crever. Ça va plus vite... »

Dans l'armée, et surtout en temps de guerre, une phrase comme celle-là ne peut en aucun cas être considérée comme un jeu de mots. D'ailleurs ce n'en est pas un.

Pasquale se retrouve en prison. Corvée de balayage et prison. Il balaie, et supporte les sarcasmes :

« Alors, soldat, on préfère le balai au fusil ? Si tu te sers de ton fusil comme de ton balai, on n'est pas prêts de terminer la guerre ! »

Les sous-officiers, ou officiers, eux, ont droit aux plaisanteries approximatives. Cela fait partie de l'instruction, pour secouer l'homme. Pasquale laisse tomber son balai.

« Vous gênez pas. Avec un balai, on a du mal à tuer quelqu'un. Ça vous changerait. »

Cette fois, c'est une insulte à un supérieur, insulte révélatrice d'une mentalité défaitiste. Et c'est grave.

A cette époque, l'armée italienne est travaillée par d'invisibles courants d'insubordination. Voire de révolte franche. Pasquale est enfermé pour de bon. Nul ne cherche à savoir pourquoi ce jeune garçon a changé de caractère à ce point. Il était serviable, obéissant, peureux et timide. On lui avait dit : tu vas servir l'Italie, il s'était contenté de cet argument pour aller éventuellement se faire tuer quelque part. Mais depuis le bombardement du train, il est étrange. Il ne dort plus, ne parle plus à personne, sauf pour se révolter.

Mais l'armée n'a pas le temps de s'appesantir sur la chose. Pour elle, Pasquale est un mutin comme les autres. Dangereux pour le moral des troupes.

Alors, puni et repuni, Pasquale ne voit plus qu'un havre de grâce, en ce monde de folie, où il se sent devenir fou lui-même : sa maison, et sa mère. La maison de pierre sèche, blanche et pauvre. La mère au cœur tendre, vieille et pauvre.

Il s'enfuit, une première fois. Le village de son enfance est trop proche, le besoin trop fort. Dans les bras de sa mère, il retrouve un peu de calme. La Mamma est une vraie Mamma, qui dorlote, et caresse les cheveux de son dernier fils, le gave de lait de chèvre et de tartines de miel.

Il est ramené en prison, et s'enfuit une deuxième, puis une troisième fois. On le menace du conseil de guerre. Cela ne l'effraie pas. Le colonel tape sur la table :

« Vous êtes soldat, bon sang ! Qu'est-ce que c'est que ces gamineries... et vos camarades ? S'ils faisaient la même chose où irions-nous ? Et la guerre ?

— Je m'en fous, mon colonel, vous comprenez ? Je m'en fous de mes camarades et de la guerre. Je veux retourner chez ma mère !

— Votre mère c'est l'Italie, on va vous le faire admettre une bonne fois pour toutes ! »

C'est l'ère des brimades. Pasquale devient le souffre-douleur du régiment : il s'agit de transformer ses velléités de repos en lâchetés officielles. Son esprit déjà chancelant accuse le choc.

Un seul camarade s'en inquiète. Celui qui dort à côté de lui, et participe malgré lui à ses cauchemars, la nuit, à ses crises de sanglots, ou de révolte. Il décide d'écrire à la mère de Pasquale. Une brave lettre toute simple, qui dit en substance :

« Pasquale est malade. Sa tête ne va plus. Ici les chefs ne le voient pas, et ils lui font du mal. Pasquale va devenir fou. »

Dans la petite maison de pierre sèche, la Mamma écoute le facteur lui lire la lettre, car elle ne sait pas lire les lettres. Mais elle sait lire entre les mots :

« Il faut que j'aille le chercher, ils vont le tuer, là-bas.

— Mais on ne vous le donnera pas, Mamma, c'est un soldat.

— Non, c'est mon fils. Ils me rendront mon fils. »

Et la Mamma se met en route. A pied, car elle n'a pas les moyens de prendre le train. Par petites étapes, car ses jambes ne lui permettent pas de marcher longtemps. Elle a eu un mari et quatre fils, elle a travaillé toute sa vie pour les nourrir, et les élever. Elle est maigre, petite et sèche, courbée comme un vieil âne sicilien, et têtue comme lui. Pasquale est le seul homme qui lui reste, son dernier fils, son dernier amour, son précieux trésor.

La Mamma croise les légions en marche, sur son chemin, des morceaux d'armée, des restants de gloire. La fin de la guerre est proche, elle ne s'en doute même pas. De son village, près de Partimico, entre Palerme et la mer, elle n'a pas vu grand-chose de la stratégie alliée. L'aurait-elle vue, d'ailleurs, que cela n'aurait rien changé pour elle. La Mamma ne sait qu'une chose. La guerre passe au-dessus d'elle et ne la concerne pas. Maintenant, elle ne concerne même plus son fils.

Sa guerre devient une autre guerre. Qui finira mal, comme toutes les guerres, mais peu importe.

Elle vient arracher son fils aux autorités militaires, et il faut être une Mamma sicilienne pour oser cela.

Raconter l'entrevue de la Mamma et du colonel serait trop long. Il suffit de dire qu'elle a dormi par terre devant la caserne pendant trois jours et trois nuits, et que jamais de sa vie elle n'a parlé autant. Que Pasquale, son fils, son bébé, s'est jeté dans ses jupes noires, comme un enfant terrorisé, et qu'elle a gagné. Elle « emporte » son fils. Les voilà tous les deux sur le chemin qui ramène au village. Pasquale tient la main de sa mère, entre les deux siennes. Il ne parle pas. Il a de grands yeux cernés, il se laisse emmener. Enfin calme, libre de sa folie, puisqu'elle est rendue douce par la Mamma.

Pendant quelques jours, il ne la quitte plus. Puis son état s'aggrave brutalement. Il refuse de s'habiller, marche pieds nus, et ne consent à dormir qu'à même le sol, recroquevillé comme un chien malade.

Si quelqu'un veut franchir le seuil de la maison, il grogne, et devient méchant. Lorsque sa mère le quitte un moment pour s'occuper des chèvres, ou faire des courses, Pasquale tambourine à la porte inlassablement en chantonnant une sorte de complainte incompréhensible.

Par moments, il est menaçant. Il ne veut plus voir ses amis, tout ce qui est extérieur au cocon maternel le rend nerveux, méchant, et de plus en plus agressif.

Alors, un soir, la Mamma dit à son fils :

« Pasquale, nous allons marcher jusqu'à Palerme. Je vais t'emmener voir un docteur. »

Pasquale ouvre des yeux angoissés, mais sa mère le calme immédiatement :

« Je ne te quitterai pas. »

Après la longue marche jusqu'à Palerme, la mère et le fils entrent dans un hôpital. La Mamma veut voir le médecin des fous. Celui qui soigne les têtes malades, elle veut voir le meilleur. Elle a déterré ses économies, vendu sa croix et son alliance en or, vendu la perle qui ornait jadis la cravate de son époux. Elle ouvre les mains devant le psychiatre et lui tend son argent.

« Pour lui. Il faut le rendre comme avant. Il était doux, et gai, il aimait son travail, il pensait juste et bien, il parlait avec raison. C'est la guerre qui l'a fait comme il est. »

Pasquale disparaît avec l'homme en blanc, pour un examen complet. Et l'homme en blanc revient seul.

« Madame, il faut interner votre fils.

— Vous voulez l'enfermer comme un voleur ? Ce n'est pas pour ça que je suis venue...

— Je sais, madame, mais il faut l'enfermer. Il veut se faire du mal, et faire du mal aux autres. Pour le soigner, il faut l'enfermer. Toute seule vous ne pourriez pas. D'ailleurs, je n'ai même plus le droit de le laisser repartir avec vous. »

C'est une pauvre femme désespérée qui accompagne son fils à l'asile. La guerre est finie, les bombes se sont tues, Mussolini est mort, mais lui paie encore.

Lorsqu'il comprend qu'on l'arrache à sa mère, Pasquale hurle dans le couloir de l'asile :

« Mamma... Mamma ! Ne m'abandonne pas !... »

Mais il le faut, et la pauvre femme reprend seule, et à pied, le chemin du village. Plus pauvre qu'avant. Plus malheureuse qu'avant. Elle l'entend encore crier, son fils : « Ne m'abandonne pas ! »

Et ces yeux qu'il avait! Qui prend soin de lui là-bas? Qui le berce, et le calme pour le faire dormir? Qui l'empêche de se griffer et de se mordre? Qui lui donne à manger lentement, à la cuillère?

La Mamma se redresse, au bout d'un mois à peine de solitude et de désespoir. Elle a eu tort. Elle repart. Comme la première fois elle décide d'arracher son fils à l'administration. C'est le même assaut, les mêmes suppliques. Mais cette fois c'est plus dur. Il y a les certificats des médecins disant que Pasquale est dangereux, qu'il peut tuer ou se tuer.

Dangereux, son fils? Pas avec elle. Dès qu'il la voit, son visage se détend, son regard s'adoucit, il tend les bras derrière les barreaux :

« Mamma... Mamma... emmène-moi. Mamma, ne me laisse pas. »

Alors, comme les traitements sont inefficaces, y compris les électrochocs, comme ce fou, dangereux à l'asile, se fait doux comme un agneau dans les jupes de sa mère, on le lui rend.

Mais on lui rend Pasquale sous son entière responsabilité, et l'homme en blanc parle à nouveau :

« Vous ne devez pas le laisser redevenir méchant. Il est doux avec vous parce qu'il vous aime, et que cet amour est la seule chose qui le rattache à la vie. Mais avec les autres, il est dangereux. Il faut l'enfermer et ne pas le quitter jour et nuit. C'est une lourde tâche, une lourde responsabilité. Si par malheur il se rendait coupable d'une agression sur un étranger, nous le reprendrions. Signez là. »

La Mamma signe d'une croix. Et prend son fils par la main, comme la première fois.

Les revoici tous deux sur la route. La mère et son fou. Il s'agrippe à elle, mais il a changé encore. C'est un animal, un simple animal qui ne connaît qu'elle. Il faut quitter la route et traverser la campagne déserte, pour lui éviter de grogner après les voitures ou de cogner sur les gens.

La Mamma et son fils mettent plus de quatre jours pour retrouver enfin la maison de pierre et le calme du village. La mère fait construire, à l'intérieur de la maison, une véritable cellule, comme à l'asile, avec des barreaux et un cadenas, dont elle garde la clé sur elle en permanence.

Pasquale y est enfermé, comme en prison. Elle ne prendra pas le risque de le laisser courir la campagne, pour qu'on le lui enlève à nouveau.

Mais elle est là, toujours. Avec lui derrière les grilles, quand il hurle et se plaint. De l'autre côté, quand il dort enfin quelques heures. Ils se parlent un langage étrange, que Pasquale a inventé dans sa folie. Jour après jour, la Mamma pèse de tout son poids dans la balance pour rendre à son fils la raison que lui a volée une nuit de guerre. Pour le tirer de cette cage, pour le rendre à la vie. Elle espère. Et la lutte va durer dix ans.

Pasquale a trente ans, à présent, et sa mère soixante-douze. Il est fort et bien nourri. Elle vieillit et se rapproche de la mort insidieusement. En dix ans, elle n'a réussi qu'à tirer quelques fils de l'écheveau embrouillé qu'est devenu le cerveau de son fils. Il ne se cogne plus la tête contre les barreaux, il ne se mord plus les doigts, il chante. Il parle parfois presque normalement :

« Mamma ? Quelle couleur ont les pierres du chemin ?

— Blanches, mon fils...

— Mamma ? Je les ai rêvées noires...

— C'était un mauvais rêve, mon fils. Mamma te jure qu'elles sont blanches.

— Mamma ? Montre-les-moi. Je veux les voir. Si tu dis vrai je te croirai. »

C'est une lueur d'espoir, peut-être, mais la Mamma hésite. Que ferait l'homme en blouse blanche ? Elle ne sait pas.

Alors, elle prend son fils par la main, ouvre la cage, et marche avec lui sur le chemin rempli de soleil.

« Tu vois, les pierres sont blanches, Pasquale, regarde, elles sont blanches comme je t'ai dit... »

Pasquale regarde la pierre, blanche en effet, puis son regard devient fixe. Il a vu l'ombre de la pierre, l'ombre noire. Il n'écoute plus sa mère, il est perdu, seul, elle lui a menti. Les pierres du chemin sont noires. La Mamma les voit blanches, mais lui, il les voit noires. Chaque pierre du chemin a son ombre noire, il le savait.

Il lâche la main qui le guidait depuis des années, il recule, il ne voit plus sa mère, il ne voit plus rien que les ombres noires, et il court, il fuit, terrorisé par sa propre folie, sûr de sa logique, et seul avec elle. Désespérément.

Au lendemain, la police a ramené Pasquale, attaché comme un forcené, des menottes aux mains et aux pieds. On l'a transporté à Palerme, à la prison, la vraie, celle des assassins.

Il avait étranglé une femme sur son chemin. Il n'était plus rien, il bavait, et marmonnait sans cesse quelque chose d'incompréhensible qui parlait de pierres noires et de pierres blanches.

Il avait tué et on l'enfermait pour toujours. Dans un asile de pierre et de barreaux. Il ne réclamait plus sa mère. Il était mort pour elle.

Alors, la Mamma a repris une dernière fois le chemin. Seule et à pied. Elle a demandé à embrasser son fils. Elle est entrée dans la cellule, encadrée de deux infirmiers méfiants.

Pasquale était accroupi, comme une bête, sans regard, et sans vie. Elle a dit :

« Lève-toi, Pasquale ! »

Il ne bougeait pas. Une deuxième fois, la Mamma a ordonné doucement :

« Lève-toi, Pasquale ! »

Il n'entendait plus.

Alors elle s'est approchée, et l'a pris dans ses bras. Elle a soulevé ce grand corps inerte, avec une force incroyable. Elle l'a serré contre elle. Et il est retombé. Mort. Un poignard dans le cœur. Elle le tenait encore dans sa main tremblante, et les infirmiers n'avaient pas eu le temps d'intervenir.

Au procès, à Palerme, la vieille femme n'a rien dit. Qu'une phrase. Une seule :

« Personne n'aurait eu le courage de le tuer. Il le fallait. C'est moi sa mère. »

La Mamma est morte en prison, une semaine après le procès. A l'âge de soixante-quinze ans.

PETTING PARTY

Un homme et une femme cheminent le long d'un sentier. Il serpente à travers bois à quelques kilomètres de la petite ville de Corington dans le Kentucky. La nuit tombe et tout est gris. Les arbres sont gris, le ciel est gris, le sol est gris, même les deux silhouettes vues de loin sont grises. Mais vue de près, au travers des yeux de l'homme, la mince silhouette qui marche devant lui est loin d'être grise. Il la voit au contraire brune et dorée. D'ailleurs, sa décision est prise : il va la violer !

La violer n'est peut-être pas le mot juste. Disons qu'il va abuser d'elle. D'ailleurs : abuser d'elle n'est peut-être pas non plus l'expression exacte. Il va plutôt la « forcer », comme on force l'animal qui vous nargue en fuyant après une longue chasse à courre. Et même cette image-là ne correspond pas non plus tout à fait à la réalité. Dans une chasse à courre on tue, alors que cet homme n'a pas l'intention de tuer. Et puis dans une chasse à courre l'animal n'y est vraiment pour rien. Or il est impossible d'en dire autant de Margaret, car Margaret est là de son plein gré.

Seulement Margaret n'a que quatorze ans et c'est déjà une petite créature splendide. Lorsque Ernest Foutch la décrira il utilisera pêle-mêle des mots appartenant au vocabulaire des fleuristes, des pâtissiers, des joailliers, des hommes de cheval ou des dompteurs. En effet ce qu'il regarde devant lui aller, venir, trottant, chantonnant, c'est tour à tour et tout à la fois une fleur, un croissant chaud, une pouliche, un piment, un diamant, une panthère. Bref, Ernest Foutch est très atteint, il ne sait plus du tout où il en est. Elle l'a rendu complètement fou, quatorze ans ou pas.

S'il est agréable de décrire Margaret — brune aux yeux verts et à la peau dorée, trottinant, jambes nues dans une robe new-look serrée à la taille, longue et large comme une corolle —, le portrait d'Ernest Foutch est beaucoup moins drôle : il n'y a strictement rien à en dire. A trente-deux ans, c'est un Américain moyen, ni sympathique ni antipathique, ni bête ni méchant. Les documents qui le concernent ne mentionnent même pas le métier qu'il exerce. Ses cheveux sont châtains et il est vêtu d'un costume léger en jersey marron. Seule caractéristique : il nourrit depuis toujours une passion brûlante pour Margaret. Etant donné le jeune âge de celle-ci, « depuis toujours » est peut-être exagéré, alors disons : depuis déjà deux ans.

Malgré sa jeunesse, Margaret est une demi-vierge déconcertante, friande de « *petting party* » où l'on pratique ce flirt à l'américaine dont les limites ont été reculées aussi loin qu'il est possible et qui pourrait se traduire par : « tout, sauf l'essentiel ». Cet usage, tout à fait répandu dans les années 50 et parfaitement admis, est l'un des aspects les plus inattendus, bien que parfaitement logique, de la civilisation bourgeoise américaine.

Donc, non seulement Margaret connaît la passion de Foutch mais, disparaissant de chez elle, elle a accepté de passer deux nuits avec lui, à la condition que Foutch n'aille pas au-delà des limites du flirt américain. Pour étendues que soient ces limites, on imagine l'état dans lequel les privautés qu'il était autorisé à prendre ont mis cet homme dans la pleine force de ses trente-deux ans. Au bout de quarante-huit heures, il est devenu fou, et il a décidé d'en venir aux grands moyens :

« Mon frère donne une réception dansante... dit-il à la toute jeune fille. Allons-y ensemble. »

Margaret ayant accepté, ils sont partis à pied au soir tombant comme s'ils se dirigeaient vers la ferme de son frère, à dix kilomètres de Corington. Mais Ernest Foutch sait qu'en traversant ces bois déserts ils vont atteindre une petite clairière.

Le souffle court, le cœur battant, il attend la clairière. Il ne parvient pas à imaginer ce qu'il adviendra après la clairière... Cet après, il s'en moque. Il ne pense qu'à l'instant tout proche.

Avant la clairière, il y a trois rochers et un minuscule ruisselet. Voici le premier rocher. Margaret a relevé le bas de sa robe pour qu'elle ne frotte pas contre le rocher...

Voici le deuxième rocher, le troisième. Enfin, voici le minuscule ruisseau. Margaret lève plus haut sa robe pour l'enjamber. Depuis un instant Foutch, dans sa main, triture un mouchoir. Et voici la clairière. Foutch rejoint Margaret, lui pose la main sur l'épaule. Elle se retourne. Il étouffe ses cris en lui enfonçant le mouchoir dans la bouche.

Une demi-heure plus tard, Foutch, complètement hébété, se relève et regarde autour de lui. La clairière est obscure et tranquille. Aucun bruit sinon le chant d'un coucou.

La jolie Margaret, presque nue, reste un instant

immobile, puis se redresse à son tour lentement. Que va-t-il faire à présent? Rien, il n'y a rien à faire, sinon s'en aller.

« Allons... viens... » dit-il à la jeune fille. Et il tend la main pour l'aider à se relever.

Mais Margaret, ivre de rage, se redresse d'un bond sans son aide et se jette sur lui toutes griffes dehors, en hurlant :

« Salaud! Je vais prévenir la police... Salaud! Salaud!

— Allons... calme-toi... Margaret... »

Foutch voudrait trouver quelques mots d'apaisement. Peut-être lui demander pardon, mais il n'en a pas le temps. Il est obligé d'immobiliser Margaret qui cherche à le gifler, à le griffer et à le mordre.

« Je vais te dénoncer. Tu vas aller en prison! Je dirai que tu m'as obligée à te suivre. Je dirai que tu m'as violée. Tu vas le payer cher! »

Et tout cela gesticulant, se tordant comme un ver entre ses bras, tant et si bien qu'Ernest Foutch perd complètement l'esprit. Saisissant Margaret par ses longs cheveux noirs, il lui rejette la tête en arrière. Les yeux verts de la jeune fille ne sont plus que haine. Ses lèvres sont serrées de rage et quand elles s'entrouvrent c'est pour lui cracher à la figure.

Ernest Foutch a dans sa poche un couteau de chasse à cran d'arrêt. D'une simple pression du doigt, la lame jaillit. Instinctivement, pour la faire taire, c'est à la gorge qu'il s'en prend comme s'il voulait la trancher d'un seul coup. Le sang jaillit, Margaret devient toute molle dans ses bras, tombe à genoux puis bascule en arrière.

Alors Foutch ramasse autour de lui des branches, des feuilles mortes pour en recouvrir le corps. Mais ce n'est pas assez. Le vent va disperser ces feuilles, il faut de la terre. Foutch gratte le sol et jette des poignées de terre sur le cadavre jusqu'à ce qu'il soit complètement recouvert et qu'il ne le voie plus.

Alors, trempé de sueur, il se redresse et s'éloigne en titubant. A peine a-t-il atteint le ruisselet que Foutch s'arrête tout net. Il n'ose pas se retourner. Dans la nuit s'est élevée une longue plainte. Foutch comprend qu'il n'a pas atteint la carotide ou la jugulaire de la jeune fille. Quoique profonde, la blessure n'est donc pas mortelle.

Dans ces cas-là, un homme comme Foutch ne raisonne plus. Il n'a plus que des réactions instinctives. Va-t-il retourner achever la jeune fille ou s'enfuir ?

Il tourne la tête, regarde par-dessus son épaule. Il lui semble que les branchages bougent sur le corps de Margaret. En quelques pas, il est près d'elle... Margaret ne se contente pas de crier, elle se débat. Foutch voit l'amas de terre et de branchages remuer et remuer encore, s'agiter et s'agiter de plus en plus violemment.

Un mélange de terreur et de frénésie s'empare du criminel. Du pied, il repousse les branchages. Le buste et le visage de Margaret apparaissent pleins de terre et de feuilles mortes. Elle ouvre les yeux et gémit sans le voir.

Foutch sort de sa poche un petit revolver automatique. Au moment où Margaret, qui semble reprendre conscience, se redresse, à deux reprises, il fait feu à bout portant.

La jeune fille retombe en arrière, la tête et l'épaule en sang. Le coucou qui un instant s'est tu se remet à chanter.

Furieusement, Foutch reprend son travail de fossoyeur. Mais cette fois il va jusqu'au ruisseau chercher des blocs de pierre qu'il vient déposer sur les branchages et sur la terre qui recouvrent le cadavre. Puis il recommence, s'essouffle, pousse des « han » pour soulever les pierres, et titube en traversant le ruisseau.

Lorsqu'il a ainsi laissé tomber sur les branchages une dizaine de ces grosses pierres, certain désormais que l'affaire est réglée, le criminel s'assoit pendant un instant sur un rocher pour reprendre son souffle. Lorsqu'il s'éloigne, il n'entend plus dans la clairière que le chant du coucou.

Au petit matin, un fermier chauve nanti d'un gros nez roule vite sur la route mal empierrée qui mène de sa ferme au village voisin où se tient le marché. Il soulève un épais nuage de poussière et, derrière lui, la tôle de son vieux *truck* bringuebale dans un bruit d'enfer. Au plancher du camion le métal luit à travers le caoutchouc archi-usé des trois pédales. Brusquement, son pied droit se lève, lâchant l'accélérateur.

Il vient d'apercevoir, à quatre pattes sur le bord de la route, une créature de cauchemar. Un être livide, éclaboussé de sang et souillé de boue.

Au plancher du camion, le pied qui vient de lâcher l'accélérateur semble s'approcher un instant du frein, puis revient sur l'accélérateur pour y appuyer de nouveau. Le fermier quasiment épouvanté préfère ne rien voir. Bringuebalant de toutes ses tôles, le *truck* disparaît au bout de la route.

Puis brusquement au plancher du camion, le pied lâche l'accélérateur, reste un instant suspendu et appuie doucement sur le frein. Tout se passe comme si le pied du conducteur n'avait pas jusqu'alors agi en plein accord avec lui. Le fermier doit faire un effort pour que son pied se décide à appuyer doucement sur le frein.

En frottant son gros nez, le fermier réfléchit. Tout en grattant son crâne chauve, il finit d'analyser l'image qu'il vient d'apercevoir. Cette forme à quatre pattes sur la route, avec de longs cheveux noirs parsemés de feuilles mortes, ce corps souillé de boue, c'était une femme. On aurait dit une morte vivante. Mais une morte vivante encore animée d'une terrible énergie et qui, centimètre par centimètre, se traînait sur les coudes et sur les genoux. Malgré le bruit effrayant de sa vieille guimbarde, il lui a même semblé qu'elle lançait une sorte de plainte. Alors le fermier, reprenant son sang-froid, passe en marche arrière pour se porter au secours de la malheureuse.

A l'hôpital de Corington, où Margaret vient d'être conduite, les médecins, après un premier examen, la considèrent comme perdue. Dans la panique générale, le personnel hospitalier l'installe tout de même dans un lit en lui prodiguant tous les soins possibles, notamment une transfusion de sang. Puis une infirmière alerte la police.

Il accourt, dans la cohue des parents et des amis affolés, un vieux policier en uniforme, calme et au regard torve :

« Avec qui était-elle ? demande-t-il au père.

— Nous ne savons pas. Elle nous a dit simplement qu'elle partait pour le week-end avec des amis.

— Quels amis ? demande-t-il à la mère.

— Je ne sais pas... répond la mère en larmes. Elle a des tas d'amis...

— Mais vous avez tout de même bien une idée de l'endroit où elle était ? »

Non. Ils ne savent pas. Ils ne savent rien, sinon que leur fille a été violée car, d'après l'examen, elle n'est plus vierge. Or sa virginité était justement ce à quoi elle tenait le plus.

Le policier se tourne vers le fermier qui l'a trouvée.

« Et vous ? Qu'est-ce que vous savez ? »

L'homme chauve au gros nez qui voudrait bien retourner au marché pense, lui, que ce à quoi il tient le plus c'est à sa vieille guimbarde. Il jette un regard par la fenêtre pour la surveiller et hausse les épaules :

« Moi je sais rien... rien du tout... Elle était sur le bord du chemin. C'est tout ce que je peux dire... Alors, je peux partir ? Mon *truck* est en double file.

— Attendez. Vous allez me conduire à l'endroit où vous l'avez trouvée. »

Le policier pense que c'est une sale affaire. Si Margaret meurt avant d'avoir repris connaissance, il ne sera pas facile, sinon impossible, de retrouver le criminel... Or le médecin est formel : Margaret est dans le coma. Il n'a aucune chance d'obtenir d'elle la moindre déclaration.

« D'accord, dit le policier, mais laissez-moi au moins la voir. »

Or, à la surprise générale, l'apparition de l'uniforme bleu du policier provoque chez Margaret un effet prodigieux. Elle se dresse sur son lit et s'écrie :

« C'est Ernest !

— Qui c'est, Ernest ?

— Foutch... » murmure alors la jeune fille qui retombe dans le coma, immédiatement.

Le médecin pousse alors le policier vers la porte, convaincu que Margaret est en train de vivre ses derniers instants.

Toutes sirènes hurlantes, les voitures de la police s'arrêtent devant la maison d'Ernest Foutch. Celui-ci n'a aucune peine à jouer la stupéfaction. Il est réellement très étonné que les policiers soient déjà là. Et, bien entendu, il nie.

« Oui c'est vrai. J'ai passé la journée de samedi et une partie du dimanche avec Margaret mais je ne l'ai pas vue depuis l'après-midi.

— Elle vous a dénoncé! »

Foutch ouvre des yeux incrédules, en bafouillant :

« C'est pas possible... »

Là encore l'étonnement du criminel n'est pas de la comédie, il insiste :

« Comment ça... elle m'a dénoncé ?

— Oui. A l'hôpital... Elle a repris connaissance quelques secondes, le temps de prononcer votre nom.

— Mais ce n'est pas possible, elle délire! Ou bien vous avez mal compris. »

Le policier empoigne Ernest Foutch avec autorité :

« C'est bien ce que nous allons voir. »

Quelques instants plus tard, Foutch, menottes aux mains, encadré d'uniformes et suivi du policier au regard torve, arpente le couloir de l'hôpital. Aux parents, aux amis de Margaret qu'il croise et qu'il connaît très bien pour la plupart, il répète inlassablement :

« Ce n'est pas moi. Je vous assure que ce n'est pas moi. Vous vous doutez bien que ce n'est pas moi. Le policier a dû se tromper. Elle m'a peut-être appelé mais elle ne peut pas m'avoir accusé, c'est impossible. »

Le père et la mère de Margaret sont hésitants. Pour eux, Ernest Foutch est un brave garçon tout à fait anodin. L'affection qu'il avait pour leur fille était évidente, mais son honnêteté comme son insignifiance en font un coupable peu crédible. Peut-être en effet le policier a-t-il mal compris.

Foutch d'ailleurs a repris son sang-froid. Même lorsque le policier ouvre la porte de la chambre de Margaret et lui fait signe d'entrer, il reste parfaitement calme. Il est clair que c'est une manœuvre pour l'impressionner. Mais que risque-t-il ? Margaret, immobile dans son lit, blanche, respirant à peine, est aux frontières de la mort, c'est visible.

Foutch se tourne vers le médecin. A voix basse et courtoisement il demande :

« Vous étiez là, docteur, lorsqu'elle a prononcé mon nom ? »

Le docteur fait un signe de tête affirmatif.

« Mais enfin... ce n'est pas possible... Vous êtes sûr qu'elle a dit " Foutch " ?

— Non... reconnaît le docteur. J'étais là quand elle a prononcé un nom. Je crois bien, enfin je suis à peu près sûr qu'elle a parlé d'un certain Ernest. Mais je n'ai pas compris le nom qu'elle a murmuré après. Le policier, lui, croit avoir parfaitement entendu... Mais moi je n'en suis pas certain. »

Les trois hommes se regardent un instant en silence. Une infirmière leur jette un regard réprobateur : s'ils ont à converser ils feraient mieux de retourner dans le couloir.

« Ecoutez, reprend Ernest Foutch toujours à voix basse en s'adressant au policier. J'affirme que je ne suis pour rien dans cette affaire. Je suis prêt à répondre à toutes vos questions mais pas ici... et lorsque vous m'aurez retiré ces " machins ". » Il montre ses menottes avec un air de bon citoyen outragé.

Cette fois, le policier commence à perdre pied. Après tout, il est possible qu'il ait mal entendu. Et en parlant d'Ernest Foutch, est-ce vraiment son agresseur que Margaret a voulu désigner ? Il va lui être difficile de garder cet homme dans ces conditions.

Il s'apprête à demander à l'un des collègues qui attendent dans le couloir les clefs pour retirer les menottes d'Ernest Foutch. Mais c'est compter sans l'extraordinaire vitalité contenue dans le jeune corps de Margaret. Un bruit de verre brisé fait sursauter tout le monde. Une infirmière vient de laisser tomber un flacon. Elle regarde derrière eux, les yeux exorbités, et ils se retournent tous les trois.

Arrachant le tuyau du goutte-à-goutte, rejetant le masque à oxygène, Margaret s'est dressée une fois de plus entre ses draps, hurlant malgré sa gorge ouverte :

« C'est lui... C'est lui... Arrêtez-le ! »

Alors la résistance d'Ernest Foutch s'est effondrée. Livide, claquant des dents devant cette accusation venue d'outre-tombe, il est passé aux aveux, quelques minutes plus tard.

Pendant un mois dans sa cellule il a attendu chaque jour, comme tout le monde à Corington, des nouvelles de Margaret. Allait-elle vivre ? Allait-elle mourir ? Comme tout le monde, il souhaitait qu'elle vive. En effet, si Margaret guérissait il s'en tirerait avec le « bagne à perpétuité ». Si elle mourait il avait de fortes chances de finir sur la chaise électrique... Or Ernest, comme tous les assassins, ne tenait pas à mourir.

Margaret aussi voulait vivre. Elle a donc vécu. Et par cela même sauvé de la mort son assassin raté.

UN HOMME NU
DANS LA NEIGE

Six regards se sont posés sur le président bino-clard et débonnaire dès qu'il est entré dans la sévère salle d'audience de Cologne. Six regards qu'on ne peut pas oublier car ce ne sont pas les regards habituels des criminels que l'on traîne devant un tribunal.

Les quatre hommes et les deux femmes qui se tiennent dans le box sont des gens ordinaires, par-faitement honnêtes. Ils n'ont jamais eu affaire à la justice et rien ne les y disposait. Ce qui leur est arrivé est imprévu, sournois, terrible. Cela pour-rait arriver à n'importe qui peut-être, qui sait ? C'est la question que se posent dans la salle le public et les journalistes qui sont venus, nom-breux mais étrangement muets.

Et cette histoire est une façon de savoir si n'im-porte lequel d'entre nous mériterait ou non d'être comme ces gens-là, dans le box des accusés.

Il y a, d'abord, le jeune Jean-Didier Muller, un brave garçon barbu de vingt-trois ans qui exerce la profession de transporteur de journaux. Il regarde le président les lèvres et les dents serrées.

Mais il a presque les larmes aux yeux : son père et sa mère sont dans la salle.

Il y a un joyeux luron moustachu, chef de service dans une banque, répondant au nom d'Adolf Nisseau, trente-huit ans. Ce bavard connu pour sa jovialité est en ce moment muet comme une tombe. Le front plissé, il jette par moments un regard gêné sur un collègue qui se trouve dans la salle.

Il y a aussi Herman Fohlen, fonctionnaire chauve et timide qui cache son angoisse, et peut-être sa honte, en regardant fixement le bout de ses doigts.

Il y a un architecte de trente-huit ans, au visage intelligent et racé. Il essaie de sourire, sans doute pour rassurer sa femme, blonde et bourgeoise, assise dans le box à côté de lui, dont il tapote par moments la main. Près d'elle, Mme veuve Miller que l'architecte tente par moments de réconforter du regard. Elle est pâle comme une morte. Son fils est dans la salle.

Quatre hommes et deux femmes attendent que l'on reconstitue les événements qui les ont conduits là en accusés.

C'est d'abord la déposition du jeune Jean-Didier Muller, le barbu, transporteur de journaux, âgé de vingt-trois ans.

« Vers quatre heures trente, explique le jeune homme d'une voix sourde, je roulais avec ma camionnette sur la nationale 352. »

Le président l'interrompt :

« Il faut signaler, remarque-t-il en essuyant ses lunettes, que la route avait été dégagée, mais que la campagne était couverte de neige, notamment sur les bas-côtés; d'ailleurs, il recommençait à neiger. Et tout ceci s'est déroulé par une température de moins seize degrés et dans la nuit du 1er au 2 janvier. Aviez-vous consommé de l'alcool, Muller ?

— Non, monsieur le président.

— C'est bon, continuez.

— Eh bien ! Cinq kilomètres après la sortie de la ville, j'ai aperçu un corps dans la neige. Je me suis arrêté. Puis j'ai fait une marche arrière. Je me suis rendu compte que c'était un homme et qu'il était presque nu... et... je suis reparti.

— Pourquoi n'êtes-vous pas descendu de voiture, monsieur Muller ?

— Parce que j'ai craint que ce ne soit une ruse et que l'homme n'ait organisé cette mise en scène pour m'attirer vers lui et m'agresser. Mais j'ai prévenu la police lorsque je suis arrivé à destination.

— Nous vous en rendons grâce, monsieur Muller. Seulement, votre destination, c'était un dépôt de journaux, cinquante kilomètres plus loin, donc quarante-cinq minutes plus tard. »

C'est maintenant le conducteur d'une voiture postale qui vient témoigner brièvement, d'un ton bourru, très pressé, comme s'il avait autre chose à faire.

« En apercevant dans la neige une sorte de tache rose, comme un corps humain, je suis descendu avec les deux collègues qui étaient avec moi. J'ai vu qu'il s'agissait d'un jeune homme, et qu'il était mort. Nous ne l'avons pas touché pour ne pas effacer les traces et nous avons été tout de suite prévenir la police de la commune.

— Merci, monsieur, veuillez maintenant appeler le commissaire Kapler. »

Il n'y a rien à dire du commissaire Kapler, sinon que c'est un vieux flic portant un long cache-col, qui a fait consciencieusement son travail, et rédigé un rapport :

« Je suis arrivé sur les lieux à cinq heures

200

trente. J'ai vu le corps étendu dans la neige. Il s'agissait d'un jeune homme blond vêtu en tout et pour tout de son slip. Il était mort mais sans doute depuis peu, car il n'était pas recouvert par la neige qui n'avait cessé de tomber que depuis trois quarts d'heure. Le corps ne montrait apparemment aucune blessure grave. Mais ses pieds étaient liés entre eux par du fil élastique, si bien serré et entrelacé qu'il paraissait impossible de le défaire sans une pince. Les poignets, par contre, avaient dû être liés ensemble également par du fil élastique car on y voyait des plaies assez profondes. J'ai tout de suite compris, en voyant les traces qu'il avait laissées dans la neige, comment le jeune homme était arrivé là : en sautant à pieds joints ! J'ai suivi ses traces sur 500 mètres et je suis parvenu dans un petit bois jusqu'à un arbre où il avait dû être attaché. Autour, sous la neige assez épaisse qui les recouvrait, on devinait de très nombreuses traces de pas. Le drame avait donc dû se dérouler entre onze heures et minuit.

« Il était facile d'imaginer ce qui s'était passé. Le jeune homme, sans doute agressé, déshabillé et attaché à cet arbre, avait réussi à détacher ses poignets lorsque ses agresseurs étaient partis. Puis, en sautant à pieds joints, il avait regagné la route où il espérait sans doute qu'un automobiliste lui porterait secours.

— Monsieur le commissaire, vous oubliez un détail qui nous a beaucoup frappés.

— Ah ! oui. Au retour, en partant de l'arbre, plus je m'approchais de la route, plus j'observais que les traces de sauts étaient rapprochées. Cette course à pieds joints dans la neige a dû être épuisante pour ce malheureux : 500 mètres de cette façon dans une neige épaisse, c'est épouvantable.

— Comment avez-vous identifié la victime ?

« — Très facilement. Son père Guillaume Macken, employé aux P.T.T., ne l'ayant pas revu de toute la nuit, nous avertit à la première heure de la disparition de son fils Ulrich.

— Et comment avez-vous réussi à mettre la main sur les agresseurs d'Ulrich Macken ?

— Grâce à sa voiture. »

C'est alors que l'avocat de la partie civile intervient :

« Monsieur le président, cette voiture a une petite histoire. J'aimerais la raconter.

— Faites.

— Ulrich Macken, ce jeune garçon de dix-huit ans, blond, au visage encore enfantin, était monteur électricien. Il travaillait dur mais ne gagnait pas encore beaucoup d'argent. Il rêvait de s'acheter une voiture d'occasion pour les fêtes de fin d'année. Inutile de dire que pour cela il a dû économiser sou par sou pendant des mois et des mois. Aussi était-il radieux lorsque quelques jours plus tôt, la veille de Noël, il a pris possession de cette Ford grise de 1966, dont il a tout de suite orné chaque porte d'une petite rose en décalcomanie. »

Après avoir laissé à l'avocat de la partie civile le temps de jouir de son effet, le président invite le témoin à poursuivre sa déposition.

« Je disais, poursuit donc le commissaire Kapler, que c'est grâce à cette voiture et par le plus grand des hasards que j'ai réussi à mettre la main sur les agresseurs. En effet, lorsque je suis retourné sur les lieux, le lendemain matin, j'ai eu la surprise d'y voir la Ford grise 1966 de la victime avec ses petites roses sur chaque porte. Un jeune homme s'éloignait du bois. J'ai sorti mon revolver et je l'ai arrêté. C'était un travailleur yougoslave âgé de vingt-cinq ans. Dans son portefeuille se trouvait le permis de conduire de la victime.

« Ce n'est que le soir que nous avons pu arrêter son compagnon qui, m'ayant aperçu, avait réussi à s'enfuir et à se cacher dans une étable. Les deux malfaiteurs m'ont donné le nom de leur complice, un troisième ouvrier yougoslave âgé de vingt-neuf ans. Voici comment j'ai reconstitué le crime...

— Je vous propose, monsieur le commissaire, de nous en donner les grandes lignes, mais très vite, car nous n'avons pas à juger ici ces trois tristes criminels, notre procès est d'un autre ordre.

— Comme vous voudrez. Le soir du Nouvel An, le jeune Ulrich est sorti d'une discothèque de Cologne. Vers vingt-deux heures, il a gratté la glace sur les vitres de sa voiture. Les trois Yougoslaves sont sortis également d'un bar. Ils avaient l'intention d'aller voir une amie en ville, mais répugnaient à s'y rendre à pied par le froid qu'il faisait. C'est alors qu'ils ont aperçu Ulrich qui venait de mettre son moteur en marche.

« Rapide comme l'éclair, l'un d'eux a ouvert la portière et saisi le jeune homme par les cheveux. Lui mettant un couteau sous la gorge, il l'a poussé sur le siège de droite. Les autres sont montés dans la voiture qu'ils ont conduite à la sortie de la ville. Là, à coups de poing et de pied, ils ont poussé le pauvre Ulrich dans le bois où il a dû se dévêtir. Puis, après lui avoir mis un chiffon dans la bouche pour le bâillonner, ils l'ont attaché à un arbre avec du fil électrique trouvé dans la voiture, et, là-dessus, ils sont rentrés tranquillement à Cologne.

« Le lendemain, c'est par pure curiosité, pour savoir ce que le jeune homme était devenu, que deux d'entre eux sont retournés dans le petit bois et me sont tombés dans les bras. Je dois dire... »

Le commissaire poursuit lentement en détachant chaque mot :

« Je dois dire que l'un d'entre eux a avoué qu'il était certain, étant donné le froid qu'il faisait, que le jeune homme était mort, si personne ne l'avait secouru.

— Nous y voilà... » dit alors le président.

Et tous les regards de la salle se tournent vers les six accusés qui, chacun à sa manière, mais tous difficilement, tentent de rester dignes.

Le commissaire Kapler et le juge d'instruction, en reconstituant la chronologie de l'affaire, ont été frappés d'un détail. Le jeune homme est sorti de la discothèque de Cologne vers vingt-deux heures. D'après les criminels, il aurait été attaché et abandonné à son arbre vers vingt-deux heures trente. Ce que semble confirmer la couche de neige qui recouvrait leurs traces. D'autre part, la couche de neige accumulée sur les profondes empreintes que le jeune homme a laissées en sautant à pieds joints jusqu'à la route, indique qu'il a réussi assez vite à se détacher de son arbre. Par contre, aucune trace de neige sur son corps lorsqu'il a été découvert. Or, la neige n'a cessé de tomber que vers cinq heures du matin. Il serait donc resté au minimum cinq heures sur le bord de cette route, les pieds liés entre eux, nu et par moins seize degrés, attendant un secours qui n'est pas venu puisque l'employé des services postaux, le seul qui ait voulu le secourir, l'a trouvé mort.

« Et de quoi est-il mort, docteur ? demande le président au médecin légiste.

— De froid, monsieur le président. De froid

sans aucun doute : il n'avait que des blessures insignifiantes. »

Pourtant il en est passé, des voitures, sur cette route, pendant cinq heures, dans cette nuit du 1er au 2 janvier 1971.

La police en a retrouvé une douzaine. Huit conducteurs ont déclaré n'avoir rien remarqué, quatre ont reconnu avoir vu un homme nu, debout, qui faisait des signes. Ce sont ces quatre-là, avec leurs passagers, qui se trouvent actuellement dans le box, accusés de non assistance à personne en danger.

Pour le jeune Jean-Didier Muller, lorsqu'il a vu Ulrich, il était déjà terrassé par le froid, puisque allongé. Mais, comme la neige tombait encore et que l'on n'en a pas retrouvé sur lui, c'est donc qu'elle fondait et qu'il était encore vivant. Mais l'accusé n'est pas descendu de voiture, craignant qu'il ne s'agisse de la ruse d'un homme qui voulait l'agresser.

« Ulrich, un agresseur ! s'exclame la partie civile. Lui qui avait mis deux petites roses en décalcomanie sur les portières de sa voiture. Et vous voyez un bandit se mettre nu par moins seize degrés ? Ou bien vous mentez ou bien vous êtes d'une affreuse bêtise !

— Maître, n'injuriez pas l'accusé ! C'est le seul qui ait prévenu la police.

— Oui, mais trois quarts d'heure plus tard... et trop tard ! »

Voici maintenant le joyeux luron moustachu, chef de service dans une banque. Ce bavard de trente-huit ans, connu pour sa jovialité, n'en mène pas large :

« Lorsque j'ai aperçu cet homme nu qui faisait des signes en sautant à pieds joints, j'ai pensé que c'était un fou ou un ivrogne.

— Et alors?

— Alors j'ai continué.

— Et vous n'avez pas prévenu la police. Pourquoi?

— Parce que je ne suis pas un délateur.

— Ah! c'est ça. vous n'avez pas voulu dénoncer un homme qui gesticulait tout nu dans la neige par moins seize degrés. Vous n'avez pas songé une seconde qu'ivrogne ou non, par moins seize degrés, on meurt! »

L'avocat de la partie civile se tourne vers le président.

« Je ne veux pas injurier le témoin, monsieur le président, je ne parlerai donc pas de bêtise, mais d'un manque total d'imagination. Il est dommage que l'on puisse condamner des gens pour manque de moralité et non pour manque d'imagination, car il arrive que cela ait les mêmes conséquences. »

Le cas du fonctionnaire chauve et timide est intéressant.

« Oui j'ai vu que quelqu'un me faisait des signes, dit-il. Alors j'ai ralenti. Mais lorsque j'ai vu que c'était un homme nu, j'ai hésité.

— Finalement vous vous êtes tout de même arrêté, remarque le président.

— Oui, après le tournant.

— Voilà! Formidable! Merveilleux sens des responsabilités! hurle la partie civile. Cet homme s'est arrêté lorsqu'il ne voyait plus la victime! Alors, soulagé de ce spectacle pénible, il s'est empressé de l'oublier et il est reparti. »

La déclaration la plus dramatique est celle de l'architecte. Livide mais apparemment très à l'aise, il doit affronter les malheureux père et mère d'Ulrich qui se tiennent tous deux à la barre.

La nuit du drame, après avoir fêté la nouvelle

année au milieu d'un cercle de dix-sept personnes, vers une heure trente du matin, il monte dans sa voiture avec sa femme et une amie : la veuve Miller. Comme il fait vraiment très froid, l'architecte met le chauffage au maximum. Tout à coup, ses phares éclairent un homme à moitié nu sur le bord de la route. Il le voit faire des bonds, les mains levées au-dessus de sa tête.

« En Bavière, j'ai vu des gens casser la glace pour se baigner, explique l'architecte, et ça ne m'a pas tellement étonné. »

Il est vraiment trop à l'aise, l'architecte, un rien prétentieux, comme s'il faisait un cours. Peut-être même de mauvaise foi lorsqu'il insiste :

« D'ailleurs, en Scandinavie, les bains du 1er janvier sont chose courante. Voilà pourquoi ma femme et notre amie Mme Miller n'ont pas été tellement surprises. Nous avons échangé quelques mots essayant d'imaginer ce qui pouvait amener un homme à s'agiter ainsi dans une situation pareille.

— Et vous, madame, qu'en avez-vous pensé ? demande le président à la femme de l'architecte.

— Je me suis dit que ce jeune homme avait sans doute eu trop chaud.

— Et vous, madame Miller ?

— Ces gestes me paraissaient être des manifestations d'exubérance. J'ai pensé à un homme ivre ou à un fou qui aurait fait un pari. »

A la barre, le père de la victime qui se tortillait depuis longtemps n'y tient plus, il s'adresse à la salle :

« Non mais vous entendez ça ! Mon fils vivrait encore si à la place de ces bourgeois prétentieux était passé n'importe quel artisan, n'importe quel paysan. Des gens simples auraient su ce qu'il fallait faire et se seraient arrêtés.

— Je vous en prie, supplie l'architecte soudain décontenancé, ce drame est la leçon la plus amère de ma vie et je sais que je ne pourrai jamais réparer. »

La femme de l'architecte se dresse alors dans son box :

« Je vous demande pardon pour mon mari. Il a l'air comme ça... mais en réalité, il est très déprimé. Depuis cette affreuse nuit, il doute de lui-même. »

Cette fois, c'est la mère d'Ulrich qui prend à partie la femme de l'architecte :

« On ne vous croit pas ! ni mon mari, ni moi ! Vous ne vous êtes pas arrêtés parce que vous êtes des égoïstes, qu'il faisait froid et que vous n'aviez pas de temps à perdre. Vous étiez pressés de rentrer chez vous. Vous arrêter, c'était vous attirer des embêtements. »

Là-dessus, la malheureuse femme fond en larmes et demande en sanglotant :

« Vous avez des enfants ?

— Oui, deux garçons de douze et quatorze ans.

— Vous ne pouviez pas vous représenter qu'il s'agissait d'un de vos enfants ? »

C'est au tour de la femme de l'architecte et de Mme Muller de fondre en larmes dans le box. Pour les achever, l'avocat de la partie civile ajoute :

« Imaginez-vous ce qu'a pu ressentir le fils de ces malheureux, lorsqu'il a vu disparaître dans la nuit les feux arrière de votre voiture... »

En fin de séance, le tribunal déclare coupables cinq des six accusés car, par moins seize degrés, n'importe quel homme nu doit mourir de froid, qu'il soit normal, fou ou ivre.

Le lendemain du verdict, le procureur et les

défenseurs font appel, le premier estimant que la peine est insuffisante, les autres demandant l'acquittement.

A Cologne, la mort d'Ulrich n'a pas fini de remuer les esprits.

COMMENT REDEVENIR
UN HOMME LIBRE

Sur les pentes rocailleuses d'une colline de la
Georgie du Sud aux Etats-Unis s'élève un chant
monotone, rude et plaintif. Ce sont les bagnards
en casaque rayée qui font partie d'un « Chain
Gang » : une équipe dont tous les hommes sont
enchaînés.

A l'aube, entassés dans des camions, ils sont
montés de la vallée où se trouve le bagne. Eche-
lonnés maintenant sur le tracé d'une voie ferrée,
ils lèvent et abattent leurs pioches en suivant le
rythme du chant, qui ordonne de lever haut les
outils.

Dispersés dans la rocaille, des gardiens en casquette, blouson de cuir et legging, fusil au bras,
surveillent ce bétail humain. En 1921, le régime
du Chain Gang en Georgie du Sud est dur. Les
gardes, brutaux et cruels, cognent pour un rien. Si
un bagnard oublie de soulever sa pioche avec les
autres, un coup de poing en pleine figure le rappelle à l'ordre. Il faut demander la permission :
pour uriner, pour se redresser, même quelques
secondes, pour se moucher, pour essuyer la sueur
qui ruisselle sur le visage. C'est tout juste s'il ne
faut pas demander la permission de suer.

Aux chevilles des convicts, le maréchal-ferrant a

rivé des chaînes qui ne seront ôtées qu'au jour de la mort ou de la libération.

Les très rares évasions donnent lieu à une chasse à l'homme implacable, où le fuyard est presque toujours perdant, et sont suivies de sanctions d'une cruauté difficilement imaginable.

Aujourd'hui, le régime pénitentiaire a bien changé. Or, c'est avant tout à l'un de ces bagnards, le plus petit et le plus insignifiant de tous, que la Georgie d'abord et l'Amérique ensuite doivent cette réforme. Avec son nez pointu à piquer les gaufrettes et son menton volontaire, ce petit homme va commencer, ici, dans quelques secondes, une des aventures les plus incroyables du siècle.

Le forçat Robert Elliot Burns, qui participe à l'installation d'une voie de chemin de fer, a décidé de tenter sa chance.

Il fait partie d'une équipe chargée de mettre les rails en place. A ses côtés, un Noir plante des tire-fond à grands coups de masse.

Or, de temps en temps, un coup de masse résonne sur l'un ou l'autre des anneaux de fer qui encerclent les chevilles de Burns.

Au risque de broyer la chair et les os, le lourd marteau aplatit peu à peu les anneaux, les déforme, les agrandit. Le manège dure depuis le matin. Aucun des gardes ne s'en est aperçu.

Déjà, la nuit commence à tomber. On entend le bruit des moteurs des camions qui montent chercher les forçats pour les ramener au bagne. Si Burns veut s'évader, c'est maintenant ou jamais. Tout à l'heure, en rentrant, le garde chargé de vérifier les fers remarquera que les siens sont déformés.

Du coin de l'œil, Burns observe les camions qui font demi-tour pour se mettre face à la descente. C'est l'instant de risquer le tout pour le tout. A la dérobée, il échange une poignée de main avec le Noir, puis, d'une secousse, se débarrasse de ses fers et court d'une traite vers les camions, volant au passage un paquet de cartouches de dynamite. Il bouscule le chauffeur du premier camion qui tombe à terre, saisit le volant et se lance sur la route en lacet. Il la connaît bien pour avoir lui-même travaillé à sa construction pendant des mois.

Surpris, les gardes tirent, en visant les pneus. D'autres montent sur un autre camion et se lancent à sa poursuite.

Soudain, Burns stoppe avant un tournant, saute à terre, bondit à la paroi d'un rocher, enfonce dans un trou son paquet de cartouches de dynamite, d'où émerge un très court morceau de cordon Bickford. Il l'allume, la main un peu tremblante car il n'a que deux allumettes. Puis il revient à son véhicule, se remet au volant et fonce à nouveau dans la descente.

A peine a-t-il dépassé le tournant qu'une violente déflagration envoie dans les airs des masses de terre et de cailloux. Quand la fumée se dissipe, il n'y a plus de route : tout a dégringolé le long de la pente abrupte. Le passage est coupé pour les poursuivants.

Dans le silence, on entend le bruit que fait le camion de Burns roulant sur la plaine à toute vitesse.

Trois années plus tard, un éditeur de Chicago, petit par la taille de son entreprise, mais gros, très gros par le corps, pose sur son bureau un manuscrit :

« Intéressant, dit-il en mâchonnant son cigare.

C'est même passionnant. J'avoue que j'ai appris quelque chose. Et qu'est-ce qu'il est devenu ce Burns depuis qu'il a écrit ça ? Il est en tôle, je suppose ? »

Il s'adresse à une femme en costume masculin qui le regarde avec effronterie à travers des lunettes de myope.

« Pas du tout, répond la femme d'une voix hommasse et vulgaire. Il est arrivé à Chicago il y a deux ans. Il venait de Georgie à pied. Au lieu d'entrer en rapport avec les gangs, il a cherché du travail. La nuit il écrivait son bouquin. Le jour il faisait tous les boulots. Actuellement il est laveur de carreaux.

— Ah ! Mais comment savoir si tout ce qu'il raconte est vrai ?... Est-ce que tu l'as rencontré au moins ?

— Oui Charlie, plusieurs fois. A mon avis c'est un type très chouette.

— Alors, pourquoi était-il au bagne ?

— Il était dans l'U.S. Navy. Au retour de la guerre, il s'est trouvé sans job. Comme il parcourait à pied les routes de la Georgie à la recherche d'un problématique boulot, il est tombé sur une bande de malfrats qui, après l'avoir entraîné dans un coup dur, ont trouvé le moyen de s'éclipser en lui laissant porter le chapeau. Le juge ne devait pas être de très bon poil : il l'a condamné au maximum : cinq ans de bagne.

— C'est bon, fais-le entrer. »

La femme en costume masculin s'en va d'un pas chaloupé ouvrir la porte au nommé Burns. Celui-ci entre, la tête en avant pointant vers le gros éditeur son nez à piquer les gaufrettes et les mâchoires serrées dans son menton carré.

Comment pourrait-on imaginer qu'il s'agit d'un évadé du bagne ? Traqué jour et nuit par une armée de policiers acharnés à le reprendre, caché le jour dans les herbes des marais, de l'eau jusqu'à la poitrine, dormant la nuit accroché dans les arbres, se nourrissant pendant un mois de racines et de légumes crus, il a réussi à franchir les limites de l'Etat de Georgie pour traverser à pied du sud au nord tous les Etats-Unis !

« Bonjour, monsieur Burns ! Asseyez-vous... Voilà monsieur Burns, je trouve votre livre formidable, mais j'hésite à le publier. »

Burns s'est à peine assis que le voilà debout, la main tendue pour reprendre son manuscrit.

« Attendez, Burns ! Quelle mouche vous pique ?

— J'ai l'habitude, explique Burns de sa voix légèrement nasillarde. Vous êtes le onzième.

— Vous voulez dire que dix de mes confrères ont déjà refusé de vous éditer ?

— Oui.

— Il faut les comprendre. C'est une bombe, votre bouquin. Et c'est très dangereux d'avoir laissé tous les noms réels des personnages. Si tout ce que vous racontez est vrai, ces gens vont vouloir vous faire la peau. Changez au moins votre nom, prenez un pseudonyme.

— Non, répond Burns, je tiens à le signer de mon vrai nom.

— Comme vous voudrez. Je vous édite, mais je ne peux pas prendre la responsabilité de ce qui vous arrivera. »

Le livre de Burns, publié sous le titre : *Je suis un évadé*, connaît un énorme succès. Le public américain est bouleversé par la description que fait Burns du bagne de Georgie d'où il s'est échappé. L'auteur n'a pas triché. Il a signé de son nom et reproduit en toutes lettres les noms de ses tortionnaires, notamment celui du chef des geôliers, sans se soucier de leur fureur.

C'est avec stupéfaction que les Américains apprennent l'existence des boîtes en métal où l'on enfermait les prisonniers au soleil, des carcans où les punis séjournaient plusieurs jours la tête et les poignets coincés dans des armatures étroites qui provoquaient des plaies effrayantes, des trafics de chair humaine entre homosexuels, de la drogue, etc.

Le bon public yankee, parfois si naïf, croyait que ses prisons étaient des maisons de rééducation vertueuses et ses bagnes des maisons de repos pour récidivistes fatigués !

Mais si Burns a signé son œuvre, c'est sous un nom d'emprunt qu'il fonde avec l'argent de ses droits d'auteur, un journal : *The greater Chicago magazine*. Au prix d'un labeur acharné, il fait de ce journal une excellente affaire.

Tout marche à merveille jusqu'au jour où la tenancière de sa pension de famille tombe amoureuse de lui. Or Burns qui s'évertue à remonter le courant, a d'autres soucis en tête que le mariage. Il ne répond à cette femme que par une indifférence gênée. Malheureusement, il lui a révélé sa véritable identité, et cette imprudence va lui coûter cher.

De bon matin, deux détectives viennent frapper à sa porte.

« D'après votre logeuse, vous seriez Robert Elliot Burns ? »

A quoi bon nier ? Burns prend son chapeau, son pardessus et suit ses visiteurs.

A la prison centrale où journalistes et photographes envahissent sa cellule, il apprend que l'Etat de Georgie vient d'introduire auprès de l'Etat de l'Illinois où il se trouve une demande en extradition. Le chef des geôliers du Chain Gang est déjà là prêt à ramener l'évadé menottes aux mains, sous l'œil noir de sa « bonbonnière » — c'est ainsi que le chef geôlier surnomme son gros revolver.

Mais dans tous les U.S.A., la Georgie exceptée, le public réagit en faveur de Burns et les formalités d'extradition traînent en longueur.

Alors la Georgie envoie spécialement à Chicago un haut magistrat et un haut fonctionnaire des prisons de l'Etat. Burns les reçoit dans sa cellule. Ils sont tout miel :

« Ecoutez, Burns, nous ne vous garderons pas rancune des révélations que vous avez faites dans votre livre. A la vérité, le gouvernement de Georgie n'était pas au courant des atrocités commises dans le bagne. Il n'en reste pas moins que vous êtes un évadé et que, dans votre intérêt comme dans l'intérêt de notre Etat, cette situation équivoque ne peut plus durer. Il y aurait bien un moyen pour vous de redevenir un homme libre, ce serait, si vous vouliez accepter, de nous accompagner volontairement là-bas...

— Retourner au Chain Gang de mon plein gré ? Vous êtes malades ?...

— Ecoutez. Il va y avoir un procès et si nous ne sommes pas certains d'obtenir votre extradition, vous n'êtes pas sûr non plus que le juge de l'Illinois nous la refusera. Le mieux serait donc d'obtenir votre grâce pleine et entière. Mais pour cela, il vous faut passer devant notre commission des grâces. Acceptez notre proposition. Revenez avec nous. Cela vous coûtera un séjour en prison de deux ou trois mois, pas davantage. Le temps pour nous de sauver les apparences. »

Aux U.S.A., un marché entre magistrats et inculpés est chose courante. Burns demande des précisions.

« Dois-je bien comprendre que si j'accepte de

retourner en Georgie avec vous, je bénéficierai à coup sûr d'une mesure de grâce ?

— Vous pouvez y compter. Nous vous répétons qu'il ne s'agit pour nous que de sauver la face. »

Les deux hommes paraissent sincères. Ce sont de gros personnages...

Après des négociations qui durent près d'une semaine, Burns règle des frais de justice se montant environ à mille dollars et accepte de retourner au bagne sous trois conditions :

Primo : qu'on ne l'incarcérera pas dans le Chain Gang d'où il s'est évadé.

Secundo : le redoutable chef des geôliers doit s'en retourner seul. C'est en sleeping que Burns voyagera.

Tertio : l'incarcération de Burns ne durera pas plus de 90 jours.

« C'est O.K. ?

— C'est O.K. »

Hélas ! Seules les deux premières conditions de l'engagement sont remplies. Incarcéré dans un soi-disant « camp forestier », Burns connaît des jours pénibles en attendant d'être convoqué devant la commission des grâces. Les semaines passent, puis les mois. Rien, toujours rien. Burns s'épuise à écrire lettres sur lettres à l'administration pénitentiaire, aux représentants de la justice, au gouverneur.

Aucune réponse. Il est oublié dans ce nouvel enfer où ses gardiens lui mènent la vie dure, où le régime est insupportable. A ce point que des convicts n'hésitent point à s'infliger des mutilations, risquant parfois l'amputation d'un bras ou d'une jambe, pour gagner quelques mois de répit à l'hôpital !

Cette fois, le gouvernement et l'administration

pénitentiaire de Georgie le tiennent bien et savourent leur vengeance.

Au bout d'un an, Burns n'en pouvant plus prend la résolution de s'évader à nouveau en dépit de l'étroite surveillance dont il est l'objet.

Au cours d'une tornade qui déracine les arbres et arrache les toits des maisons, Burns, profitant de la confusion, réussit à s'échapper. Ce n'est qu'au bout de plusieurs heures qu'on se lance à sa poursuite. Il est loin. Mais des chiens retrouvent sa piste. Il la leur fait perdre en nageant toute une nuit au milieu d'une rivière. Dix fois, il est encerclé, dix fois, il s'échappe.

Après avoir semé ses poursuivants à travers marais et fondrières, cet homme d'une volonté de fer parvient, aux limites de l'épuisement, à gagner l'Etat de New Jersey, où il projette de recommencer son existence à zéro.

A zéro ? Pas tout à fait. Il téléphone à son « gros » éditeur qui lui apprend que la firme cinématographique Warner Bros s'est mis dans la tête de tourner un film basé sur ses révélations et l'invite à se rendre à Hollywood en qualité de superviseur technique, Burns accepte.

Mais durant les prises de vues, il n'en mène pas large. Sa véritable identité est connue de tous, depuis la vedette Paul Muni qui l'incarne dans le film, jusqu'au dernier des figurants. Dans le studio, il se sent protégé, mais n'ose pas mettre un pied dehors. Une nuit, dès que le film est terminé, blotti au fond d'un taxi, il prend la route et après un parcours non stop de 300 miles, se fait déposer près d'une petite gare de village.

« Merci Boy. Maintenant, repars et oublie le nom de ce bled. »

Par étapes, voyageant en zigzag, Burns a regagné sa résidence de New Jersey où, sous un nouveau nom d'emprunt, il ouvre un cabinet de consultations pour contribuables. Les affaires marchent. Et il rencontre Caroline, une ravissante blonde qui partage sa vie.

Hélas! en 1932, l'infinie patience des policiers les mène à la retraite où se terre l'évadé.

« Vous êtes bien Robert Elliot Burns? »

Chapeau, pardessus, promenade en voiture qui se termine derrière les barreaux d'une cellule, rien de cela n'est nouveau pour Burns. De plus, il devient vite évident que les formalités d'extradition traîneront davantage encore qu'à Chicago. Le film *Je suis un évadé* a partout, sauf en Georgie, les honneurs de l'écran. Des milliers de personnes avaient lu le livre, mais ils sont des millions à voir le film. L'opinion publique est nettement hostile au retour en Georgie du fugitif. A nouveau des envoyés spéciaux viennent multiplier les promesses pour qu'il renonce aux formalités d'extradition et veuille bien consentir à retourner volontairement « là-bas ».

« Nous reconnaissons volontiers que vous n'avez pas lieu d'être satisfait de la manière dont nos prédécesseurs vous ont traité. Avec nous, ce sera différent. Nous tiendrons nos promesses. Et vous redeviendrez un homme libre. »

Leurs discours tombent dans le vide. Cette fois Burns refuse et préfère prendre le risque du procès qui devra décider ou non de son extradition.

Lors de l'audience, le juge du New Jersey entend donc tour à tour les avocats de l'Etat de Georgie et les avocats de Burns. Mais il entend surtout des témoins.

Le premier vient déclarer que tout ce qui est écrit dans le livre de Burns est authentique.

Le second affirme que le chef geôlier du Chain Gang d'où s'est évadé pour la première fois Burns a certainement sur la conscience la mort d'un nombre important de forçats.

Le troisième prétend avoir vu le chef geôlier se servir plusieurs fois et sans raison de sa « bonbonnière ».

Le quatrième raconte que son père, condamné à dix ans dans ce même bagne, y a perdu l'usage de ses jambes.

A ces témoignages, les représentants de la Georgie ne peuvent opposer que des arguments juridiques : Burns, forçat évadé, doit purger sa peine et ne peut être libéré que par la Commission des recours en grâce de Georgie devant laquelle il doit comparaître personnellement.

Ce à quoi Burns répond, dressé sur ses ergots, pointant vers le juge son nez à piquer les gaufrettes et son menton volontaire :

« On m'a déjà fait le coup une fois, et ce fut une fois de trop. Si je suis extradé en Georgie, rien ne prouve que la Commission des grâces acceptera de me libérer. »

Le juge hésite. Il sait que la Commission des grâces ne peut lui promettre la libération de Burns sans avoir statué et elle ne peut statuer qu'après l'avoir entendu.

Finalement, un témoin met le comble à son incertitude.

« Si Burns retourne en Georgie, dit-il, il n'en reviendra pas. Dans l'air sifflent beaucoup de balles perdues. Il est de notoriété publique que dans les Chain Gangs de Georgie il se passe des choses que le public ne doit pas connaître. C'est tellement vrai que lorsqu'un automobiliste passe à côté d'un de ces chantiers de travail, les gardes lui font siffler quelques balles aux oreilles histoire de lui faire comprendre qu'il doit appuyer sur le champignon. »

Cette fois la cause est entendue : le juge ne peut pas prendre le risque d'envoyer Burns se faire assassiner. Il refuse l'extradition.

« Malheureusement, dit-il au petit homme, vous ne serez pas un homme tout à fait libre. Vous resterez un hors-la-loi dans 47 sur 48 des Etats de notre pays. »

L'aventure de Burns pourrait se terminer là, si Caroline ne lui donnait trois beaux enfants. Comment laisser grandir trois enfants avec le handicap d'un papa à double face, honnête expert fiscal dans l'Etat de New Jersey et bagnard en rupture de ban dans tout le reste des Etats-Unis ?

Burns, quelques années plus tard, oubliant tout amour-propre, entreprend des démarches auprès des autorités de Georgie pour obtenir sa grâce.

A nouveau les hauts fonctionnaires accourent :

« Revenez vous constituer prisonnier ! proposent-ils sèchement. Les autorités de Georgie verront ce qu'elles ont à faire.

— C'est tout ce que vous avez à me proposer ?

— Oui. Mais, de vous à moi, le gouverneur de Georgie vous est très favorable. S'il ne tenait qu'à lui votre grâce serait déjà signée. »

Le nez à piquer les gaufrettes de Burns s'allonge encore. Cette chansonnette il l'a déjà entendue. Il se méfie.

« Et pourquoi le gouverneur ne peut-il signer ma grâce lui-même ?

— Vous le savez bien : c'est la loi. Seule la Commission des grâces peut le faire. Pour cela elle doit vous entendre.

— Ça ne peut pas se régler par correspondance ?

— Hélas ! non. Pour redevenir un homme libre, il faut retourner là-bas. »

Pour ses enfants Burns est prêt à tout. Mais l'idée de retourner en prison après vingt-cinq ans ne lui sourit pas. Il demande à réfléchir.

Un soir à la radio Burns entend un discours du gouverneur de Georgie :

« Après le livre de Robert Elliot Burns *Je suis un évadé* et surtout après la diffusion du film, ce film que mes précédécesseurs ont eu la faiblesse d'interdire dans notre Etat, la sécurité en Georgie n'est plus assurée. Les responsables des crimes commis dans notre Etat s'enfuient immédiatement dans les Etats voisins qui refusent de les extrader tant notre système pénitentiaire leur fait horreur. Les enquêtes ont montré que les révélations de Robert Elliott Burns ne sont que trop vraies. Mal recrutés, mal payés, les dirigeants et gardiens de nos bagnes ne connaissent que la force brutale et ne reculent devant rien. Nous avons donc décidé de revoir complètement notre système pénitentiaire. »

Huit jours plus tard, Burns se rend de lui-même en Georgie pour se constituer prisonnier. Il est alors entendu par la Commission dont le président lui tend enfin le précieux document lui accordant sa grâce, en lui disant :

« Vous voici redevenu un homme libre. Cette liberté qui ne s'acquiert et ne se garde que par le courage, la droiture et la méfiance, est à vous, profitez-en. »

Robert Elliott Burns a le sourire, en entendant cela. Un évadé sait ce que c'est que la liberté. Il n'a pas besoin qu'on lui fasse un dessin.

PROCÈS D'UN CHIEN

L'HISTOIRE de Jane Taylor est tellement extraordinaire qu'il est nécessaire d'en citer les sources et
les témoins. Les sources : le fils de Jane Taylor et
toute sa famille. Les témoins : le docteur Beck,
vétérinaire du prince de Monaco et d'innombra-
bles lecteurs de la presse britannique qui accorda
à cette histoire, dans les années 50, une large
place.

Jane Taylor, comme son nom l'indique, est
anglais et plus exactement gallois. Les Gallois
sont réputés pour être têtus. Mais ce Gallois-là,
petit, mince quoique robuste, vif quoique naïf, aux
yeux bleus transparents dispose d'une volonté
hors du commun.

L'histoire commence peu après la guerre, à
Liverpool. Jane Taylor qui a trente-quatre ans
mène seul depuis trois années une existence
lamentable. Un éclat de grenade l'a rendu aveugle.
C'est alors, en 1947, que des amis lui font cadeau
d'un chien : une petite chienne labrador au pelage
noir et soyeux. Elle s'appelle Pacifique. C'est un
drôle de nom, mais Jane Taylor s'y habitue vite.

Pacifique, merveilleuse d'intelligence, apprend bientôt toute seule à remplacer ses yeux.

Si les yeux bleus transparents de l'aveugle sont vides et sans expression, la chienne Pacifique est leur regard.

Elle apprend presque toute seule à s'asseoir, à se lever, à traverser les rues au commandement, à respecter les signaux de circulation, à se coucher aux feux rouges, à se lever aux feux orange, à traverser aux feux verts. Bientôt elle conduit Jane Taylor partout.

Pour bien comprendre cette histoire, il faut fermer les yeux. Fermer les yeux et imaginer que l'on se lève si on est assis, ou que l'on descend de voiture, puis les yeux fermés, que l'on traverse la pièce ou que l'on marche sur le trottoir. C'est une idée que l'on refuse. A moins de s'accrocher à quelqu'un, un être vivant qui ne vous quitte pas, que l'on sent là, tout près, toujours contre soi, dont on sent chaque mouvement, chaque hésitation, chaque décision, grâce à une poignée de cuir directement solidaire de son collier. On ne fait plus qu'un... On n'est plus tout à fait aveugle. On a moins peur de cette effroyable obscurité.

Quatre années passent pour Jane Taylor et sa chienne Pacifique et tout d'un coup l'aveugle se fait hospitaliser. Un chirurgien se propose de lui extraire du crâne le fragment de grenade qui est sans doute la cause de sa cécité.

Quand on retire le pansement de Jane Taylor la lumière pénètre sous son crâne puis, progressivement, mais assez rapidement, il voit, et de mieux en mieux.

Et la première chose qu'il voit, c'est sa chienne. Jane Taylor a beau ne pas être sentimental, cette grande première le lie à Pacifique par une émotion bien compréhensible.

Tout de suite, il a envie d'user de cette faculté qui lui est rendue : voir, voir les couleurs, il se met à la peinture. Le premier sujet qu'il a envie de peindre c'est sa chienne; il n'a pas appris à dessiner mais il fait tout de suite sur le mur de sa chambre un immense portrait de l'animal. Et c'est ainsi que l'ancien combattant, jadis aveugle, devient peintre animalier.

Il illustre des cartes de vœux, des calendriers, le Prince Charles qu'on appelle à l'époque « Plum Pudding » et la princesse Anne, ont dans leur chambre les portraits de la chienne Pacifique. Mais l'histoire de Jane Taylor et de la chienne Pacifique est plus extraordinaire que cela.

C'est le printemps, les bourgeons apparaissent sur le petit arbre noir de suie au fond d'une cour derrière l'appartement du dénommé Joe Gordon : deux pièces dans une rue étroite de Liverpool. Jane Taylor vient de faire la connaissance de Joe Gordon. Celui-ci âgé de cinquante-trois ans, ancien conducteur de camions, est aveugle. Pour ce costaud que l'immobilité a engraissé, le printemps consiste à rester assis des heures entières devant la fenêtre ouverte, à respirer la senteur sucrée des bourgeons qu'il ne peut voir.

« Vous ne sortez jamais ? lui demande Jane Taylor.

— Bah !... non.

— Et votre famille ?

— Pour ainsi dire j'en ai pas. Je suis un vieux célibataire. J'ai une sœur, mais elle vit à Londres et elle a trois enfants.

— Quand êtes-vous sorti pour la dernière fois ?

— Il y a plus d'un an. »

Pour Jane Taylor, c'est un trait de lumière, il se lève et tape sur le genou de l'aveugle :

« Attendez-moi Joe, je vous amène quelqu'un et vous ne serez plus seul. »

Une heure plus tard, dès qu'il entend la porte d'entrée tourner sur ses gonds, l'aveugle comprend que Jane Taylor ne revient pas seul :

« Joe, dit Jane Taylor, voici ma chienne Pacifique. Pendant des années, elle a été mes yeux. Maintenant, si je gagne ma vie c'est grâce à elle. Elle n'est plus jeune, mais elle a encore le temps de vous faire une nouvelle vie. Elle a peut-être un peu oublié ce qu'elle avait appris autrefois avec moi, mais lorsqu'elle sera dans la rue à vos côtés et si nous nous y mettons tous les trois, je suis sûr qu'elle se souviendra. Vous la sentez ? Elle est près de vous, tendez la main, caressez-là. »

Joe Gordon tend la main et sent les longs poils de Pacifique glisser entre ses doigts.

« Vous savez Joe, c'est une belle bête. Elle est presque toute noire, et mince. En ce moment, elle vous regarde. Son regard est très intelligent.

— Mais c'est impossible, dit l'aveugle, vous ne pouvez pas vous en séparer...

— Si...

— Mais elle sera malheureuse avec moi !

— Ne croyez pas cela. Les bêtes c'est comme les gens : certains ne sont pas faits pour être heureux dans une oisiveté confortable, mais pour servir à quelque chose. Elle s'ennuie avec moi maintenant. Alors, Joe, allez-y. Parlez-lui doucement, vous allez vivre désormais des années ensemble. »

Joe attire vers lui l'animal, le caresse doucement, longuement, essaie de deviner la forme de sa tête.

« Joe, ordonne Jane Taylor, prenez son harnais dans la main, levez-vous sans hésiter, dites « en avant » et suivez-la franchement... »

Joe se lève, s'y reprend à deux fois pour dire :

« En avant » et suit la chienne d'un pas incertain vers la porte.

Pendant des jours et des jours, l'aveugle et sa chienne apprennent à travailler ensemble sous la conduite de Jane Taylor. La chienne comprend que son nouveau maître ne voit pas et le nouveau maître comprend que l'arrivée de cette chienne va transformer sa vie.

De semaine en semaine, ils font des progrès plus grands. D'abord, ils accompagnent Jane Taylor qui accroche ses portraits d'animaux pour son exposition sur les quais de la Tamise et se promènent tranquillement dans le bruissement des feuillages, suivant d'arbre en arbre les rayons du soleil.

Puis ils prennent l'autobus. Enfin vient le jour de la grande épreuve où tous deux, sur un ordre du professeur, vont pour la première fois traverser un boulevard.

Là aussi il faut imaginer : les Champs-Elysées à dix-huit heures... Par exemple il faut fermer les yeux et avancer, des souffles, d'énormes masses qui vous frôlent en grondant, des choses qui se faufilent, des voix qui passent à toute vitesse, la chienne qui sans cesse s'arrête et repart. L'aveugle au bout de quelques pas ne sait plus où il est, n'ose plus avancer ni reculer, et finalement, cramponné au harnais de l'animal, il s'abandonne définitivement en pensant : « A Dieu vat... »

Lorsque enfin ils parviennent de l'autre côté du boulevard, Joe se sent envahi d'une gratitude profonde et caresse la chienne d'une main tremblante.

Bientôt la brave Pacifique saura tourner les poignées de porte avec ses dents. Joe pourra fumer tranquillement, car si par malheur une cigarette tombe, la chienne saura l'éteindre avec ses pattes. Elle apprendra aussi à se retourner dans les escaliers pour aboyer une fois à chaque marche.

Trois années s'écoulent et Joe, dont la vie est définitivement transformée, trouve un emploi de standardiste à l'autre bout de la ville.

De son côté, Jane Taylor vient s'établir au soleil de la Côte d'Azur, se marie et a deux enfants.

Hélas! un jour, un télégraphiste frappe à la porte et lui remet le texte que voici :

« Votre adresse vient d'être trouvée sur un aveugle. Stop. Joe Gordon, renversé par voiture. Stop. Vient d'être transporté hôpital Liverpool. Stop. »

Le lendemain à Liverpool, Joe Gordon n'ayant pas repris connaissance, Jane Taylor va chercher Pacifique à la S.P.A. où elle est enfermée dans une cage. Puis il se rend au commissariat. Là, une femme s'adresse à lui : elle parle très fort, pour que tout le monde l'entende :

« Vous êtes l'ami de ce malheureux ?

— Oui, madame...

— Tout cela est de la faute du chien, ce pauvre homme avait trop confiance en son chien ! »

Cette femme est la conductrice de la voiture qui a renversé Joe, Mrs Rosemary Shillabeer de Gribbs Causeway. Elle vient affirmer à la police que la route était libre lorsqu'elle a pris son tournant. Elle n'a pu voir Joe Gordon que lorsqu'il était sous la voiture.

Dans le commissariat tout le monde semble approuver cette femme et lorsque Jane Taylor demande d'autres explications, on lui cite tant et tant de témoignages que la culpabilité de la pauvre Pacifique ne fait plus de doute. Chacun lance sur l'animal un regard soupçonneux, presque mé-

228

prisant, et si son ancien maître n'était pas là, elle repartirait sur-le-champ pour la fourrière.

A l'hôpital, dès qu'il reprend connaissance, le pauvre Joe demande sa chienne. D'abord la direction de l'hôpital refuse. Mais une infirmière prévient Jane Taylor qui vient avec l'animal. Les voilà bientôt tous deux près de Joe qui entre dans une grande colère en apprenant que l'on accuse sa chienne d'avoir causé l'accident.

« Les salauds ! Ils en profitent... C'est trop facile, pensez ! Un aveugle et une bête qui ne peut pas se défendre ! »

Le pauvre Joe est non seulement furieux, mais peiné, ulcéré, comme si le fait d'accuser sa chienne, c'était le salir lui-même. Il la caresse : blesser sa chienne c'est le blesser et si elle souffre, il va souffrir.

« Qui est ce chauffard ? demande-t-il enfin.

— C'est une femme.

— Est-ce qu'elle est assurée au moins ?

— Oui. Justement, si la preuve est faite qu'elle n'est pas responsable, l'assurance ne vous devra rien. »

Là-dessus paraît le docteur qui veut, bien entendu, chasser la chienne.

« Pourquoi voulez-vous la chasser ? rugit le pauvre Joe.

— Calmez-vous voyons. Vous pensez bien que les chiens dans un hôpital, c'est interdit.

— Ça m'est égal, je veux ma chienne.

— Vous n'y pensez pas.

— Pourquoi ? Elle n'est pas propre peut-être ? Parce que pour vous on est propre si on n'a pas de poils ? C'est tout ? Ça s'arrête là ? La femme qui m'a renversé, elle, pourrait rentrer dans ma chambre, elle tue les gens mais elle est propre!

— Mais c'est pour votre bien, voyons.

— Vous ne me ferez jamais autant de bien qu'elle m'en a fait... Lorsque j'ai entendu le bruit de ses pattes sur le carreau, j'ai tendu les bras. Or, je ne tends les bras pour personne. Personne depuis que je suis né n'a mérité que je lui tende les bras. »

Devant le docteur et les infirmières stupéfaits, Joe demande qu'on fasse venir un notaire.

Joe sait qu'il va falloir l'opérer. Il a cinquante-six ans, alors, on ne sait jamais : il veut dicter ses dernières volontés. Le peu d'argent qu'il a doit revenir à sa chienne.

Avec cet argent, il veut payer des experts. Depuis trois ans, sa chienne le promène d'un bout à l'autre de Liverpool sans jamais un incident. Elle l'aurait certainement averti si la voiture qui l'a renversé avait suivi sa route normalement.

Il faut que la chienne soit reconnue innocente pour que l'assurance paie. Et si lui-même disparaissait, il veut qu'elle puisse, dans les quelques années qui lui restent à vivre, venir en aide à un autre aveugle. En conclusion, Joe dit à Jane Taylor :

« Si vous ne le faites pas, vous n'aurez pas respecté ma dernière volonté. »

Le pressentiment de Joe ne l'a pas trompé. L'opération relativement facile provoque une défaillance cardiaque et il meurt.

Conformément à son désir, sa déclaration est lue à haute voix au cours de l'enquête qui suit sa mort. Mais Jane Taylor se rend compte que la conclusion de cette enquête ne fait aucun doute. Le pauvre Joe n'a pas d'héritier, ni d'ailleurs d'héritage, sinon quelques centaines de livres. Le plus simple pour tout le monde c'est bien de rejeter la responsabilité sur l'aveugle et son chien.

Or Jane Taylor pense que Joe avait raison : il s'obstine. Il y a enquête, contre-enquête, procès. Le procès, bien entendu, est perdu. Jane Taylor fait appel. Tout ça pour défendre un chien. Personne ne comprend. Le représentant de la compagnie d'assurances, le mari de la conductrice et bien d'autres personnes font maintes démarches auprès de lui pour obtenir qu'il abandonne la partie. Vraiment personne ne comprend son insistance : toute la machine judiciaire, tous les témoignages pendant deux ans s'acharnent contre la chienne.

Alors, chose vraiment extraordinaire, Jane Taylor, pour mieux la défendre, retourne vivre en Angleterre et engage deux experts.

Jane Taylor leur explique comment un aveugle tient le harnais de son chien, fermement et en même temps prêt à enregistrer chaque réaction de l'animal. Au point qu'il sent presque si celui-ci tourne la tête à droite ou à gauche. Il leur explique aussi qu'à l'arrêt, le chien pose sa patte droite sur le pied gauche de son maître. Lorsqu'il lève la patte, c'est que l'homme peut s'avancer. Alors le chien marche à gauche presque dans ses jambes.

Or, en Angleterre, la conduite est à gauche, et la chienne n'a pas été blessée. Comme elle fut toujours extrêmement attentive et puisqu'elle n'a pas prévenu son maître, c'est qu'elle n'a pas vu la voiture. Si elle n'a pas vu arriver la voiture, il n'y a aucune raison qu'elle se soit échappée avant l'accident. Comment se fait-il donc qu'elle n'ait pas été blessée ? Puisqu'elle marche à gauche et que la voiture aurait dû venir normalement de la gauche !

Bientôt les experts sont convaincus que quelque

chose ne va pas dans les conclusions de l'enquête officielle.

Pendant trois mois, les experts entendent, ré-entendent les témoins et analysent dans tous les sens leurs dépositions. Pour mieux convaincre Jane Taylor fait faire des films de cinéma avec des acteurs, reconstituant vingt fois la scène de l'accident. Il invite des journalistes, dépense une fortune.

Finalement, les experts découvrent la vérité : quelques secondes avant l'accident, la voiture s'était arrêtée à quelques pas de Joe et de sa chienne, mais en mordant sur le passage réservé aux piétons. La conductrice a voulu reculer. Malheureusement, elle conduisait cette voiture depuis trois jours. Elle passe en première au lieu de la marche arrière et dans un élan brutal, le véhicule renverse le malheureux Joe.

Quelques mois plus tard, la brave chienne Pacifique commence à promener un autre aveugle dans Liverpool, qu'elle guidera pendant deux ans avant de prendre une retraite bien méritée dans une maison de Villefranche sur la Côte d'Azur. Là, aujourd'hui, dans le jardin, des labradors jouent au soleil.

Tant que Jane Taylor, aujourd'hui âgé de soixante-cinq ans, vivra, et tant que ses enfants vivront, ils se battront pour que ses chiens aient des petits et leurs petits d'autres petits afin que la lignée ne s'arrête pas... Et toutes les femelles s'appelleront Pacifique.

UN HOMME INUTILE

A BUCAREST, dans une chambre d'hôtel surchauffée par le soleil malgré les stores abaissés, un homme et une femme, complètement nus, ramassent machinalement quelques vêtements épars au pied du lit sur lequel ils sont assis.

L'homme qui vient de les surprendre n'a pas fait un geste de colère. Il n'a pas lancé un cri, pas prononcé un mot; il est simplement tout pâle. Il passe sur son front, sur ses cheveux, une main tremblante qui retombe le long du corps. Désemparé, il a enfin la preuve qu'il cherchait : il est cocu.

Cette scène banale et ridicule se déroule en septembre 1939. Il y a quelques mois, l'Allemagne signait un traité hypocrite, le pacte germano-russe. Il y a quelques semaines, elle envahissait la Pologne. Les canons ont commencé à cracher leur hargne, les chars ont entamé leur course pesante et les bombes des Stukas ont empli le ciel de leur miaulement sinistre. La Pologne, ce n'est pas si loin, et le sang y coule : celui des guerriers comme celui des innocents. Alors ne sont-ils pas ridicules tous les trois dans cette chambre? L'homme et la femme pris en flagrant délit et le cocu qui les contemple.

Elle, une ravissante petite brune aux yeux verts,

blanche mais le visage ruisselant de sueur, garde le regard fixé sur le tapis.

Son amant, un grand bonhomme racé au front bombé, se hasarde à prononcer quelques mots d'une voix grave et distinguée :

« Le temps de m'habiller, monsieur, et je suis à votre disposition. »

Les sourcils du cocu s'arrondissent en accent circonflexe : vraisemblablement il se demande ce que son élégant rival veut dire quand il déclare se tenir à sa disposition.

« Je suppose, explique le rival, que vous voulez des explications ?

— Ben... Euh... Qu'est-ce que vous voulez me donner comme explication ? »

Certes tous les cocus, à un moment ou à un autre, sont ridicules. C'est le propre de leur condition. Mais celui-ci est plus que ridicule. Il y a quelque chose de minable dans son attitude. A moins qu'il ne soit au contraire très émouvant. Difficile à dire. Il est petit, grassouillet. De son visage rond comme une bille les traits les plus marquants sont les moustaches jaunies par le tabac, les lunettes un peu sales et la calvitie précoce. Sa veste, d'un costume sport démodé, s'entrouvre légèrement au-dessus de sa petite bedaine. Il est à la fois très triste et trop calme. Battu d'avance, presque obséquieux devant le bel amant qui, en sautant dignement dans son pantalon, et même plié en deux, est encore plus grand que lui. Celui-ci croit utile de préciser :

« Comme explication, je peux vous dire que Colette avait l'intention de vous en parler, et que... »

Le cocu le regarde boucler sa ceinture tandis qu'il poursuit son discours.

« ... Et que je crois que vous devez lui conserver votre estime. »

L'amant, à quatre pattes, cherche l'une de ses chaussures sous le lit :

« Car ce n'est pas une simple, euh... enfin, disons-le, nous nous aimons. Et je crois qu'elle a droit à votre compréhension. »

L'amant s'étant enfin et définitivement redressé afin d'enfiler sa chemise, le cocu lève la tête pour le regarder et lui demande, des larmes dans la voix :

« Depuis combien de temps ça dure ? »

L'amant et la jeune femme se regardent.

« Six mois », dit la jeune femme.

Le cocu ferme un instant les yeux : six mois. C'est encore plus grave qu'il ne le pensait.

Ces femmes-enfants ont, dans leur innocence, une sorte de génie pour écraser l'homme à terre :

« Tu sais, je n'ai pas encore osé t'en parler, mais c'est peut-être grâce à lui que nous n'avons pas été arrêtés.

— Ah ? »

Le cocu se tourne à nouveau vers son rival. Pas de doute, c'est un bel homme, avec deux yeux gris profonds. Maintenant qu'il est habillé, il paraît très élégant, très à l'aise, et il parle bien :

« Je suis journaliste. Je ne suis pas très bien vu en Roumanie depuis la dictature, mais j'ai encore dans les milieux dirigeants et dans les ambassades quelques relations qui peuvent être utiles. Lorsque Colette m'a dit que vous étiez comme moi : exilé autrichien d'origine russe, il était normal que je vous en fasse profiter. »

Le cocu hoche la tête. Il ne dit pas merci mais c'est tout juste. Il y a dans son regard un rien d'admiration pour l'homme qui est en train de lui voler sa femme. Lui aussi a des relations, mais d'un tout autre genre : ses meilleurs amis sont un crieur de journaux, un garçon de restaurant et le niveau social le plus élevé parmi ses fréquentations est celui d'un valet de chambre. D'ailleurs, il ne s'est jamais fait d'illusions sur sa propre valeur. Il n'est ni beau, ni riche, ni intelligent, ni drôle, ni très courageux. Et, en plus, ce qui est très mal porté en Roumanie, ces années-là, il est juif. Il a donc été le premier étonné lorsque Colette, jeune fille simple mais d'une rare beauté, a consenti à l'épouser. Mais cela devait mal se terminer. Il fallait s'y attendre. Voilà, c'est fait. L'ennui c'est qu'ils ont deux enfants. Il demande :

« Colette...

— Oui, Paul...

— Tu rentres avec moi ou tu restes là ?

— Je reste là, jusqu'à sept heures.

— Bien », dit le cocu qui salue machinalement d'un signe de tête, se retourne et s'en va.

C'est donc en septembre 1939, alors que la guerre se déchaîne en Europe, que Gregori Labalski, Autrichien d'origine russe — exilé en Roumanie — est surpris en flagrant délit avec la ravissante femme d'un dénommé Paul Holtorf. Gregori Labalski — journaliste, correspondant du *Daily Herald* — parle toutes les langues et connaît le monde entier. Paul Holtorf est retoucheur chez un tailleur. Apparemment, tout s'est très bien passé pour les deux amants. Une sorte de statu quo s'est établi : Gregori voit plusieurs fois par semaine Colette Holtorf, mais celle-ci rentre chaque soir chez Paul Holtorf pour s'occuper de ses deux enfants qui ont respectivement deux et cinq ans. Comme les deux hommes sont autrichiens exilés, Gregori use de ses relations pour protéger Paul Holtorf qui est juif. Le régime dictatorial de la Roumanie, à cette époque, épousait de plus en plus étroitement la cause nazie, y compris son antisémitisme dément.

Puis un jour, Paul Holtorf demande à rencontrer son rival dans un café de Bucarest.

« Monsieur Labalski, d'après ce que m'a dit Colette, vous êtes anti-nazi.

— Oui.

— Moi aussi, puisque je suis juif. Alors voilà, j'ai pensé — comme vous êtes journaliste — que vous pourriez faire quelque chose contre les Allemands.

— Oui. Et quoi ?

— J'ai un ami qui connaît une personne au courant de certaines choses.

— Quelle personne ?

— Je ne veux pas vous le dire.

— Alors dites-moi au moins quelles choses ?

— Eh bien voilà. Il paraît que les Allemands s'apprêtent à attaquer la Russie. »

Gregori Labalski a un haut-le-corps. Il examine ce petit homme rondouillard, ses moustaches jaunies de nicotine, sa calvitie, sa petite bedaine appuyée sur la table du café. *A priori,* rien de moins crédible que ce petit cocu ridicule et complaisant. Comment porter foi à une information aussi énorme.

« Ecoutez, monsieur Holtorf, rien ne m'étonnerait de la part des nazis, mais tout de même. Ils ont signé un pacte avec la Russie, il y a moins d'un an. Ils viennent d'avaler la Pologne. Maintenant, ils sont en guerre avec la France et l'Angleterre. Une telle nouvelle ne vous paraît pas discutable ?

— Je ne sais pas. Moi, je ne connais rien à ces choses-là. Mais l'ami de mon ami ne peut pas se tromper. Il voudrait que ça paraisse dans le *Daily Herald*. Lorsque je lui ai dit que vous n'y croiriez peut-être pas, il a pensé que vous voudriez vous renseigner. Par exemple, d'après lui, il serait facile de vérifier que les Allemands intriguent dans les Balkans et notamment proposent d'aider la Turquie, la Roumanie et l'Iran à fortifier leurs frontières.

— C'est bon, je vais me renseigner et si ce que vous me dites est exact je vous promets que je ferai publier tout ça dans le *Daily Herald*.

— Merci, monsieur Labalski.

— Ne me remerciez pas. C'est doublement mon devoir, d'abord parce que je suis journaliste; ensuite parce qu'il faut combattre le nazisme par tous les moyens. »

Au moment où le petit homme se lève, avant de s'écarter de la table, un peu gêné, il demande:

« Et pour ma femme?

— Oui, monsieur Holtorf?

— Vous l'aimez?

— Oui, je vous l'ai dit, monsieur Holtorf.

— Est-ce que vous comptez l'épouser?

— Oui, si vous acceptez le divorce, monsieur Holtorf. »

Le petit cocu ridicule reste songeur quelques secondes et, comme la première fois, triste et trop calme, battu d'avance, presque obséquieux, salue et s'en va.

Quinze jours plus tard, dans le même café, les deux hommes sont à nouveau face à face.

« Je suis au courant, dit le petit cocu ridicule. Ma femme m'a tout dit. Je sais que vous avez publié les articles et je sais même par mon ami que Hitler est très en colère.

— En effet, l'ambassadeur d'Allemagne, jugé responsable des fuites, vient d'être appelé à Berlin.

— C'est très bien, monsieur Labalski.

— C'est grâce à vous, monsieur Holtorf. Je n'ai aucun mérite.

— Si. Si. Je voudrais bien avoir votre courage. Mais maintenant, vous risquez de gros ennuis. »

Et le petit homme sort de sa poche plusieurs articles de journaux qu'il déplie sur la table.

« Vous avez lu, monsieur Labalski ?

— Vous pensez bien que je les ai lus. Non seulement l'Allemagne s'empresse de démentir, mais il s'est déclenché dans certains journaux roumains, en termes voilés, une véritable campagne contre moi. »

Des yeux, le journaliste parcourt l'un des articles qui dément l'information publiée par le *Daily Herald* et qui se termine ainsi :

« Cette nouvelle sans fondement perdant tout intérêt nous intéresse du moins sur un point important : les correspondants de journaux étrangers. Il en est parmi eux dont on ne sait pas ce qu'ils font et d'où ils viennent, qui mettent sous forme de dépêche tout ce qui leur passe par la tête pour l'envoyer à leur journal. Existe-t-il oui ou non en Roumanie un département chargé de contrôler l'activité de ces hommes et d'expulser hors de nos frontières ceux qui sont nuisibles ? Si ce département existe, où se trouve-t-il ? Et qu'est-ce qu'il attend ? »

« Vous n'avez pas peur, monsieur Labalski ?

— De quoi voulez-vous que j'aie peur ? Je cours moins de danger que vous, monsieur Holtorf. Moi je risque d'être expulsé, voilà tout.

— Oui. Pour vous, ce n'est pas très grave, mais

pour ma femme... Elle vous aime, monsieur Labalski.»

Pour la première fois, le journaliste regarde le petit cocu ridicule et ne le trouve plus du tout ridicule.

« Mais vous, vous ne tenez pas à elle?

— Si. Mais je ne suis pas beau. Je suis pauvre, je suis juif, et je ne peux rien pour elle...

— J'ai compris, monsieur Holtorf. Je veillerai sur elle et je ferai attention à ma peau. »

Mais le journaliste, en qualité d'exilé autrichien, se trouve dans un cas bien particulier : lorsque au moment de l'Anschluss les Allemands ont envahi l'Autriche, il se trouvait déjà en Roumanie. Or, le rattachement de l'Autriche à l'Allemagne ayant été officiellement reconnu, tous les citoyens autrichiens sont devenus allemands.

Etant en Roumanie avec un passeport autrichien, pour valider son permis de séjour, le journaliste doit s'adresser à l'ambassade d'Allemagne. Là, non seulement il a la désagréable surprise d'être traité de mauvais Allemand par le Consul, mais celui-ci fait savoir que non content de ne pas lui délivrer de passeport allemand il garde son passeport autrichien.

Pourtant, à l'expiration de son permis de séjour, les Roumains ne l'expulsent pas. Ils prolongent son visa de semaine en semaine jusqu'au début de janvier 1940 où, se présentant à la police pour obtenir une nouvelle prolongation, il doit constater que les nazis ont enfin gagné : il est expulsé.

A partir de cet instant, les événements vont se précipiter. Ayant décidé de se rendre en Angleterre où, malgré sa nationalité allemande, il espère être accepté grâce aux démarches du *Daily Herald*, il a une entrevue avec Paul Holtorf. La situation de celui-ci n'est guère meilleure puisqu'il est juif et que la Roumanie vient d'adopter des mesures racistes extrêmement cruelles.

« Vous emmenez Colette? demande le petit cocu ridicule.

— Si vous l'acceptez, oui. Je pense qu'elle serait plus en sécurité en Angleterre.

— Et les enfants?

— Eh bien, si vous voulez, j'emmène les enfants aussi.

— Bien, dit le petit homme. Je vous les confie.

— Pourquoi ne venez-vous pas avec nous?

— Je suis un homme inutile, monsieur Labalski, et encombrant.

— Mais je suis sûr que Colette n'accepterait pas de vous abandonner ici!

— Vous croyez? Et puis ils vont me bloquer à la frontière, monsieur Labalski.

— Il faut essayer, monsieur Holtorf. »

Quelques jours plus tard, les voici prêts à s'embarquer sur un navire grec dans le port roumain de Constanza. Le petit cocu ridicule, le grand journaliste aux yeux gris profonds, élégant et décontracté et l'adorable Colette dont les yeux verts brillent à l'ombre d'une toque de fourrure, avec les deux gamins et les valises. Soudain il y a un flottement, un frémissement dans la foule des passagers qui attendent sur le port. Des voix chuchotent :

« *La Cigurenza... La Cigurenza...* »

La Cigurenza, c'est la police secrète de Roumanie, l'outil de domination de la dictature du président Antonescu. En moins de temps qu'il n'en faut pour le dire, les deux hommes voient des menottes se refermer sur leurs poignets. A la petite femme aux yeux verts affolés, le journaliste a tout juste le temps de crier :

« Embarque, Colette! Embarque!

— Pars! Pars! » hurle de son côté le petit cocu ridicule, tandis que les portières d'une voiture se referment sur les deux hommes pour les emmener Dieu sait où.

En route, le petit cocu ridicule tremblant de peur murmure au journaliste :

« Moi, je n'ai pas la force. Mais si vous pouvez vous sauver, faites-le. Ne vous occupez pas de moi. »

Lorsque la voiture s'arrête devant les locaux de la police secrète il insiste encore :

« Vous êtes un homme utile, et Colette a besoin de vous. Il faut vous sauver... »

Chez les flics, l'accueil est plutôt frais. Les deux hommes sont poussés tout au long d'un couloir sinistre et se retrouvent dans un vaste bureau derrière lequel un homme au crâne rasé se redresse :

« Ah! vous voilà. »

Gregori Labalski, qu'une vie aventureuse a familiarisé avec ce genre d'incident, ne perd pas son sang-froid. De la main, comme pour le rassurer, il presse l'épaule du petit cocu ridicule et s'exclame :

« Monsieur, vous savez la gravité de ce que vous faites. Je suis un journaliste du *Daily Herald*. »

L'homme au crâne rasé devient rouge comme une tomate et se met à hurler :

« Des journalistes comme vous, parlons-en! Vous n'écrivez que des ordures! Vous êtes des traîtres! »

Tout en vociférant, et en les injuriant avec une ardeur et une grossièreté incroyables, il se rassoit et procède bruyamment à leur interrogatoire d'identité.

Profitant de ce qu'il reprend son souffle, le journaliste lui fait remarquer calmement que son attitude n'est pas celle d'un gentleman.

« Je ne suis pas un gentleman, vous trouvez ? »

L'homme au crâne rasé les observe en silence. Puis il appuie sur un bouton. Le journaliste, qui jusque-là est resté calme sous l'orage, a tout de même un frémissement lorsqu'il voit entrer deux gaillards si hauts qu'ils touchent presque le chambranle de la porte et si larges qu'ils doivent prendre bien soin de passer l'un après l'autre.

Le policier hurle :

« Amenez-moi deux chaises et attachez ces salauds ! »

Dans le silence, les deux hommes s'en vont et reviennent quelques instants plus tard avec deux chaises sur lesquelles ils ficellent sans ménagement Gregori Labalski et Paul Holtorf.

« C'est bon, messieurs, dit l'homme au crâne rasé. Je vous appellerai dès que j'aurai besoin de vous. »

Dès que les deux brutes sont sorties, l'homme au crâne rasé ouvre un tiroir, sort un étui à cigarettes et vient en offrir une au journaliste. Son ton et son expression sont totalement différents :

« Excusez-moi, dit-il, pour la façon brutale dont j'ai dû procéder. Je vous affirme que c'est bien à contrecœur. Mais il fallait que ces imbéciles m'entendent hurler. Vous comprenez, ici, les Allemands sont comme chez eux. Il faut qu'ils croient que je vais vous torturer. J'ai ordre de vous faire avouer que vous êtes, vous un journaliste antinazi, et vous un juif. Mais, bien entendu, je ne vous torturerai pas et vous n'avouerez rien. »

Puis, saisissant la cravate du pauvre petit cocu ridicule qui tremble sous le choc, il la lui arrache.

« Mais il faut que ça fasse vrai... Vous comprenez ? »

Là-dessus il relève les manches de la veste du journaliste, des deux mains écarte son col de chemise en arrachant les boutons.

« La Roumanie est un peuple dont l'hospitalité est proverbiale, dit-il. C'est parce que les Allemands sont là que je suis censé frapper vos pieds nus à coups de talon. »

Et il entreprend de lui retirer chaussures et chaussettes.

Pendant une demi-heure, l'homme leur fait un panégyrique de l'hospitalité roumaine entrecoupé de recommandations :

« Ne m'en veuillez pas, je vais vous donner une gifle. Soyez gentil de crier, s'il vous plaît. »

Après ce débordement de férocité, au moins aussi fatigué que les deux hommes, il se rassoit derrière son bureau en s'essuyant le front avec un mouchoir.

« La preuve est faite, dit-il en s'adressant au journaliste, que vous n'êtes pas l'homme que nous recherchons. Vous n'avez pas écrit un seul article au *Daily Herald* depuis un an. C'est compris ?

— C'est compris.

— Quant à vous, monsieur Holtorf, vous n'êtes pas juif, tout au moins jusqu'à ce que vous ayez quitté le port de Constanza. C'est clair ?

— Très clair.

— Vous allez être reconduits là-bas. Le bateau est certainement encore à quai. Mais je vais vous faire accompagner. Les Allemands ont ici leur propre organisation et, si je ne les ai pas convaincus, un accident est toujours possible. »

Là-dessus, il appuie sur un bouton et demande aux deux malabars qui entrent :

« Ce n'est pas lui. Et l'autre n'est pas juif. Détachez-les et reconduisez-les au bateau. »

En effet, le bateau est toujours à quai. La voiture, roulant à tombeau ouvert, s'arrête à quelques mètres de la passerelle.

Le journaliste et le petit cocu ridicule descendent de la voiture et, instinctivement, regardent au-dessus d'eux. A l'entrepont : une femme au petit visage coiffé d'une toque de fourrure leur fait un grand signe.

Le journaliste et le petit cocu ridicule restent un instant immobiles. Oh! un très court instant. Le temps de comprendre lequel des deux elle a appelé.

« Allons, dépêchez-vous, murmure l'un des gardes du corps. C'est malsain ici. »

En effet ni l'un ni l'autre n'ont vu qu'une autre voiture s'est arrêtée à quelques pas. Encore moins voient-ils la vitre qui se baisse au moment où ils s'engagent sur la passerelle.

Par contre, tous deux entendent la voix qui crie :

« Monsieur Gregori Labalski! »

Aussitôt, avec une promptitude étonnante, le petit cocu ridicule se retourne :

« Labalski c'est moi! »

Une rafale de mitraillette lui répond. Devant les yeux horrifiés du journaliste Gregori Labalski, le petit cocu ridicule plie sur ses jambes et roule au pied de la passerelle.

Gregori Labalski ne saura qu'en Angleterre, quelques années plus tard, que l'informateur de l'héroïque petit homme s'appelait Joannes Eilers, le père confesseur de Von Papen, le ministre des Affaires étrangères du Reich.

LES ÉTRANGERS DOIVENT LAVER
LEUR LINGE SALE EN FAMILLE

HERBERT BOWER, commissaire adjoint en cette nuit de juillet, rassemble ses petites affaires, accroche minutieusement son stylo dans la poche intérieure de sa veste, regarde sa montre pour noter avec exactitude l'heure de son départ et referme soigneusement la porte.

Dans le couloir, Herbert donne un coup de peigne à ses cheveux roux devenus rares. Le policier qui va lui servir de chauffeur, en voyant sa grande silhouette maigre tirée à quatre épingles, saisi par son froid regard gris, se met presque au garde-à-vous.

« Où allons-nous, monsieur le commissaire ?

— A l'hôpital. »

En route le chauffeur tente d'engager la conversation.

« De quoi s'agit-il, monsieur le commissaire ?

— Vous le verrez bien. Je n'en sais rien moi-même. »

Comme le malheureux chauffeur soupire et se renfrogne, le commissaire Bower fait un effort :

« Vraiment je n'en sais rien, il paraît qu'on vient d'amener un garçon gravement blessé. C'est son père qui lui aurait tiré dessus.

— Tiens... »

Le chauffeur hoche la tête. Sans doute pense-t-il qu'il s'agit cette fois d'une affaire qui sort de l'ordinaire.

Dans le couloir blanc qui mène à la salle d'opération, le commissaire Bower ne fait qu'entrevoir un jeune homme d'une vingtaine d'années, brun au visage cireux, poussé sur une civière. Un infirmier marche à ses côtés portant à bout de bras un flacon de sang relié au corps du blessé par un tuyau de plastique.

« Vous ne pouvez pas l'interroger, grogne un chirurgien, il est dans le coma. Mais vous avez des gens là-bas. »

Le chirurgien montre d'un signe de tête deux braves types endimanchés, un peu étonnés d'être là et qui commencent même à le regretter en voyant Herbert Bower s'adresser à eux d'un ton péremptoire et glacé.

« Où ça s'est passé ?

— A Lunnebourg.

— Bon, je vous écoute. »

Les deux hommes se regardent :

« Ben, nous, on n'a rien à dire, répond l'un d'eux.

— On n'a rien vu, explique l'autre.

— Alors, qu'est-ce que vous faites là ?

— Nous, on l'a amené, c'est tout.

— Où l'avez-vous trouvé ?

— Ben, on rentrait chez nous. On était avec nos femmes et les enfants et puis on a entendu un coup de feu...

— Un seul ?

— Oui. Un coup de fusil, et puis une voix criait " au secours ". On s'est dit " tiens ça chauffe chez les Wilshek ". Là-dessus la porte de leur maison s'est ouverte et leur fils Georges, plein de sang, est sorti plié en deux en se tenant le ventre... Et il a roulé dans nos jambes.

— C'est tout ?

— Ben, ma foi oui. Toutes les lumières se sont allumées dans la rue. Des voisins sont sortis. Ils disaient qu'il fallait prévenir la police. Que ça devait arriver. Nous, on s'est pas occupé de ça. Pendant que je roulais Georges dans une couverture, lui, mon ami, il est allé chercher la voiture. On l'a porté tous les deux sur la banquette arrière, et voilà.

— Comment savez-vous que c'est le père qui a tiré ?

— Dame, Georges s'est pas tiré dessus tout seul. Et c'est sûrement pas sa mère... Pauvre femme, elle en serait bien incapable.

— Mais le père, lui, en est capable ? »

Les deux hommes, gênés à nouveau, se regardent.

« Bah ! c'est pas ce qu'on veut dire. Mais un homme en colère peut toujours se servir d'un fusil.

— Parce que le père est coléreux ?

— Non ! Non ! On n'a pas dit ça. Mais il avait des raisons d'être en colère.

— Quelles raisons ? »

Cette fois, les deux braves types comprennent qu'ils se laissent manipuler par le flic qui leur fait dire n'importe quoi. Pour le moment, ils sont en train de charger le père de la victime. Après avoir échangé encore un regard, ils décident d'un accord tacite de se taire. Le commissaire Herbert Bower, sentant qu'il n'en tirera plus rien cette nuit, leur donne rendez-vous le lendemain. Il se détourne pour arrêter froidement dans son élan, d'un petit signe autoritaire, un jeune interne en blouse blanche qui sort en trottant de la salle d'opération :

« Qu'est-ce qu'il a ?

— Une balle, répond l'interne essoufflé.

— Je sais, mais quels dégâts ?

— Elle a transpercé la rate, le foie et l'estomac.

— C'est grave ?

— Oui.

— Il s'en sortira ?

— Ce n'est pas sûr. »

Quelques instants plus tard, les portières de la voiture du commissaire Herbert Bower claquent sur la petite place de Lunnebourg, un village de quatre cents âmes du Wurtemberg. Bien qu'il soit dix heures du soir, presque toutes les fenêtres sont allumées dans le petit village en révolution.

Un groupe de badauds discute à la porte de l'hôtel de ville. Tous se taisent et s'écartent devant le commissaire. Le bourgmestre essaie d'aplatir ses 120 kilos contre le mur et s'éponge le front dans un immense mouchoir, pour le laisser entrer dans son bureau.

« Si j'avais su que vous viendriez si vite, j'aurais demandé aux " schupos " qu'ils vous attendent avant d'emmener le prévenu.

— Le prévenu ?

— Oui, le père de la victime. Ils l'ont arrêté. Il reconnaît avoir tiré sur son fils.

— Et pourquoi a-t-il tiré ?

— Oh ! c'est un drame affreux qui couvait en silence. Il faut dire que Whilshek vit un peu à l'écart dans le village : c'est un étranger.

— Depuis quand est-il là ?

— Oh !... Je ne m'en souviens plus. Il doit avoir quarante-neuf ans. Il a dû arriver de Yougoslavie il y a trente ans.

— Et comment est-il, cet " étranger " ?

— Très bien, un père de famille : un garçon de vingt-deux ans et une petite fille de douze ans. Il dirige une petite entreprise de peinture. Une bonne affaire qui marche bien. Vous verrez c'est un brave ouvrier plutôt timide.

— Coléreux ?

— Non, pas du tout, plutôt le genre calme et réfléchi.

— Alors que s'est-il passé ?

— Je vous ai dit, c'est la conclusion d'une vieille querelle qui durait depuis deux ans. Je crois que tout a commencé lorsque son fils Georges est revenu de l'armée. Il en voulait à son père de n'avoir rien fait pour lui éviter le service militaire. Lorsque le père l'a pris dans son affaire, Georges s'est mis à critiquer son style de travail. Puis à le traiter de vieil idiot, de ronchonneur. L'année dernière, il a commencé à l'injurier grossièrement et à le menacer. Plusieurs fois on m'a signalé qu'il lui donnait des coups. Ou alors, il lui courait après avec un couteau ou en brandissant une planche. Il y a quelques semaines, il l'a frappé avec une telle violence qu'il a fallu appeler le médecin. Alors dame, ce qui arrive n'a rien de surprenant.

— Et vous n'avez rien pu faire pour empêcher ça ? »

Entre les deux pans du mouchoir avec lequel le bourgmestre s'essuyait le front, un œil tout rond, tout étonné, regarde fixement le commissaire. Manifestement, non seulement le bourgmestre n'a rien fait pour empêcher ça, mais il n'y a pas songé.

Lorsqu'il sonne à la porte des Wilshek, le commissaire Herbert Bower est reçu par une femme en pyjama de nuit, la tête couverte de bigoudis.

Bien vite elle s'explique :

« Je ne suis pas Mme Wilshek, je suis une voisine.

— Et où est Mme Wilshek ? »

Un homme aux cheveux blancs intervient. Il a un bon regard dans un visage doux, une petite voix tranquille, et porte une lourde serviette dans laquelle s'entrechoquent des flacons. C'est un médecin.

« Elle dort. Elle menaçait de faire une crise de nerfs et je lui ai fait une piqûre. »

Le commissaire légèrement contrarié les regarde tous deux :

« Vous connaissez bien les Wilshek je suppose. Oui ? Alors vous pouvez certainement m'en dire quelques mots. »

Sans leur laisser le temps de réfléchir, le commissaire se laisse tomber dans un fauteuil et attaque :

« Il paraît que Georges a blessé son père il y a quelques semaines : c'est vous qui l'avez soigné, docteur ?

— Oui.

— Que s'était-il passé ?

— Eh bien, M. Wilshek était grippé et couché. Je venais de lui faire une visite où j'avais constaté moi-même qu'il avait 40° de fièvre. Une heure plus tard, sa femme rappelle. Entre-temps, Georges et lui s'étaient disputés et le garçon, en se servant d'un cendrier, l'avait frappé à la tête avec une telle violence que j'ai dû lui faire plusieurs points de suture.

— Et après ? demande le commissaire.

— Et après ?

— Oui, qu'est-ce que vous avez fait après ?

— Ben rien... Enfin si, je leur ai donné des tranquillisants. Parce qu'ils étaient tous les deux, l'homme et la femme, dans un état pitoyable, depuis des semaines sans aucun secours moral de qui que ce soit.

— Et après ?

— Après je leur ai conseillé de faire examiner leur fils par un neurologue. Je trouvais son comportement vraiment trop anormal.

— Et après ?

— Eh bien... après... rien.

— Ils n'ont pas fait examiner leur fils ?

— Non, c'était à prévoir. Ils ont eu peur de sa réaction.

— C'était en effet à prévoir. Dans ce cas à quoi bon leur avoir donné ce conseil ?

— Que vouliez-vous que je fasse d'autre ? Je ne suis que médecin.

— Puisqu'il y avait eu voies de fait, vous auriez pu prévenir la police par exemple. »

Tandis que le docteur, vexé, s'en va en claquant la porte, le commissaire regarde la voisine de ses yeux gris et glacials :

« Et vous, madame ? »

La voisine secoue énergiquement ses bigoudis.

« Ah ! moi commissaire, je ne pouvais vraiment rien faire.

— J'entends bien, mais vous deviez être un tant soit peu au courant.

— Très peu. D'ailleurs, mon mari a horreur qu'on s'occupe des affaires des autres.

— D'accord, mais puisque tout le village était au courant, vous entendiez bien des disputes chez les Wilshek.

— Oui, bien sûr.

— Vous avez dû croiser souvent Mme Wilshek, avec les paupières rougies, par exemple.

— Oui, quelquefois.

— Et elle ne vous a jamais rien dit ?

— Elle ne disait pas grand-chose. Elle était très

digne. Et puis je crois qu'elle ne voulait pas en parler devant sa fille. La petite n'a que douze ans.

— D'après Mme Wilshek, qui avait tort? son mari ou son fils?

— Son fils, bien sûr. Ce garçon est complètement fou.

— Donc elle vous a parlé. Et elle ne vous a jamais appelée au secours?

— Ça non, jamais.

— Elle ne vous a jamais avoué qu'elle était à bout de nerfs? Qu'elle ne savait plus quoi faire? Qu'elle avait peur?

— Si, c'est arrivé.

— Donc vous voyez bien qu'elle vous a appelée au secours. Et qu'est-ce que vous avez fait? »

La voisine pâlit, son visage se ferme.

« Quand j'en parlais à mon mari, il me disait que ça ne nous regardait pas. Que c'était à la police de s'en occuper.

— Et vous avez prévenu la police?

— Non. »

Il est minuit. Bien sûr le commissaire ne sait encore rien des circonstances réelles du drame lui-même. Ce qui est clair c'est qu'il couvait depuis longtemps, qu'il était presque inéluctable et que dans ce petit village de quatre cents âmes, où tout le monde se connaît, personne n'a rien fait pour l'empêcher... Il est vrai que les Wilshek étaient des... « étrangers ».

C'est pour cette même raison sans doute que personne ne fera rien pour empêcher ce qui va suivre. Après une très courte nuit, le commissaire Herbert Bower retourne dans le petit village de Lunnebourg pour enquêter.

Dans un village voisin où la veille le prévenu travaillait, un vieil ouvrier déclare que vers midi il a vu Mme Wilshek arriver en vélo sur le chantier.

En larmes, les cheveux dénoués, elle a couru vers son mari pour le supplier :

« Je t'en prie, ne rentre pas déjeuner. Je viens de me disputer avec Georges. Il était comme fou. Il m'a dit qu'il allait nous tuer.

— Et M. Wilshek est rentré ? demande le commissaire.

— Oui, j'ai partagé ma gamelle avec lui.

— Vous connaissez son fils ? Vous le croyez capable de tuer son père ?

— Ma foi, je crois que quand il est en colère il ferait n'importe quoi. »

Un homme en blouson de cuir, qui louche et se dit un des rares amis de la famille Wilshek, raconte que la veille, vers six heures, il a accompagné le père jusque chez lui. Wilshek, sitôt dans la maison, a été décrocher son fusil de chasse. Après quoi il s'est rendu dans le garage où Georges, le voyant armé, s'est enfermé dans la cave. Il paraît qu'ils ont échangé le dialogue suivant :

« Sors d'ici et va-t'en ! Je ne veux plus te voir !

— D'accord, mais je ne sortirai pas tant que tu resteras devant la porte.

— C'est bon, je m'en vais. Mais si tu touches un cheveu de ta mère ou de la petite, je te préviens que tu auras affaire à moi.

— Et après ? demande le commissaire.

— Et après je suis rentré chez moi, déclare l'ami de la famille. Ma femme m'attendait pour dîner. »

Le père Wilshek s'est alors réfugié dans le bistrot du village. Il y était à peine depuis une demi-heure que sa femme est entrée complètement affolée :

« Georges est parti. Il m'a dit qu'il allait chercher une arme et qu'il allait revenir pour nous tuer tous les trois. »

Au patron du bistrot et aux clients qui témoignent, le commissaire demande s'ils ont pris cette menace au sérieux.

« Oui, elle avait l'air vraiment terrorisée, répond le patron.

— D'ailleurs Annie, la petite, est arrivée à son tour en disant qu'elle avait entendu Georges crier qu'il allait tuer tout le monde.

— Et après ?

— Et après Wilshek s'est levé. Il était rouge de colère. On a voulu le retenir, mais rien à faire.

— Et après ?

— Après ? Ben il est parti.

— Et vous l'avez suivi ? Vous avez prévenu la police ?

— Bah... Non. »

La suite, Wilshek, petit homme au visage ridé comme une vieille pomme, aux mains à la fois sèches et boursouflées, s'en explique lui-même.

Il a couru jusque chez lui pour attendre son fils dans l'entrée, son fusil à la main. Dès que la porte s'est ouverte, et qu'il a reconnu la silhouette de Georges, il a fait feu. Bien qu'il ait été au comble de l'exaspération, il n'était animé, paraît-il, que par la volonté de défendre son foyer. Il n'a voulu, « paraît-il », que blesser le bras de son fils : ce bras qui l'avait si souvent frappé. Mais il a raté le bras et touché le ventre.

Le lendemain, le commissaire Bower, apprenant de l'hôpital que Georges est sauvé, demande que Wilshek soit libéré de la prison préventive. La justice hésite. La municipalité de Lunnebourg décide de soutenir sa demande seulement en fin de journée. Et c'est seulement le soir que le bourgmestre envoie une employée prendre des nouvelles de Mme Wilshek. Elle trouve la malheureuse pendue dans sa maison.

A ses pieds, une lettre d'adieu dont voici le texte : « Désespérée, je tire un trait final sur ma vie. Ne m'en veuillez pas, je vous en prie. Nous avons vécu, persécutés par notre fils, un véritable enfer. Mon pauvre mari a beaucoup souffert. Que le tribunal soit clément. Moi je ne pourrais supporter ni que se prolonge ma solitude actuelle, ni un procès. Embrassez ma petite Annie. Que de braves gens s'apitoient sur elle et s'occupent d'elle. C'est ce que je souhaite. »

Pendant trois jours, personne n'ose révéler la mort de sa femme au malheureux Wilshek.

Le troisième jour, la porte de la prison s'ouvre devant lui. Il est libre. Mais sur le pas de la porte le gardien-chef lui dit :

« Toutes mes condoléances, Wilshek, votre femme est décédée. »

Wilshek sera condamné pour tentative de meurtre à quatre ans de prison.

MARIÉS PAR LE PROCUREUR

Dans la salle des Assises de Munich s'installe un grand silence. Tous les regards se tournent vers Françoise Bruckenau, la jeune femme qui risque la détention à perpétuité pour avoir tenté de tuer son amant Erni Schmidt en l'écrasant avec sa voiture. Or le président grisonnant et sage, à la demande de son avocat, vient d'autoriser l'accusée à faire une déclaration importante dès le début du procès.

Françoise se lève donc et se tourne vers les jurés, dans le froissement d'un grand foulard de soie. Elle apparaît, petite et mince dans une robe sombre où brillent des boutons de nacre. Visage osseux, un peu dur, mais grands yeux malicieux et longs cheveux bruns, on ne peut prétendre qu'elle est jolie mais les jurés doivent penser qu'elle a du charme.

« Je voulais dire, explique-t-elle d'une voix grave, un peu rauque, qu'Erni et moi nous sommes réconciliés. Et que tout va de nouveau comme il faut dans notre couple. »

Le petit président grisonnant et sage, étonné, s'adresse au témoin principal de l'accusation, c'est-à-dire l'amant : un jeune homme sympathique aux traits réguliers bien qu'un peu mous, assez élégamment vêtu pour un conducteur de poids lourds.

« Est-ce exact ? » demande le juge.

Le jeune homme répond d'un signe de tête affirmatif.

« Veuillez répondre à haute et intelligible voix, s'il vous plaît. Confirmez-vous la déclaration de l'accusée ?

— Oui monsieur le président. »

Sur le front du président surgissent trois rides qui trahissent son souci. Il tourne vers le jury un œil gêné. Quant aux regards des sept jurés, ce sont sept points d'interrogation. Que va-t-il se passer si le principal témoin de l'accusation change de camp ? Voilà un procès qui commence d'une façon bizarre !

C'est alors que tous les visages se tournent cette fois vers la gauche du prétoire d'où s'élève un rire sardonique : c'est le procureur. Pour le moment on ne voit de lui que son crâne chauve soigneusement passé au papier de verre. Ses épaules sont agitées de petits soubresauts tandis qu'il s'esclaffe en compulsant ses dossiers :

« N'importe quoi ! Ces avocats inventent n'importe quoi ! »

Puis, relevant la tête qu'il a carrée, autoritaire mais toute pétrie d'humour, il s'adresse à son témoin défaillant :

« Bravo monsieur Schmidt ! Vous pratiquez le pardon des injures ? »

Le président est outré et la salle frémissante d'indignation lorsqu'il ajoute :

« Vous n'avez pas honte ? Elle vous écrase ! Vous faites trois mois d'hôpital, et vous voilà aux pieds de votre maîtresse ? Je sais que c'est la mode de la servitude masculine mais tout de même il y a des limites... »

Là-dessus, tandis que le président lui fait un signe discret de modération, il chausse ses lunettes et se rassoit, ravi, pour écouter le résumé des faits, dont se charge le président d'une belle voix grave assez inattendue :

« Accusée, vous aviez dix-huit ans lorsque vous avez connu Erni Schmidt, chauffeur de camion qui en avait dix-neuf. Il était le premier homme de votre vie et vous avez vécu ensemble contre la volonté de vos parents. Neuf mois plus tard, vous mettiez un enfant au monde. Mais vous n'aviez pas le goût de la vie de famille comme l'aurait aimé votre compagnon. »

Le président s'arrête en voyant la jeune accusée s'agiter dans son box :

« Vous n'êtes pas d'accord ? »

Françoise qui ne semble pas tellement émue se dresse avec autorité :

« Nous nous sommes unis parce que nous nous aimions, monsieur le président. Et l'amour n'a rien à voir avec la vie de famille. »

Au tour du procureur d'intervenir avec hargne :

« Il s'agissait plus de passion que de bonheur si je comprends bien. Pourtant je croyais qu'on vivait ensemble pour essayer de rendre son partenaire heureux. Mais ça doit être différent aujourd'hui, je suis sans doute de la vieille école ! »

Le président poursuit comme s'il n'avait rien entendu :

« Vous avez fait élever votre enfant par vos grands-parents afin de pouvoir travailler. Aussi lorsque votre amant rentrait du travail, il trouvait la maison vide. Vous étiez encore derrière le comptoir du magasin où vous travailliez comme vendeuse. Votre amant se sentait négligé. Il fallait qu'il s'occupe du ménage. »

Le visage carré, l'œil malicieux du procureur s'animent d'un grand sourire :

« Notre président est comme moi... Il a de la bouteille. »

La salle fait : « Oh ! » Le procureur continue :

« Mais je suis sûr que pour certains de nos jurés, cette image du conducteur de poids lourds, ceint d'un tablier de cretonne et maniant l'aspirateur, n'a rien de choquant. »

Le président reprend sa lecture d'une voix tout de même un peu contrariée :

« Heureusement, votre amant était passionné de football. Il retrouvait ses amis, d'abord une fois par semaine puis de plus en plus souvent. Enfin il s'absenta des nuits entières qu'il passait avec une serveuse du restaurant Rose. La liaison était intime et paraissait durable. Tout le monde était au courant sauf vous ».

Nouveau silence du président pour entendre la réflexion du procureur goguenard :

« Eh oui... Messieurs les jurés. On meurt de faim au Cambodge. On va sur la lune. On construit des centrales nucléaires. Mais les maris vont toujours au football et trompent toujours leurs femmes avec des serveuses de restaurant. La télévision vous prévient que demain il faudra prendre votre parapluie. La radio vous signale que vous aurez des embouteillages sur telle ou telle route. Les journaux vous annoncent que la boîte de cirage a baissé de dix centimes à votre supermarché, mais les amants trompés ne sont toujours pas informés...

— C'est le 19 juin... reprend le président, qu'avertie par votre belle-mère, vous avez connu votre infortune. »

Le président ne peut empêcher le procureur, hilare, de s'exclamer :

« Car il y a toujours des belles-mères, messieurs les jurés! On ne se marie plus mais on a quand même une belle-mère. La belle-mère résiste. La belle-mère survit! »

Le président, agacé, s'explique :

« C'est une erreur dans la rédaction de l'acte : je veux dire que lorsque la mère d'Erni Schmidt vous a prévenue de votre infortune vous avez fait des reproches à votre amant. Il vous a répondu : « Puisque c'est comme ça, nous allons nous séparer. » Ce à quoi vous avez répliqué qu'il n'en était pas question. »

Le président marque une pause, devinant à l'avance que le procureur va vouloir intervenir, et le laisse faire patiemment :

« Vous remarquerez, messieurs les jurés, dit celui-ci, que puisque cet homme et cette femme ne sont pas mariés, rien ne l'autorisait à refuser cette séparation. Mais, mariage ou pas, les femmes sont ainsi faites et les hommes aussi très souvent, qui considèrent très vite l'être avec lequel ils partagent leur existence comme leur propriété. Dans ce cas particulier, je crois que l'accusée tenait surtout à ne pas donner raison à ses parents qui avaient toujours vu cette union d'un mauvais œil. »

Et le procureur fait comprendre au président qu'il peut poursuivre. Ce qu'il fait, en le remerciant d'un signe de tête.

« Quoi qu'il en soit, ni l'accusée ni Erni Schmidt n'ont rien décidé et, le lendemain soir, le témoin a quitté l'appartement comme d'habitude. Mais l'accusée ne put rester chez elle. Elle courut vers sa Fiat 500 et se mit à parcourir le quartier. Lorsqu'elle aperçut la victime Erni Schmidt, celui-ci n'avait pas pris sa voiture. Il marchait sur le côté gauche et lui tournait le dos. L'accusée dirigea sa voiture vers lui. Il y eut un fracas. Le témoin fut lancé en l'air et retomba sur l'asphalte. Il était sans connaissance.

« C'est avec une commotion cérébrale et de nombreuses contusions qu'il fut hospitalisé. L'accusée fut incarcérée provisoirement. Aujourd'hui, elle comparaît devant nous, accusée de tentative de meurtre contre Erni Schmidt. »

Dans le silence qui suit le récit du président, tous les regards se tournent de nouveau vers le procureur. Dans les rayons de soleil qui tombent des étroites fenêtres, on voit son crâne luisant dodeliner gravement :

« Messieurs les jurés, déclare-t-il, nous nageons dans l'absurde... Mais l'absurde ne doit pas vous faire oublier que nous sommes ici pour rendre un jugement et que derrière cette absurdité se dissimule bel et bien une tentative criminelle passible de la prison à perpétuité.

« Evidemment, vouloir écraser un homme avec une Fiat 500 c'est assez grotesque. Pourtant tel a été le cas. Et n'oubliez pas que si la Fiat 500 avait été une lourde Mercedes, Erni Schmidt serait probablement mort.

« Evidemment, il paraît absurde de prétendre mettre son grain de sel dans les affaires d'un homme et d'une femme qui ont réglé entre eux un différend et affirment aujourd'hui s'entendre à merveille. Mais pas du tout. Au contraire, ce sont ces gens qui vous font injure. Je sais que mes apartés vous ont tout à l'heure choqués. Je voulais vous montrer que, parce que sans retenue, sans un certain respect des formes, tout procès tournerait vite à la farce et qu'il n'y aurait plus de justice possible. Or, j'estime que ce témoin principal, réchappé d'une tentative d'assassinat, qui reprend soi-disant la vie commune avec la femme qui a voulu le tuer, ne respecte pas la justice. Il se fait acteur d'une farce organisée par la défense pour vous paralyser, messieurs les jurés. Il est difficile de punir lorsque la victime pardonne. Il est difficile de condamner lorsque l'on sait que l'on va séparer un couple et priver un enfant de la présence de sa mère. Ce n'est qu'une mise en scène à votre intention.

« Mais je tiens à vous dire ceci :

« Premièrement : il est évident que l'accusée a agi sous le coup de la jalousie et de la colère et qu'au moment où elle a heurté son amant, c'était dans un esprit de meurtre. A ce moment il lui était à tout le moins parfaitement égal qu'il meure après la collision. C'est donc bel et bien une tentative criminelle.

« Deuxièmement : en ne condamnant pas cette femme, vous manqueriez à votre devoir de justice sans servir le moins du monde la cause de ce couple et de son enfant. Je suis certain que l'accusée et Erni Schmidt se sépareront définitivement dès la fin du procès. Si ce n'est à la fin du procès ce sera dans six semaines ou dans six mois. C'est probablement déjà entendu et réglé. Et s'ils étaient sincères ? Pensez-vous... Eh bien vous aurez le bon sens de comprendre que deux êtres qui ne s'entendent pas au point de vouloir s'entre-tuer ne pourront jamais avoir une vie de couple normale. A quoi bon vouloir favoriser l'union d'une carpe et d'un lapin ? »

Puis le procureur se tourne vers le président :

« J'imagine, monsieur le président, que la défense s'impatiente en m'entendant prononcer dès maintenant un véritable réquisitoire. Si je l'ai fait c'est pour empêcher que la suite des débats ne tourne complètement à la farce et pour rendre les jurés attentifs à ce qui va être dit. »

Effectivement la défense réagit violemment en la personne d'une avocate : grande, haute et large, sorte de Walkyrie en noir qui chaque fois qu'elle étend ses bras immenses, a l'air de vouloir prendre son vol pour s'élancer vers le plafond :

« Puisque le procureur a anticipé sur son réquisitoire, dit-elle, je me permettrai d'anticiper sur ma plaidoirie pour affirmer que la réconciliation de ma cliente et du principal témoin de l'accusation n'est pas une mise en scène organisée pour vous manipuler. Il s'agit bel et bien de deux êtres qui s'aiment. Mais ils n'ont, rappelez-vous, que vingt-trois et vingt-deux ans. Ils viennent seulement de commencer à apprendre ce qu'est la vie en commun. Comme ils sont tous deux spontanés et sans détour, il n'y a rien d'étonnant à ce que cet apprentissage s'effectue dans des conditions difficiles, voire violentes.

« Même si vous croyez qu'elle a voulu renverser son amant avec sa minuscule voiture, vous ne pouvez nier que ma cliente aime Erni Schmidt. Sinon, pourquoi l'aurait-elle fait ? Ils ne sont pas mariés, ils n'ont aucun bien à se partager. Or, tant que deux êtres s'aiment, on a le devoir de les aider à rester unis surtout lorsqu'ils ont un enfant. »

Là-dessus, profitant du silence qu'observe un instant la défense, le petit président grisonnant et sage s'adresse à l'accusée :

« Pouvez-vous nous expliquer dans quelles circonstances s'est effectuée votre réconciliation ? »

L'accusée faisant voler son foulard de soie se dresse dans son box comme un diable d'une boîte :

« Lorsque je suis sortie de la prison préventive, j'avais également l'intention de quitter Erni. Mais il m'a suppliée de ne pas le faire. Il m'a affirmé qu'il m'aimait autant qu'autrefois. Il a promis de se corriger et j'ai voulu lui laisser une chance.

— Vous voyez! s'exclame la défense. Il s'agit d'un amour réciproque et d'une tentative sincère de recommencer la vie en commun. »

Et la Walkyrie montre le crâne rasé qui brille dans le soleil :

« Voilà pourquoi je suis sûre que vous ne suivrez pas l'accusation.

— Une tentative de crime est passible de la prison à perpétuité, grogne le procureur. C'est en toutes lettres dans le Code... vous n'en sortirez pas.

— Encore faudrait-il, riposte la défense, prouver qu'il y a eu tentative de crime. »

Françoise conteste avoir poursuivi Erni Schmidt en voiture.

« J'étais énervée, c'est vrai. Mais je voulais simplement me promener, dit-elle. Et tout est arrivé tellement vite que je ne puis me rappeler ce qui s'est passé. J'ai aperçu Erni et tout de suite après les éclats de mon pare-brise ont volé sur mon visage.

— Vous avez déclaré à la police, après l'accident, que c'est votre amant qui s'est précipité vers la voiture. Vous maintenez cette déclaration ?

— Oui.

— Et vous, Erni Schmidt ? »

Erni Schmidt, gêné, charmant, mais le visage toujours un peu mou, hausse les épaules.

« Il est possible, monsieur le président, que j'aie eu un geste de désespoir. Mais je ne peux plus me rappeler si j'étais ou non en train de traverser la rue.

— C'est une plaisanterie! s'exclame le procureur. Si vous maintenez cette version, je fais accuser le témoin de tentative de coups et blessures contre la personne de Françoise Bruckenau. »

Comme l'assistance le regarde ahurie, il s'explique rapidement sans un sourire :

« Un homme normalement constitué qui se jette sur une Fiat 500, ce n'est pas pour mourir c'est pour la renverser, c'est évident. »

Après quelques murmures, le président demande que l'on fasse entrer le premier témoin. Il s'agit de la mère d'Erni Schmidt : une femme inerte, sèche et froide comme un galet. D'après son témoignage, il ressort que l'accusée n'était pas tendre avec son amant. Elle le giflait lorsqu'il lui faisait des reproches.

« Et vous lui faisiez souvent des reproches ? demande le président au jeune homme.

— Oh! non, monsieur le président, je ne lui en ai fait qu'une dizaine depuis le début de l'année.

— Si je compte bien... remarque le procureur, comme nous sommes en avril, ça fait tout de même un peu plus de deux gifles par mois. »

Le second témoin est une brave bourgeoise très embarrassée d'être là. Elle confirme ce que tout le monde connaît, à savoir que dès le choc, l'accusée s'est arrêtée.

« Rien ne prouve qu'elle se soit arrêtée volontairement, remarque le procureur, le corps d'un homme c'est plus qu'il n'en faut pour bloquer les roues d'une Fiat 500.

— Peut-être... reconnaît le témoin. Mais elle s'est précipitée sur lui.

— Pour l'achever ? demande le procureur.

— Oh! non, monsieur... Elle lui demandait s'il avait mal. »

Le crâne du procureur est encore secoué d'un rire silencieux tandis qu'entre le troisième témoin.

C'est un expert sérieux comme un pape. Il expose devant la Cour un rapport très technique et quasiment incompréhensible duquel il ressort une seule chose claire : Françoise n'a pas freiné avant l'accident.

« Bien sûr puisqu'elle a été surprise!... s'exclame la défense.

— Bien sûr puisqu'elle voulait le tuer! » s'exclame le procureur.

Et il demande à l'expert :

« Est-ce que l'accusée a accéléré?

— Je n'ai aucun moyen technique de répondre à votre question. Mais les témoignages que j'ai pu recueillir semblent indiquer qu'elle n'a pas accéléré. »

Après l'audition de différents autres témoins, il devient évident que le président, le public et probablement les jurés souhaitent une issue heureuse à ce procès. Manifestement, il leur répugne de séparer de nouveau et sans doute définitivement ces deux partenaires. D'autre part, après ce qui s'est passé dans ce ménage on peut comprendre que Françoise ait eu un mouvement de colère. Et tous semblent apprécier la volonté de cette frêle jeune femme et l'estiment capable de réaliser son projet de reprendre la vie en commun. La personnalité de Françoise est ainsi faite qu'elle a tendance à agir impulsivement, à réfléchir ensuite aux conséquences, quitte à en rester effarée. Et puis il y a leur enfant. Mais le problème est ardu, voire insoluble juridiquement car il ne fait aucun doute qu'elle a jeté sa voiture volontairement sur son amant.

Or la loi est ainsi rédigée qu'en reconnaissant ce fait indéniable, les jurés la condamnent automatiquement à une peine très lourde, puisqu'il s'agit dans ce cas d'une tentative de meurtre.

La seule possibilité serait de démontrer que, bien qu'ayant précipité sa voiture vers son amant, elle n'avait pas l'intention de le tuer.

En réalité, tout dépend du procureur. Aussi lorsqu'il se lève pour son réquisitoire, on entendrait une mouche voler.

« Monsieur le président, puis-je poser une question à l'accusée et au témoin principal ?

— Faites.

— Accusée, au cas où vous seriez libérée, en reprenant la vie en commun avec Erni Schmidt comme vous en avez manifesté l'intention, est-ce que vous vous marierez ? J'entends : légalement ? »

Surprise l'accusée regarde son défenseur qui, tout aussi éberlué, lui recommande de répondre par l'affirmative.

« Oui, dit Françoise.

— Erni Schmidt, demande le Procureur, êtes-vous d'accord pour épouser Françoise Bruckenau ?

— Oui.

— Bien... Considérant que l'accusée n'augmenta pas de vitesse lorsqu'elle aperçut Erni Schmidt dans la rue, j'en déduis qu'elle ne cherchait pas à le tuer. Celui qui veut tuer accélère... surtout s'il ne dispose que d'une Fiat 500. Dans ces conditions, ne voulant pas briser un couple et nuire à l'avenir d'un enfant, je requiers donc le minimum de la peine prévue pour " blessures graves ", soit un an de prison avec sursis et période de probation, pour permettre le mariage. »

L'ORANGE DU MARCHAND

SALLY aime les oranges. Or une pyramide d'oranges de Californie la nargue sur un trottoir du New Jersey aux Etats-Unis. Nous sommes en 1948, et en 1948 une orange est encore une orange, même aux Etats-Unis, pour une petite fille plus ou moins pauvre.

La pyramide appartient à un épicier, qui présentement lui tourne le dos. La main de Sally se tend vers le fruit d'or le plus proche, et hop! l'orange disparaît dans la poche de son tablier.

Sally fait quelques pas en arrière, personne ne l'a vue et elle continue son chemin en direction de l'école, pas très rassurée, un peu honteuse, mais emportant son trésor avec jubilation. Elle n'a que dix ans. C'est alors qu'une main l'agrippe aux épaules et qu'une voix mauvaise la cloue sur place, menaçante :

« Petite voleuse! »

Sally lève un regard effrayé sur la silhouette gigantesque qui lui barre le passage. L'homme est en imperméable, un chapeau mou enfoncé sur le crâne. Il a l'air brutal.

« Je t'ai vue, tu as volé l'orange! »

Sally fond en larmes immédiatement. Sa petite

main n'arrive pas à cacher le gros fruit rond dans sa poche.

« Je suis un policier. Je peux t'emmener en prison tout de suite si je veux ! »

La prison ? Sally n'en a qu'une vague idée, mais si vague qu'elle soit elle est effrayante. La prison c'est noir, on y a peur, on y est battu, et les gens qui vont en prison sont des monstres. C'est ainsi dans les histoires.

Sally résiste au bras qui la tire...

« Viens avec moi. Allez, au commissariat !

— S'il vous plaît, monsieur, je rends l'orange...

— Oh ! non, pas question. C'est trop facile, tu as volé, il faut venir avec moi, et si tu es sage, j'arrangerai ça avec le commissaire. »

L'homme entraîne Sally tout en continuant de parler.

« Le principal, c'est que tes parents ne sachent rien, n'est-ce pas ? Nous allons prendre ma voiture, je t'emmène à mon bureau. »

Il s'appelle Tom Murray, il a cinquante ans, et il n'est pas policier. C'est un repris de justice minable, un spécialiste de l'escroquerie, et du racket à la petite semaine. Qu'espère-t-il de sa prise ? Une rançon, tout simplement.

Tom Murray est un curieux personnage. Une tête de brute, pas très intelligente, mais calculatrice. Il y a trois ans qu'il est sorti de prison, après y avoir passé quinze ans, par périodes successives. De la liberté, il connaît peu de chose. Détestant le travail, il a toujours essayé sans y parvenir de vivre sur le dos des autres. Le résultat l'a jeté en prison régulièrement, c'est dire qu'il a apprécié à leur juste valeur les trois années écoulées. Mais la liberté n'est que ce qu'elle est, quand on a la mentalité d'un Tom Murray, qui ne rêve que de dollars et de vie de palace, dans son crâne trop grand pour une cervelle trop petite.

Depuis plusieurs mois, l'idée a germé dans cet esprit étroit. L'idée stupide, criminelle, de se servir d'un enfant pour obtenir enfin la montagne d'argent qu'il ne mérite pas d'avoir, qu'il n'a pas le courage et l'intelligence de gagner par ses propres moyens.

Il a guetté à la sortie des écoles, mais les enfants et les parents mélangés lui interdisaient toute approche. Tom Murray est prudent. Il ne veut pas retourner en prison, surtout pas, ni risquer de se faire prendre pour un sadique, au cours d'une tentative de kidnapping ratée.

C'est par hasard qu'il est tombé sur Sally, ce matin de janvier 1948. C'est par hasard qu'il l'a vue voler l'orange, parce que son œil traînait sur l'enfant, seule sur le trottoir, et qu'un voleur professionnel sait reconnaître l'hésitation et la maladresse chez un autre voleur, même débutant et enfantin, comme Sally. Il a profité de l'occasion, elle était trop belle. Car si quelqu'un intervenait, il était facile de se justifier, l'enfant avait volé, elle ne nierait pas, et lui, Tom, jurerait qu'il avait voulu lui donner une leçon.

De plus, sans le savoir, Tom Murray est tombé sur une enfant impressionnable. Sally est la troisième fille d'un couple d'ouvriers d'origine italienne. Nourrie de légendes et de contes de fées, Sally a peur du noir, peur du diable, peur de tout, et surtout de son père, qui a la main leste. Un père qui veut faire de ses filles des perles dignes d'épouser un jour un bon Américain.

Voilà pourquoi Sally se laisse entraîner si facilement. Elle croit ce que lui dit son ravisseur. Elle a honte d'avoir volé, peur de la punition imminente, et lorsqu'elle comprend que l'homme ne l'emmène pas au commissariat de police, elle croit encore ce qu'il dit :

« Tu dois disparaître quelque temps. Ton père te tuerait s'il savait ce que tu as fait. Nous allons vivre ensemble, le temps qu'il oublie ça. »

Et la petite fille pénètre dans une chambre d'hôtel assez minable, main dans la main avec son kidnappeur. Au concierge, Tom Murray déclare :

« C'est ma fille. Sa mère me l'a confiée pour quelque temps. Dis bonjour au monsieur, Sally...

— Bonjour, monsieur. »

Et ils s'enferment tous les deux dans la chambre de Tom Murray.

« Assieds-toi là. Bon, dis-moi où tu habites ?

— Dans une maison.

— L'adresse, petite imbécile ! »

Sally ne connaît pas son adresse. Elle suit toujours le même chemin pour aller à l'école, sur le même trottoir, c'est tout ce qu'elle sait. Mais à présent qu'ils ont traversé la ville, elle ignore le chemin du retour. Ça, c'est une tuile pour le ravisseur. Comment prendre contact avec les parents à présent ?

« Et le téléphone, tes parents ont bien le téléphone ? Comment tu t'appelles ?

— Sally Zecchi, mais on n'a pas le téléphone.

— Qu'est-ce qu'il fait, ton papa ?

— Il travaille à l'usine de conserves. »

Des ouvriers ! Décidément, Murray n'a pas de chance. Que peut-il espérer comme rançon ?

« Ils t'aiment bien, tes parents ?

— Oh ! oui, monsieur.

— Tu crois qu'ils vont avoir de la peine si tu ne rentres pas ?

— Maman va pleurer, c'est sûr, et mes sœurs

272

aussi. Il vaudrait mieux que je retourne à la maison?

— Tu es une voleuse, ne l'oublie pas. Et si je n'arrange pas les choses avec ton père, tu iras en prison. Alors laisse-moi faire. »

Tom Murray examine Sally. Jolie petite fille, brune, de grands yeux noirs, visiblement l'enfant gâtée de la famille, la petite dernière, les parents vont sûrement prévenir la police et il suffira de lire les journaux du lendemain pour les localiser.

En attendant, comme il ne serait pas prudent de rester à l'hôtel avec l'enfant, Tom Murray règle sa note, fait sa valise et, tenant sa nouvelle petite fille par la main, change de domicile.

Le lendemain, il a beau lire tous les journaux de la ville, rien. Le surlendemain et les jours suivants non plus.

Une semaine dans le désert total. Et pour cause. Les parents de Sally ont averti la police, bien entendu. Et bien entendu, ils vivent dans l'angoisse, mais les journalistes ne sont pas tenus au courant. Car, c'est une coïncidence supplémentaire, la police du New Jersey est sur la trace d'un maniaque, responsable de la disparition de trois enfants, et le silence est de rigueur autour de l'enquête. Ce maniaque, ce n'est pas Tom Murray, mais l'on croit Sally victime de celui-ci.

N'y comprenant rien, n'ayant aucun moyen d'exercer son chantage odieux, Tom Murray se retrouve donc à la tête d'un kidnapping sans aucun intérêt pour lui. Que va-t-il faire? Relâcher l'enfant, c'est courir le risque d'être arrêté sous peu. Surtout avec ses antécédents. Et à dix ans une fillette est parfaitement capable de le décrire : oreilles décollées, cheveux ras, cicatrice à la joue droite, grand, fort, et pour comble, un œil marron et un œil vert. Des yeux pers. De quoi se faire repérer à tous les carrefours. Non, il ne peut pas relâcher Sally. Il faut attendre.

Sally a pleuré toute la semaine. Impossible de la faire manger, impossible de la faire dormir. Dans la chambre meublée où il a élu domicile, Tom Murray tourne en rond, fou furieux. Il ne sait plus quoi inventer.

« Qu'est-ce que je vais faire de toi, maintenant, hein ? Tes parents ne veulent plus de toi, ils s'en fichent !

— C'est pas vrai !

— Si, c'est vrai ! Ils me l'ont dit. Ah ! et puis arrête de pleurer, hein ! sinon je vais me fâcher pour de bon, et te mettre en prison ! »

Le mot « prison » a toujours autant d'effet sur Sally. Dieu sait ce qu'elle imagine. Elle retient ses larmes, se mord les doigts et regarde Tom Murray, terrifiée.

« Je serai sage, je vous le promets, monsieur. »

Sage ! Possible, mais en attendant, que faire de cette gosse encombrante ? Tom a tout essayé pour lui faire dire l'adresse de ses parents, ou quelque chose qui puisse le mettre sur la voie. Il a refait lui-même le chemin en partant de chez le marchand d'oranges, il a bien repéré l'école, mais après ? Il n'allait tout de même pas se présenter à la directrice pour savoir où habitait Sally ! D'ailleurs l'aurait-il su enfin, que cela ne l'aurait guère avancé. A la question « Combien gagne ton papa ? », Sally a répondu :

« Je sais pas, monsieur, maman dit toujours qu'on n'a pas assez d'argent. Elle fait de la couture le dimanche pour en gagner plus. Elle coud bien, maman, c'est elle qui a fait ma robe. »

Jolie robe en effet, sur une jolie petite fille, de quoi faire prendre une pauvresse pour une gosse de riche à un kidnappeur mal informé. Tom Murray décide soudain :

« Allez ! On s'en va.

— Où on va, monsieur ?

— En Californie, comme ça tu mangeras des oranges.

— Est-ce que je peux écrire à mes parents ?

— Et où tu veux leur écrire ? Tu ne connais même pas ton adresse !

— Mais vous, vous la connaissez, monsieur. Vous avez vu mes parents, puisqu'ils vous ont dit qu'ils ne voulaient plus de moi ! »

Il aurait dû s'y attendre, bien fait pour lui.

« Ecris-leur si tu veux, de toute façon, ils ne te répondront pas. Allez, en route. »

A la gare, Tom Murray achète un dernier journal qu'il fourre dans sa poche. Il n'a plus d'espoir, de toute façon. On doit croire que la gamine est morte. Une chance pour lui, mais il est inquiet tout de même, et pour plus de sécurité, Sally avale un comprimé de somnifère. Dans le train, les voyageurs regardent l'enfant dormir sur les genoux de son « père », et Tom Murray invente des histoires.

« Sa mère vient de mourir en Californie. Nous allons à l'enterrement. »

Ou bien :

« Ma fille est bien malade, je l'emmène au soleil, se refaire une santé. »

Il en oublie le journal. C'est en attendant une correspondance que Tom Murray le parcourt. Sally affalée contre lui, est toujours endormie. Et ce qu'il lit le laisse pantois.

« Le maniaque du New Jersey enfin arrêté. L'homme passe aux aveux complets. Il nie formellement avoir enlevé la jeune Sally Zecchi, disparue le 7 janvier dernier. Il semble que son emploi du temps de ce jour le confirme. L'enquête reprend donc sur la disparition de la petite fille. Les policiers avaient tenu secrète cette information jusqu'à l'arrestation du maniaque. On ignore ce qu'il est advenu de l'enfant, partie de chez elle pour se rendre à l'école. Aucun témoin ne l'a aperçue. Tous renseignements peuvent être communiqués au shérif ou à la famille, au numéro de téléphone suivant : 27.80.65. Il s'agit de l'usine qui emploie le père et la mère de la petite Sally, etc. »

Tom Murray contemple la photo de Sally, en tête de l'article, et lit ensuite une interview du shérif, déclarant qu'il ne peut s'agir d'un enlèvement, le ravisseur n'ayant pris aucun contact avec la famille, qui d'ailleurs serait dans l'impossibilité d'offrir le moindre dollar de rançon.

Cette fois, Tom Murray a tout compris. Et il fourre le journal dans sa poche en maudissant sa malchance. Un moment la tentation lui vient d'abandonner l'enfant sur ce quai de gare. Mais à la réflexion, le kidnapping, c'est la peine de mort assurée, et en attendant, une fuite perpétuelle avec la peur d'être reconnu, ou interpellé au moindre prétexte.

Evidemment, il pourrait faire disparaître l'enfant définitivement, ce serait de loin la meilleure solution pour lui. L'idée le taquine depuis quelques jours. Mais voilà, Tom Murray n'a jamais tué de sa vie. Et il a beau calculer, imaginer, toutes les solutions qu'il trouve ont un défaut ou un autre. On ne s'improvise pas tueur, surtout devant le regard ensommeillé d'une enfant qui lui fait confiance et demande :

« C'est loin, la Californie, monsieur ?

— On y sera demain matin.

— Est-ce qu'on y restera longtemps ?

— J'en sais rien, tu verras.

— Est-ce que maman viendra me chercher un jour ?

— Si tu es sage, et si tu n'en parles plus jamais. Tu entends ? Jamais avant que je le permette. Sinon, la prison, rappelle-toi. Si on te demande quelque chose, tu n'as qu'à dire que je suis ton père.

— Mais c'est pas vrai, c'est un mensonge.

— Ça fait rien. C'est ça ou la prison ! Et cesse de me poser des questions ! »

Tom Murray et Sally reprennent le train pour la Californie, où ils arrivent le lendemain matin, 17 janvier 1948.

Et le temps passe. Trois mois, six mois, un an, un an et demi, vingt-deux mois en tout. Nous sommes le 20 octobre 1949. Si la petite Sally était dans sa famille, elle aurait fêté ses douze ans il y a une semaine, douze ans déjà. Mais pour la famille Zecchi, Sally est morte à dix ans, on ne pleure plus. On n'a plus de larmes, et plus d'espoir. Il ne reste que le tourment insupportable de ne pas savoir où, quand, comment elle est morte. La famille ne s'est pas enrichie. L'aînée des filles, qui a dix-sept ans, travaille elle aussi à la conserverie, comme ses parents.

Ce 20 octobre 1949, au standard de l'usine, une téléphoniste hurle dans l'appareil :

« Parlez plus fort, je ne vous entends pas ! Qui demandez-vous ? M. Zecchi ? C'est un ouvrier ?

Impossible, les ouvriers n'ont pas le droit d'avoir des communications. Comment ? Mme Zecchi ? Ecoutez, je n'ai pas le temps de discuter. Donnez-moi un message. »

La standardiste note le message, en grommelant, car la communication est mauvaise. Elle range le message, et la matinée passe. A midi, au moment d'aller déjeuner, elle se souvient tout de même du petit papier... Zecchi. Elle cherche sur la liste des employés, et tombe sur une Zecchi Eva, employée aux écritures, poste 17. En vitesse, et pour se débarrasser du message, la standardiste appelle le poste 17.

« Mademoiselle Zecchi ? J'ai un message pour vous, de Californie. Une certaine Sally a téléphoné. Elle a dit de rappeler à l'hôtel George de San Diego. C'est tout ce que j'ai compris. »

Et elle raccroche ! Laissant Eva, la sœur aînée de Sally, bouleversée, muette et le cœur battant.

« Sally ? C'est impossible, c'est une mauvaise farce. La petite Sally morte il y a près de deux ans, elle a téléphoné ? De Californie ? Et cette téléphoniste qui lui annonce ça comme ça ! »

La pauvre Eva laisse tomber son livre de comptes, et court chercher sa mère à l'atelier d'étiquetage. La mère s'évanouit. On la ranime, on court chercher le père à l'atelier de sertissage. Il devient blanc, puis rouge, l'émotion le paralyse. Que de questions, que d'incertitudes.

La standardiste est prise d'assaut. Cent fois, elle répète les quelques mots entendus sur la ligne brouillée. C'était une voix faible. Une voix d'enfant certainement. Elle voulait M. Zecchi, et puis Mme Zecchi. La pauvre téléphoniste s'en veut à présent. Si elle avait su ! Mais elle n'est là que depuis quelques mois, et elle ne connaît pas les trois cents employés de l'usine, encore moins l'histoire de Sally.

L'attente est épouvantable. La police fédérale, prévenue, a télégraphié à San Diego. L'hôtel George est cerné, vers dix-huit heures. Un policier en civil y pénètre et, trois minutes plus tard, frappe à la porte d'une chambre.

L'homme qui ouvre la porte est grand, costaud, il a les yeux pers, et les cheveux gras. Au fond de la pièce, le policier aperçoit une petite fille, pâle et maigre à faire peur.

Et tout va très vite. Lorsqu'il aperçoit la plaque de police, Tom Murray a un mouvement de recul, puis tente de s'échapper. Il y a une courte lutte, un coup de feu, et il s'arrête, une balle dans la jambe. Sally se précipite vers lui, affolée.

« Tu as mal ? Dis, Tom, tu as mal ? Qu'est-ce qu'il y a ? »

Le policier surpris relève l'enfant en larmes :

« C'est toi, Sally Zecchi ?

— Oui, monsieur. Il ne fallait pas lui faire de mal. Il n'est pas très méchant, vous savez.

— Mais il t'a enlevée ! Tes parents te croyaient morte ! Est-ce que tu te rends compte ?

— Oui, monsieur, j'ai lu le journal hier.

— Quel journal ? »

Sally va chercher, caché sous un petit lit, le sien apparemment, un journal froissé, vieux de janvier 1948, vingt-deux mois plus tôt.

« Je l'ai trouvé dans une valise, hier en rangeant les affaires de Tom. Alors j'ai téléphoné ! »

Petit à petit, Sally raconte l'incroyable histoire de l'orange volée au marchand, les menaces de Tom et sa vie durant tout ce temps. Loin de chez elle, pratiquement séquestrée par Tom, qui ne l'a jamais maltraitée, ça non, mais qui la nourrissait peu, la soignait mal, et la faisait travailler toute la journée.

Sally montre son travail. Des lettres recopiées par centaines de sa petite écriture enfantine, et adressées aux notables de la ville, aux œuvres de charité, à toute personne susceptible de faire l'aumône.

« Je suis une petite fille malade qui ne peut aller à l'école. Mon père, Tom Murray, est au chômage, malade lui aussi, nous n'avons plus d'argent. Je vous en prie, 1 dollar nous sauverait. »

Voilà son travail. De l'escroquerie minable à la charité humaine. Cela marchait parfois. Quelques dollars, des colis de vêtements ou des friandises arrivaient à l'adresse de Tom Murray et de sa fille. Dans ses aveux, Tom déclara que c'était pour lui le seul moyen de garder l'enfant avec lui sans qu'elle lui coûte trop cher, et sans la supprimer. Le soir, il allait jouer au poker les dollars recueillis et le reste du temps, il combinait Dieu sait quelle escroquerie supplémentaire.

En trouvant le journal vieux de vingt-deux mois, Sally n'avait compris qu'une chose : ses parents la cherchaient, ils voulaient bien d'elle, il n'était pas écrit que Sally était une voleuse et qu'elle irait en prison pour une orange. Alors elle avait volé de l'argent, cette fois dans la poche de Tom, pour téléphoner pendant qu'il dormait, de la cabine de l'hôtel. Pour tout vêtement, Sally avait la tenue qu'elle portait le jour de son enlèvement et un pantalon de rechange. Tom revendait tous les colis de vêtements qui arrivaient en réponse à leurs lettres.

Pendant près de deux ans, elle avait vécu ainsi, enfermée, ne sortant que rarement avec Tom, recopiant indéfiniment les lettres de mendicité, sans violence, mais sans tendresse. Désespérément seule, elle attendait le jour où Tom la ramènerait à ses parents. Pas une seconde, avant de lire ce journal oublié, Sally n'avait pensé à s'enfuir. Une drôle de petite fille. Tom lui avait dit : « Tu es une voleuse, le Bon Dieu t'a punie, c'est moi ou la prison »... Et elle l'avait cru. Comme les enfants croient aux ogres et aux sorcières des contes de fées.

Lorsqu'elle a retrouvé ses parents et qu'on lui a expliqué que Tom était un bandit dangereux, Sally a eu du mal à comprendre. Il lui a fallu des mois pour retrouver une santé et une psychologie normales, pour faire le point sur son aventure, pour réaliser que lorsqu'on vole une orange à dix ans, on ne mérite qu'une fessée, et que la prison qu'elle craignait tant, elle l'avait vécue avec Tom. Tom Murray était tombé sur une proie facile, bien que complètement inutile. Ce qui ne l'a pas empêché de finir ses jours en prison, kidnapping raté ou pas. L'éternel psychiatre nommé par le tribunal ne l'a pas sorti d'affaire en déclarant :

« Etre fruste, niveau d'intelligence extrêmement bas, tendances à la fourberie et au calcul, parfaitement conscient du mal qu'il fait. »

Résultat : détention à vie.

Sans être un assassin, on peut mériter ça.

IL CAUSAIT À SON BALAI

LES deux petits hommes marchent sur la route, l'un derrière l'autre. Devant, Francisco Berguez, balayeur de son état. Derrière, Benito Pascual, balayeur de son état. Ils portent le même costume gris sale et la même casquette, généreusement offerts par la ville de Lerida en Espagne. Pour leurs bons et loyaux services, la même ville leur octroie 70 pesetas de salaire par semaine et un balai chacun.

Aujourd'hui, 4 juillet 1953, Francisco et Benito ne traînent pas leurs balais. Ils sont en voyage.

Francisco, maigre, grand nez et petit front, s'assoit au bord de la route. Il a chaud, et il fait de l'air avec sa casquette. Derrière lui, à quelques pas, Benito s'est immobilisé, la bouche sèche. Il regarde fixement deux choses : le crâne de son compagnon, un crâne aux cheveux rares, enduits de gomina, et une énorme pierre juste derrière ce crâne, posée là, à portée de main.

Il n'y a qu'à prendre la pierre, il n'y a qu'à la soulever bien haut, et frapper fort avec un grand élan du corps et un cri :

« Tu meurs, Francisco ! Meurs... Que Dieu te garde ! »

C'est fait. Benito n'en revient pas, il a pensé et

282

tué en même temps. Le soleil joue avec la poussière de la route. Le sang et la gomina font un curieux mélange. Le long nez de Francisco Berguez s'est écrasé dans la poussière et Benito fouille les poches du cadavre avec rapidité. 2 300 pesetas.

Le voleur, le criminel s'enfuit avec 2 300 pesetas. A-t-il tué pour ça ? Non.

Deux jours plus tard, dans le bureau d'un commissaire de police, à Lerida, Benito crie, supplie et se met à genoux :

« Non, ce n'est pas pour l'argent, non ! C'était mon copain ! »

Mais le policier ne le croit pas. Peut-on croire un balayeur ? Un balayeur a-t-il d'autres sentiments, d'autres mobiles pour tuer, que les économies de son camarade ? Sûrement pas. Il a tué, il a pris les 2 300 pesetas et il a fui sur la route comme un fou. Les carabiniers l'ont arrêté au premier village, alors qu'il se taise, l'immonde, qu'il aille croupir en prison jusqu'au moment d'affronter les juges. Il aura droit au garrot. Le bourreau l'étranglera, comme le veut la loi. C'est tout.

Dans sa prison, Benito Pascual prie à genoux, devant une croix qu'il a dessinée sur le mur de la cellule. Ses trois compagnons, assassins et voleurs chevronnés, ricanent.

« Hé, si tu crois que le Bon Dieu existe, pourquoi tu ne lui demandes pas de scier les barreaux ? »

Il pleure, Benito, de vraies larmes, il a mal aux genoux, à force de prier, mal à la tête à force de répondre :

« Je l'ai tué parce que c'était mon copain. »

Devant le juge, c'est la même rengaine :

« Je l'aimais, mon copain, je l'aimais. Ça fait dix ans qu'on balayait ensemble. Lui, il faisait le tour de la cathédrale et moi je faisais la place, autour de la fontaine. A midi au soleil, on mangeait tous les deux à l'ombre de l'église.

— Mais tu l'as tué ! Tu lui as enfoncé le crâne à coups de pierre, et tu l'as achevé, pourquoi ? Pour lui prendre son argent, Benito, c'est tout. D'où venait cet argent ?

— C'était ses économies. Il avait gardé presque toute sa paie depuis un an. »

Benito se redresse sur la chaise de bois, il secoue ses menottes, et frappe sur le bureau du juge :

« C'est de ma faute ! Mais je jure devant Dieu, qui me regarde, que je ne voulais pas l'argent. »

Un carabinier l'oblige à se rasseoir brutalement et l'injurie :

« Tais-toi, tu dois le respect à M. le juge, chien ! Vermine ! Assassin ! »

Alors Benito se remet à pleurer. Comment faire comprendre à cet homme instruit qui doit le punir que lui, Benito, a les idées qui s'embrouillent dans le crâne. Ah ! s'il était bourgeois, ou marquis, ou notable de Madrid, on chercherait à éclaircir son mobile, on lui parlerait sentiments, intelligence, remords, et il répondrait avec dignité, clairement, comme les gens qui ont fréquenté l'école. Mais lui, Benito, le balayeur, s'il sait lire et écrire tout juste, il ne sait pas parler, du moins à ces gens-là. Il est devant eux, comme son copain Francisco, celui qu'il a tué de ses propres mains.

Francisco, lui, ne parlait qu'à son balai, c'était le seul « être » capable de l'écouter des heures. Et Benito se moquait de lui, quand il le surprenait. D'ailleurs, tout a commencé à cause de cela. Benito se souvient :

« Monsieur le juge, Excellence, c'est à cause du balai ! Je peux dire ? Je peux ? Vous me croirez ? »

Le juge hoche la tête. Il est là pour instruire un dossier, et pour écouter le coupable. Il est de son devoir d'écouter. Même s'il est persuadé d'avoir affaire à un demeuré.

Benito réfléchit, il se frotte le visage et le crâne, avec ses deux mains calleuses. Les menottes font un cliquetis dans le silence.

« C'est le balai. Il lui parlait tout le temps. Francisco, c'est un timide, il n'a pas de famille, il n'a jamais été à l'école. Moi j'y suis allé, je sais lire le journal, et je sais écrire une lettre. Je ne suis pas timide; Francisco, lui, il racontait des histoires à son balai.

« Il voulait se marier, il aurait bien aimé avoir une femme, seulement il n'osait pas. Il était trop vilain. Alors un jour je lui ai dit : « Francisco, ton « balai ne peut rien pour toi. Ce n'est pas un balai « magique. Si tu veux une femme, il faut aller la « chercher. » Quand je lui disais ça il me tapait dessus, il avait de la peine. Une fois, je l'ai emmené voir les filles, et il s'est sauvé. Le lendemain je l'ai entendu qui racontait ça à son balai, il disait : « Benito ne comprend pas. Je veux « l'amour. Lui, il est bête. Moi je suis amoureux. « Je veux une femme avec des cheveux longs, et « une belle robe, pour aller sur la promenade. » Monsieur le juge, il était pas intelligent comme vous, Francisco. Il était bête. Mais moi j'ai vu qu'il était malheureux, alors j'ai voulu lui faire plaisir, je lui ai dit comme ça : « Je connais une fille, elle « habite à Reymat, le village voisin. Son père est « veuf et riche, et la fille est belle. Je sais qu'elle « veut se marier, avec un homme sérieux et tra- « vailleur, comme toi ! »

— Où est cette fille ?

— J'ai menti, monsieur le juge, elle existe pas. C'est moi qui l'ai inventée. J'ai dit à Francisco :

« Elle s'appelle Soledad Perez, si tu veux je lui
« écrirai pour toi. »

— Et tu as écrit à quelqu'un qui n'existait pas ?

— J'ai écrit beaucoup de lettres. On s'asseyait
devant la cathédrale, et j'écrivais des lettres
d'amour, c'était pas facile au début, mais après,
j'ai copié dans les romans-photos. Toutes les
semaines, on envoyait une lettre à Soledad Perez,
et un jour j'ai écrit une réponse. Je l'ai lue à Francisco, il était si content.

— En somme, tu lui as fait croire qu'elle était
amoureuse de lui et il ne s'est aperçu de rien ?

— Mais non, j'étais malin. Quand j'écrivais
pour lui, j'écrivais avec des grosses lettres, des
majuscules. Je lui disais que les hommes devaient
écrire comme ça, que c'était plus sérieux, et puis
quand je faisais les réponses, j'écrivais avec des
petites lettres, comme à l'école.

— Qu'est-ce que tu espérais ? Qu'il donnerait
son argent pour organiser le mariage ? Et que tu
filerais avec ? C'est ça ?

— Je jure que non, monsieur le juge, devant
Dieu, je jure !

— Alors pourquoi lui as-tu pris son argent,
hein ?

— Il était mort. C'était de ma faute, mais j'allais pas le laisser là au bord de la route avec l'argent dans sa poche... un voleur lui aurait pris. »

C'est le comble ! Qui pourrait croire un argument pareil ? Benito se moque du juge, et le juge
se fâche. Qu'on emmène cet imbécile ! Quand il
voudra dire la vérité, on verra !

La vérité ? Benito se débat et crie dans les couloirs tandis que les carabiniers l'emmènent. A qui
dire la vérité ? Puisque personne n'en veut, de sa
vérité ! Ni le juge, ni le petit avocat qui est venu le
voir deux fois. Personne, il n'y a personne qui

sache, et qui comprenne ce qu'est la vérité de Benito Pascual sur son crime. Il n'a plus qu'à prier devant sa croix dessinée sur le mur. Il est coupable après tout puisqu'il a tué. Il n'a qu'à se repentir tout seul. Ça le regarde !

Le procès est fixé. Benito a signé des aveux. Il reconnaît avoir tué son ami Francisco. Il ne reconnaît pas que c'était pour lui prendre son argent et messieurs les Jurés apprécieront.

Le procès du balayeur est pour le lendemain. Les journaux de la ville n'en ont pas fait grand cas, car personne ne fait grand cas du balayeur Benito Pascual et de sa victime. Il y a des crimes plus intéressants qui méritent la une des journaux.

Sentencieux, un compagnon de cellule a déclaré :

« T'y couperas pas. C'est le garrot. Si tu te repens devant les juges, on te graciera peut-être, fais-leur le grand cinéma. »

Benito préfère pour l'instant demander la visite d'un prêtre, ce qui lui est accordé aisément. L'aumônier de la prison a l'habitude, il en a reçu, des confessions avant chaque procès. Des vraies, des fausses, des repenties certaines, mais provoquées par la peur de mourir surtout. La vieille crainte d'arriver devant Dieu sans pardon.

« Tu veux te confesser, Benito ?

— Non. Je me suis confessé, père, l'autre fois déjà.

— Peut-être n'as-tu pas tout dit ?

— Si, père, et Dieu m'entend.

— Il te jugera, Benito.

— Il jugera bien, père. Dieu comprend tout ?

— Tout, Benito. Alors que veux-tu ?

— Père, ils vous croiront, si vous dites la vérité, n'est-ce pas ?

— Mais Benito, j'ignore si c'est la vérité.

— Je l'ai confessée, j'ai tout dit, vous m'avez fait réciter des prières de pénitence, et vous m'avez pardonné.

— En effet. Mais c'est une affaire entre toi et Dieu. Le crime n'est pas pardonnable, Benito, tu le sais. Dieu a dit : « Tu ne tueras point. »

— Père, je veux que vous leur disiez, vous, aux juges, tout ce que j'ai confessé.

— Mais Benito, je n'ai rien à faire au procès. Je ne peux pas y aller, même si tu me relèves du secret de la confession. Tu comprends, je ne suis pas un témoin. D'ailleurs, cela ne servirait à rien. Ton crime est un crime que les hommes doivent juger sur les faits, ils ne tiendraient pas compte de ma conviction.

— Mais les pensées ? Père... les pensées ? Ce que j'ai dans ma tête ? Qui leur fera comprendre ? Ils ne m'écoutent pas, ils se moquent de moi, et moi je ne sais pas parler comme vous ! Père, il faut aller voir le juge, et lui demander de parler pour moi au procès.

— Je vais essayer, Benito, mais que veux-tu que je dise ?

— La vérité de ma confession. Vous avez compris, vous. Vous m'avez écouté.

— C'est vrai, Benito, mais ils ne sont pas obligés de me croire, et s'ils te condamnent à mort, que Dieu les pardonne.

— Ça fait rien, père. Si je meurs, si je vais en enfer, ça fait rien. Mais je veux qu'ils sachent que Francisco était mon copain, et que je l'ai tué pour ça ! »

Difficile entreprise que celle de faire admettre à une cour aussi sévère qu'un balayeur peut devenir criminel en ayant pour mobile de nobles sentiments. Toutefois, chose rare, due à l'insistance du prêtre, le procureur et le juge ne refusent pas d'entendre l'abbé au procès de Benito Pascual, qui s'ouvre le lendemain. Une seule journée de débat a été prévue, car l'affaire est simple. C'est un mauvais présage.

Sur la table du juge, un paquet de lettres, retrouvées chez la victime, entouré d'une ficelle rouge. Il y a là une trentaine de missives écrites par un fantôme, celui de Soledad, la fiancée imaginaire du balayeur Francisco.

C'est de cela que parle l'abbé, debout à la barre, et il sent le regard de Benito accroché à lui, brillant d'espoir.

Le juge précise :

« Père, vous êtes entendu par dérogation exceptionnelle, et sur votre demande. Je précise aux jurés que votre témoignage n'est que le reflet des paroles de l'accusé, lequel a estimé qu'il n'était pas apte à les exprimer clairement. Vous n'êtes donc entendu par la cour qu'à titre indicatif. Nous vous écoutons. »

De son coin, Benito souffle :

« Allez-y, père, dites-leur ma confession. »

On le fait taire sans ménagement. Pour tout dire, les magistrats ont le sentiment que l'accusé tente d'impressionner les jurés en se servant d'un prêtre. Il espère ainsi échapper à la peine de mort qu'a requise le procureur.

L'abbé parle. C'est un vieil homme, pauvre et sans grande envergure, qui visite les prisons depuis des années. On le dit trop bon pour les prisonniers.

« Benito m'a chargé de vous révéler l'essentiel de sa confession. Pour cela, il m'a redit devant témoins, dans sa cellule, les motifs de son crime. Je suis donc autorisé à vous en faire part.

« Francisco était son ami. Un ami dont le cerveau n'était pas très habile à la réflexion. Le pauvre homme parlait tout seul, tant il était timide, il faisait des confidences à son balai. Un jour, Benito a voulu réaliser le rêve de son ami. Lui trouver une femme, même en rêve, pour qu'il soit amoureux, et heureux enfin.

« Ce pauvre Benito n'a pas compris que le jeu pouvait être cruel aussi. Un jour, Francisco lui a demandé d'écrire une lettre à sa fiancée pour avoir d'elle une photo. Benito s'est senti pris au piège. Comment faire pour trouver une photo d'un être qui n'existait pas ? Et il l'avait tant décrite, cette femme. Francisco l'écoutait, pendant des heures, lui raconter qu'elle avait de longs cheveux bruns et des yeux si beaux. Alors il a eu une idée. Il a acheté dans une librairie une photo de Rita Hayworth.

« Francisco qui n'avait jamais lu un journal, jamais été au cinéma, ne pouvait pas la reconnaître. Il a été si content, que Benito a commencé à avoir peur. Il était amoureux, vraiment, terriblement.

« Il ne parlait plus que d'elle. Il portait sa photo sur lui, et la cachait jalousement. Il se faisait lire et relire les lettres de sa fiancée, en contemplant la photo. Et puis le drame est arrivé.

« Francisco voulait rencontrer sa fiancée, il voulait demander la main de Rita Hayworth ! Pour lui, c'était Soledad. Elle habitait soi-disant le village voisin, alors il a supplié Benito de l'accompagner. Pour parler au père, à sa place, pour demander la main de Soledad.

« Et ils sont partis tous les deux, à pied sur la route du village. Francisco emportait son argent, toutes ses économies, pour le montrer à son futur beau-père. Et Benito ne savait plus que faire. Il n'avait pas le courage de dire la vérité à Fran-

290

cisco. De lui dire : « Tu es trop bête et trop laid,
« avec ton grand nez, personne ne voudra jamais
« de toi. » Il n'avait pas la force de détruire le
rêve, et ils marchaient tous les deux sur la route
du village. Quelques kilomètres encore, et que se
passerait-il ?

« On se moquerait de Francisco, tout le monde
saurait qu'un petit balayeur était venu chercher
Rita Hayworth dans un petit village espagnol pour
lui demander sa main et lui offrir 2 300 pesetas.
Francisco en mourrait de chagrin. La vie ne serait
plus vivable.

« Alors Benito s'est dit : il doit mourir heureux.
C'est moi qui l'ai rendu heureux, à moi de terminer l'histoire. Qu'il ne sache jamais que sa vie
s'arrête là, à un kilomètre du bonheur possible et
de l'espoir. Qu'il meure en se croyant aimé, puisque c'est toute sa vie. Sur la route, Francisco avait
dit : « Elle est si belle, ma Soledad, et elle m'aime.
« C'est beau la vie comme ça, Benito. »

« Alors Benito l'a tué, à coups de pierre. Ce
malheureux criminel n'a trouvé que cette solution.
Il a pris la photo et l'a déchirée. Certes, il n'a pas
déchiré l'argent. Mais il faut comprendre, un pauvre comme lui a le respect de l'argent, c'étaient les
économies de Francisco. Son bagage pour le bonheur.

« Benito m'a juré qu'il n'était pas un voleur. Au
village, quand les carabiniers l'ont vu courir, en
sueur, et l'ont attrapé, il n'a pas résisté, il a remis
l'argent, et a tenté de s'expliquer.

« Si je suis venu aujourd'hui parler à sa place,
c'est que Benito a le sentiment qu'on ne l'a pas
compris, et qu'on le prend pour un voleur et un
assassin. Assassin, il l'est, certes, et il se repent de
son crime. Il reconnaît sa lâcheté et sa bêtise.
Mais il est trop tard. Francisco est mort. Ce que

voulait Benito, c'est que l'on sache pourquoi. Peut-être serez-vous indulgents. Sinon, que Dieu nous pardonne à tous. »

L'abbé a terminé. Il s'en va. De loin, Benito lui fait un signe de la main, les larmes aux yeux.

Le juge se tourne vers lui :

« Accusé, levez-vous. Regardez le jury, avez-vous quelque chose à ajouter ? »

Benito renifle et se mouche maladroitement de la main.

« Le père a dit la vérité... »

C'est fini. Il n'y a pas d'autres témoins. Le drame s'est passé à huis clos. Francisco et Benito, balayeurs sans famille et sans autres amis qu'eux-mêmes, ne seront jugés que sur les faits. Rien que sur les faits.

Une heure plus tard la sentence de mort est rendue.

Benito Pascual a été exécuté en avril 1955. Ainsi que le voulait la loi espagnole, il a subi le « garrot vil ». La mort par étranglement, pour avoir tué et volé, selon les faits établis.

J'AVAIS TREIZE ANS

Aucun document écrit, aucun journal, aucune bande magnétique, aucun film n'a enregistré cette Histoire vraie.

C'est un témoignage oral. La chose la plus fragile, donc la plus précieuse. C'est une histoire de femme-enfant. Une histoire d'enfant, et une histoire de femme, vieille de cinq ans seulement. Cinq ans, ce n'est rien, autant dire que c'est aujourd'hui et l'on n'a pas le droit d'ignorer ce qui se passe aujourd'hui, quand il s'agit d'assassinat moral.

Emilie a dix-huit ans ces jours-ci. Elle a dix-huit ans au temps du reggae, des éternels blue-jeans, et de la musique afro-américaine. Emilie devrait faire des bêtises à son âge, elle devrait rire de tout et pleurer de rien. Ce n'est pas le cas. Emilie traîne un petit visage chiffonné, un visage d'enfant vieilli, trop calme, trop grave. Elle ne s'anime un peu qu'en racontant son histoire. Mais cette animation n'a rien de gai. C'est une espèce de révolte impuissante.

Elle commence en disant : « J'avais treize ans... » et tout au long de son récit, elle le répétera souvent. « J'avais treize ans... » c'est comme une excuse, parfois un regret, et aussi une constatation.

Emilie a donc treize ans. C'est une gamine comme tant d'autres, une tête bouclée, un corps mi-fille mi-garçon, mince. Un visage en cours de transformation dont on ne retient, sur les photos, que le regard. Un regard pétillant, drôle, le regard d'une petite fille qui aime les farces, la vie, le patin à roulettes, le volley-ball et les colonies de vacances.

Emilie est en colonie de vacances cet été 1975. Une colonie formidable, en montagne, au bord d'un lac. On couche sous la tente, on se baigne, on fait de l'escalade, les journées passent pour Emilie comme un enchantement. Elle adore la nature, elle adore tout ce qui vit, tout ce qui est joie, plaisir, c'est une enfant heureuse. Une adolescente heureuse, car à treize ans, c'est l'âge où les garçons chahutent les filles. Ils ne tirent plus les cheveux, ils jouent déjà les hommes.

En voici un de petit homme. Il a quinze ans à peine, deux boutons sur le front, et il est toujours le premier en tout. Le premier dans l'eau, le premier au réfectoire, le premier en haut des arbres, et le dernier couché. Il s'appelle Bertrand et il aime bien Emilie, il a le même appétit de vivre, la même joie instinctive. Les voilà copains.

Emilie se souvient de chaque jour de ce mois d'août avec une précision étonnante. Elle revoit son genou écorché sur une pierre du ruisseau où il guettait la truite invisible. Elle entend Bertrand lui dire :

« Hé! Emilie! Tu viens faire une balade avec moi ce soir? Le surveillant va au village. On sera tranquilles. »

Emilie répond sagement :

« Je pourrai pas sortir. La surveillante nous oblige à dormir à neuf heures.

— T'as qu'à filer après ! Tu glisses sous la tente, et moi je t'attends au poteau, j'ai une lampe électrique... »

Le poteau, c'est le mât au centre du camp de vacances. Chaque matin, les enfants hissent le drapeau de la colonie, avant de se jeter sur les bols de chocolat en poudre, et les tartines de beurre. Le matin c'est le lieu de rassemblement et de rendez-vous.

En montagne les nuits sont fraîches. Emilie a froid cette nuit-là. Elle se sauve emmitouflée dans sa couverture de laine, et rejoint le petit faisceau lumineux qui l'attend près du mât. Ils rient sous cape, ils se font des peurs stupides sur le chemin qui mène au lac. C'est une expédition, une aventure.

Que se passe-t-il maintenant ? Bertrand allume un petit feu. La nuit est noire. Ils sont serrés l'un contre l'autre, et ils ne parlent plus. Un souffle inconnu vient d'éteindre leurs plaisanteries d'enfants échappés à la surveillance des grands. Ils se sentent libres, seuls, dangereusement libres et seuls.

Emilie à dix-huit ans secoue la tête d'un air désolé, au souvenir de cette nuit-là...

« J'avais treize ans. Je ne savais pas, je ne comprenais pas, et Bertrand non plus. Ça s'est fait comme ça, sans qu'on l'ait voulu. »

Le lendemain, au lever du drapeau Bertrand regarde ses chaussures d'un air embarrassé et vaguement fier. Emilie garde le secret, c'est formidable un secret pareil à son âge. C'est immense, bien trop grand, magique, et Emilie se dit : « Je suis une femme! C'est drôle, ça ne change rien, personne ne le voit, il n'y a que moi qui le sais. »

C'était la fin des vacances. Deux jours encore pour Bertrand et Emilie à échanger des regards de loin, à se dire : bonjour! d'un drôle d'air peureux. Et puis le train les emporte, le troupeau rentre à la maison. Chacun s'en va de son côté. Emilie au Nord, Bertrand au Sud.

Séparés par les moniteurs, parqués dans deux wagons différents, ils n'ont même pas pu se dire au revoir.

Emilie à dix-huit ans baisse les yeux sur ce départ stupide :

« Je ne savais même pas son nom de famille, et où il habitait. J'avais treize ans, vous comprenez? A cet âge-là, on ne prend pas garde à tout ça, on s'appelle par les prénoms, et on se moque du reste. »

Triste Emilie à treize ans? Non. Un peu plus romantique, et vivant de l'espoir d'une prochaine colonie, d'un prochain été où peut-être, elle reverrait Bertrand. Il l'avait dit et elle aussi : « On reviendra l'année prochaine, on dira aux parents que c'était chouette! »

La rentrée des classes fait oublier tout cela provisoirement. Emilie retrouve l'appartement de banlieue où elle est née. Son père est ouvrier. Sa mère aussi. Ils ne sont pas toujours de bonne humeur, et le porte-monnaie du ménage n'est pas toujours plein. Derrière Emilie, il y a deux petits frères. L'ambiance familiale est assez rigide. Il faut être rentré à heure fixe, faire ses devoirs, mettre la table, surveiller les plus jeunes, et surtout ne pas traîner dehors. Pas de télévision, c'est trop cher, et cela fait se coucher trop tard. Le père se lève à cinq heures, la mère à six. Les enfants vont à l'école jusqu'à cinq heures du soir. Tout le monde est réuni à sept heures. On dîne, on vérifie les devoirs et les cartables et à neuf heures, on est au lit. C'est ça la vie d'Emilie. Une vie comme tant d'autres, un peu plus sévère peut-être.

Noël arrive, et le drame avec lui. Emilie est malade, elle se sent mal.

Quand elle se souvient de ce premier malaise, elle a un sourire un peu triste :

« Vous comprenez, je ne savais pas ce que j'avais. A treize ans, on ne se rend pas compte. Quand ma mère m'a emmenée chez le médecin, elle parlait d'appendicite et moi j'avais peur d'être opérée. Les copines m'avaient raconté des histoires idiotes, des trucs de gosses, du genre : c'est un médecin qui a oublié ses ciseaux dans le ventre d'une dame... Voilà comment j'étais.

« Ma mère est entrée avec moi dans le cabinet du médecin. On ne la connaissait pas, c'était la première fois que j'étais malade. Je me souviens qu'il a dit : « Alors on est une grande fille ? On a « quel âge ? » J'ai dit : « Treize ans monsieur ». Ma mère a rajouté : « et demi, treize ans et demi « docteur »...

« Ensuite, il a demandé depuis quand j'étais réglée. C'est ma mère qui répondait. Après je me souviens plus très bien, parce qu'il m'a examinée, et puis il est sorti avec ma mère, et ils m'ont laissée toute seule. Je crois que j'ai commencé à avoir peur à ce moment-là. Sans savoir pourquoi, j'avais peur c'est tout. Quand ils sont revenus, ma mère était blanche, elle m'a secouée, elle s'est mise à me dire des choses horribles, que j'étais une traînée et tout ça, une garce. Que le médecin allait être obligé de regarder dans mon ventre, parce que j'avais fait de vilaines choses avec un garçon.

« J'ai pleuré, pendant l'auscultation, je me souviens que j'ai pleuré. J'étais dégoûtée. J'avais honte, j'avais peur. Je ne sais plus. »

Le drame est installé. A treize ans et demi, la petite Emilie est enceinte. Elle ne le savait pas. Elle n'avait pas cru, elle n'avait pas su vraiment ce qui s'était passé avec Bertrand, et cette chose qui lui arrive lui paraît tellement incroyable :

« J'étais pas plus bête qu'une autre ou plus naïve. Je savais des choses. Mais comme tous les gosses de mon âge, je les savais mal, et cela ne me préoccupait pas. Ma mère n'en parlait jamais. Je n'avais pas de sœur aînée, et les copines disaient n'importe quoi. Tout ça faisait partie d'une espèce de légende qui ne nous concernerait que plus tard, quand on serait vieux. »

Emilie n'aime pas se souvenir de ce jour-là. A dix-huit ans, elle en frissonne encore. Ce qui est sûr, c'est que la situation est grave, et que ses parents n'étaient pas prêts, et pour cause, à l'affronter avec le maximum de délicatesse et d'efficacité.

Pour Emilie le monde est soudain devenu hostile. La voilà en marge de tout, une espèce de monstre pour ses parents. Elle ne retourne pas à l'école. Sa mère lui dit :

« On ne va pas à l'école quand on est enceinte de quatre mois ! Je t'interdis de parler de cela à quiconque tu m'entends ? J'espère que tu n'as rien dit à tes camarades ? Tu ne t'es pas vantée de " ça " devant elles ? »

Non. Emilie n'a rien dit, et pour cause. Elle avait presque oublié son petit camarade de vacances. Ce Bertrand de quinze ans dont elle ignore le nom de famille, et même la ville où il habite.

Dans un premier temps, ses parents l'ont assaillie de questions. Ils voulaient tout savoir sur cet affreux gamin qui avait « violé » leur fille. Et puis ils ont abandonné et c'est la mère qui a décidé :

« Que personne ne sache c'est beaucoup mieux. De toute façon, il n'y a pas d'autre solution que celle proposée par le médecin. »

De cette solution, Emilie ignore tout. Ses parents en ont parlé entre eux, ils ont pris des contacts, disent-ils.

A dix-huit ans Emilie se souvient de l'air qu'ils avaient tous les deux quand ils parlaient de la « seule solution ».

« Je savais que l'avortement existait, j'en avais vaguement entendu parler. Mais je savais aussi que le médecin avait dit : « Pas question, il est « trop tard, et à son âge ce serait trop « dangereux. » Alors je me demandais quelle pouvait être cette unique solution. On m'avait cloîtrée dans ma chambre. Officiellement, j'étais malade des poumons et contagieuse. On ne me traitait pas mal. Je ne peux pas dire que mes parents s'étaient transformés en bourreaux. S'ils l'étaient, ils ne s'en rendaient pas compte, j'en suis sûre. C'était trop dur pour eux, maintenant je comprends à quel point ils ont dû être tourmentés, perdus, dépassés. Mais sur le moment, je les trouvais méchants. Ils n'arrêtaient pas de me faire ravaler ma honte... Comme si cela avait pu changer quelque chose. Et le pire, c'est que je devais avoir honte d'une chose que je ne comprenais pas, que je ne réalisais même pas. A treize ans, on ne se rend pas compte que l'on peut avoir un enfant et être mère. On est un enfant soi-même. Je me souviens, je me regardais dans la glace. Je regardais mon corps, j'essayais de comprendre, et je n'arrivais pas. J'avais des nausées, j'avais mal à l'estomac et mal au ventre, je ne dormais presque plus.

C'est tout. Quand je repense à cette période j'ai vraiment l'impression d'avoir été malade, et malheureuse. »

En réalité, Emilie est totalement tenue à l'écart du drame qu'elle a provoqué dans sa famille.

Les parents, affolés, n'ont qu'une idée, effacer la chose. Et comme il est impossible de faire opérer Emilie, ils ont accepté un étrange marché.

Car il faut bien appeler cela un marché.

Un jour, on annonce à Emilie la décision qui la concerne et on ne lui demande pas son avis. Son père ne lui parle plus depuis qu'il a découvert ce qu'il appelle la « saleté » de sa fille. C'est donc sa mère qui lui annonce :

« Tu vas partir dans une clinique. Tu y resteras jusqu'à la fin de ta " maladie ". »

Car elle dit « maladie » comme si elle pouvait par cet euphémisme occulter le fait qu'Emilie est enceinte.

Emilie ne pose pas de questions. Elle sait qu'elle n'en a pas le droit, qu'elle n'est qu'une sale gosse que l'on punit, et qui a bien mérité sa punition. Elle se laisse emmener, toujours par sa mère. Le père ne veut pas participer. Il lui dit simplement, sur le pas de la porte :

« Quand je te reverrai, tout sera fini, et nous ne parlerons plus de ça. Tu n'en parleras plus jamais, c'est compris ? »

Emilie a le cœur gros, et les larmes aux yeux. Elle monte dans un taxi avec sa mère. Elles vont prendre le train, puis un autre taxi qui les emmène à la porte d'une clinique.

Emilie, à dix-huit ans, cherche vainement à se souvenir :

« C'était à M... je crois, une ville inconnue de moi. Mais je suis incapable de situer l'endroit. J'étais comme anesthésiée, et j'avais terriblement peur. C'était la première fois que je quittais ma mère de cette façon. Elle m'a laissée dans un bureau, il y avait une femme assez âgée et une infirmière. Je n'ai pas compris ce que faisait ma mère, elle a signé un papier il me semble et puis elle m'a embrassée sur la joue, à toute vitesse, avant de partir. Je ne l'ai pas revue avant plusieurs mois. »

« On m'a conduite dans une chambre où il y avait la radio et la télévision. L'infirmière m'a dit de ranger mes affaires et qu'elle viendrait me chercher pour une visite médicale. Je suis restée là pendant quatre mois et demi, jusqu'à la fin. Les gens étaient gentils, mais je n'avais pas le droit de sortir et les visites étaient interdites. Même mes parents ne sont pas venus. La plupart du temps je restais au lit, je regardais la télévision, je regardais tout, ça me passionnait, chez nous, nous n'en avions pas. »

Emilie va passer ainsi les derniers mois de sa grossesse honteuse. Dans cette drôle de clinique. Un médecin a délivré un certificat médical pour le lycée. Il y dit qu'Emilie est en maison de repos, mais dans ce curieux établissement, la complaisance va plus loin. Elle va même très loin.

Emilie accouche au début du mois de mai. Elle a à peine senti la première douleur que déjà on l'endort. Elle ne saura rien, ne sentira rien, ne verra rien. A son réveil, le lendemain, elle a beau demander ce qui s'est passé, réclamer sa mère, réclamer l'enfant, on ne lui répond que par monosyllabes. Terrorisée, Emilie finit par supplier qu'on lui dise la vérité : « Est-ce que le bébé est mort ? »

Elle se souvient à dix-huit ans de son angoisse d'alors.

« Ma mère m'avait tellement dit qu'à mon âge

c'était anormal et que la nature ne voulait pas de chose comme ça. Elle m'avait tellement fait peur, que j'ai cru un moment qu'une gosse comme moi ne pouvait accoucher que d'une chose morte. »

Enfin un médecin va lui expliquer. C'est tout simple. Le bébé est vivant, mais il est parti. Elle ne le verra pas, jamais. Ce sont ses parents qui ont décidé. Emilie est trop petite pour savoir ce qui est bon pour elle. A présent, on va la soigner encore quelque temps, puis elle rentrera chez elle, elle retournera à l'école, elle reprendra sa vie d'avant, comme avant.

« Il faut oublier tout ça, mon petit. C'était un accident, une bêtise. Tes parents ont eu raison. »

Et surtout, surtout, Emilie ne devra pas parler de tout cela, à personne. Elle doit promettre.

Elle a promis :

« Je m'en fichais de toute façon, et même sur le moment, j'étais presque contente d'être redevenue normale et de quitter cet endroit. A la longue c'était devenu une prison. Je m'ennuyais de mes frères, de mes copines, de l'école. Je m'ennuyais même de la maison. Il n'y avait que la nuit. La nuit, j'étais effrayée, je rêvais de choses épouvantables. J'accouchais de monstres ou de rien du tout. Je me réveillais en sueur, et je pensais à " l'autre ", au bébé. Je ne peux pas dire comment j'y pensais. C'est difficile. Cela faisait un vide terrible. On m'avait amputée d'une part de moi-même et je ne savais même pas laquelle, ni à quoi elle ressemblait. J'ai fait des cauchemars pendant longtemps. »

Et puis Emilie reprend l'école. Elle a quatorze ans, elle ne travaille pas très bien. Elle redouble de classe. Ses parents ne lui parlent plus de rien, ils font comme si elle avait été vraiment malade, mais ils jouent. Quelque chose s'est cassé. Elle n'est plus vraiment leur petite fille.

Puis Emilie oublie. A cet âge-là, en fait, on croit qu'on oublie, c'est une défense naturelle, car il faut vivre. A seize ans, elle entre dans une école professionnelle de coiffure. A dix-sept ans, elle est apprentie dans un salon. A dix-huit ans, elle réalise qu'elle est majeure, alors elle quitte ses parents, l'appartement de son enfance, et elle décide de vivre seule, avec un maigre salaire pour commencer, dans une chambre de bonne.

Et c'est là qu'elle craque. C'est là qu'elle comprend, et se souvient de tout. Pour améliorer sa paie, Emilie garde des enfants, le soir. Elle garde des enfants...

Alors parler à quelqu'un lui a fait du bien, provisoirement :

« J'avais treize ans, vous comprenez ? J'étais une gosse, mes parents avaient tous les droits, et je n'aurais même pas pensé à me révolter, ou à me confier à quelqu'un d'autre, c'était comme ça. Horrible, mais c'était comme ça. Aujourd'hui, je réalise. Aujourd'hui, je me demande si d'autres filles ont connu la même chose, et ce qui leur est arrivé. Aujourd'hui je me demande ce qu'ils ont fait de mon enfant. Ce que c'était que cette clinique. Je me demande s'ils l'ont laissé à l'Assistance publique, ou s'ils l'ont vendu et j'ai peur qu'ils l'aient vendu. Il y a des gens qui achètent des bébés j'en suis sûre, ceux qui ne peuvent pas en avoir et qui ne peuvent pas en adopter. « Je ne sais pas si c'est une fille ou un garçon. Je ne sais même pas ça, ni à quoi il ressemble. Ce que je sais, c'est que toute ma vie je le chercherai. »

Que dire ? Qu'ajouter à ce témoignage ? Rien.

L'EXÉCUTION

L'INDIEN est debout, dans sa prison, le dos au mur et les bras croisés. Il regarde le shérif, bien en face, de son regard noir, et demande d'une voix calme :

« Tu as peur, shérif ?

— C'est toi qui devrais avoir peur, Silas.

— Peur de mourir ? Ce n'est rien, mourir; c'est vivre qui est plus difficile. Regarde-toi, tu vis et tu as peur. Tu es blanc et tu as peur. Moi je suis indien, je vais mourir et je n'ai pas peur.

— Silas, écoute, sois raisonnable, je te donne un cheval, des vivres et la liberté !

— Shérif, tu m'as condamné pour meurtre, tu dois m'exécuter.

— Et ta femme, et ta fille ?

— Ne me parle pas d'elles. Les femmes survivent à toutes les catastrophes, et ma mort n'est qu'une petite catastrophe.

— Je vais parler à tes amis, Silas, ils te feront évader malgré toi si je le veux.

— Parle-leur, shérif. Ce que tu veux, ils s'en moquent maintenant. Il est trop tard, il ne fallait pas faire mon procès. Il ne fallait pas me condamner à mort. »

Le shérif Pursley, cinquante ans, regarde son prisonnier avec rage :

« Quel âge as-tu, Silas ?

— Cinquante-quatre ans...

— Et quel âge a ta femme ?

— Vingt ans, et mon enfant trois ans. Tu vois, je sais compter comme toi. Mais j'aurais pu te dire le nombre de lunes depuis ma naissance, si tu étais indien.

— Tu sais compter, tu sais parler, tu sais lire aussi, tu comptes beaucoup pour ta tribu, tu seras peut-être un chef plus tard, réfléchis à ma proposition.

— Tu me donnes des arguments de Blanc, shérif. Tu crois me donner l'envie de vivre avec ça ? Il y a trois mois, j'étais un assassin et je devais mourir !

— La politique change...

— La tienne, pas la mienne. Maintenant va-t'en. Et crève de peur, ça m'est égal. Moi, je mourrai tranquille. »

Le shérif Pursley referme la porte de la cellule, en grognant des insultes. Ce maudit Indien se moque de lui. Mais à quel jeu joue-t-il ? Il faudra bien que l'exécution ait lieu, un jour ou l'autre. Washington ne comprendra plus, si pour la quatrième fois, le département demande l'ajournement. Il n'y a plus d'arguments légaux, et la grâce est impossible à présent.

Le shérif a peur. Peur pour sa peau. Cette histoire est politique, personne n'a l'air de s'en douter en haut lieu. Le gouverneur s'en moque, il est loin, mais lui, Pursley, il est là. La réserve d'Indiens est proche et il ne s'agit pas d'un western inventé par Hollywood, mais d'une exécution pour meurtre.

Le shérif Pursley est une grande gueule et un

froussard. Ce n'est pas un méchant homme pour autant, il ne représente pas forcément le vilain Blanc, caricatural, qui déteste les Indiens et ne pense qu'à les écraser. Tom Pursley manque peut-être d'intelligence et de courage, c'est tout ce que l'on peut honnêtement lui reprocher pour l'instant, ainsi que d'avoir une grande gueule.

S'il n'avait pas hurlé haut et fort qu'il allait mettre de l'ordre dans cette fichue réserve et se mêler des élections de la tribu, il n'en serait pas là. C'est-à-dire sur la route de la ville, galopant chez le gouverneur, avec la terreur de voir surgir à chaque instant une armée d'Indiens pour lui faire la peau.

Chez le gouverneur, on le fait attendre. Un domestique stylé détaille avec mépris son pantalon froissé, sa chemise tachée de sueur et l'infâme chapeau graisseux qu'il tourne entre ses doigts. S'il n'était pas shérif de Wilburton, Pursley n'aurait même pas le droit d'essuyer ses bottes sur le paillasson du gouverneur.

« Dites au gouverneur que c'est urgent ! C'est à propos de l'exécution !

— Son Excellence est occupée, shérif...

— Je m'en fous ! Quand il aura toute une tribu d'Indiens sur le dos, il n'aura plus le temps de s'occuper d'autre chose. Va le chercher, larbin, ou j'y vais moi-même ! »

Ce ton n'est pas de mise dans un salon très XIXᵉ, avec piano et canapé de velours, tapis français et bibelots de porcelaine. Le gouverneur ressemble à son salon. Précieux comme lui, vieillot, riche et confit dans la tranquillité.

« Alors, Pursley, je croyais cette histoire terminée ? De quoi s'agit-il exactement ?

— De l'exécution, gouverneur...

— Votre Indien n'est pas encore mort ? Comment s'appelle-t-il, déjà ?

— Silas Lewis, gouverneur.

— Alors, où est le problème ?

— Il ne veut pas s'évader !

— Ah ? C'est ennuyeux ça. Vous vous y êtes mal pris, sûrement. L'homme a dû avoir peur qu'on l'exécute une fois évadé.

— Mais non, même pas. Cet imbécile s'en fiche...

— Proposez-lui de l'argent. Un criminel est un criminel, que diable !

— Pas lui.

— Allons, Pursley... il a tué, oui ou non ? Au fait, qui a-t-il tué ? »

Le gouverneur est décidément un mystère pour Pursley. Ou alors il se moque de lui. Voilà trois mois que le procès a eu lieu, trois mois que l'exécution est remise sur ordre de Washington, par « son » intermédiaire, et il demande encore le nom du condamné et qui il a tué !

Pursley a l'air tellement en rogne que le gouverneur le remet sèchement à sa place, avant même qu'il ait proféré ce qu'il pense :

« Pursley, je n'ai pas que cela à faire. Je sais que cet Indien vous tracasse, mais mon secrétaire s'est occupé du dossier. Les détails ne m'intéressent pas, sauf s'il y a du nouveau...

— Il y a du nouveau, gouverneur, j'ai reçu des menaces. Si l'exécution a lieu, les quatre cents indiens de la tribu Chactaw me tombent dessus.

— Qui vous a informé ?

— Sa femme.

— Du bluff, Pursley, du bluff, sûrement ! Enfin, rappelez-moi les circonstances et soyez précis. Si je demande l'accord de Washington pour remettre l'exécution, il me faut du sérieux, allez-y. »

Alors, pour la troisième fois en trois mois, le shérif Pursley raconte. Il a déjà raconté au secrétaire du gouverneur, puis au chef de cabinet du gouverneur, cette fois, il n'ira pas plus haut, c'est la dernière. « C'était en septembre, au moment des élections du chef de la tribu. Il y avait deux candidats. Un nommé Jones, et un nommé Jasper.

— Qui était de notre bord ?

— Jones, mais il n'avait pas suffisamment de partisans. Les bagarres ont commencé la veille de l'élection et j'ai décidé de mettre de l'ordre.

— Pourquoi ?

— Mais pour que les partisans de l'autre n'empêchent pas l'élection ! Ils se promenaient dans la réserve en menaçant les hommes qui voteraient pour Jones. Je ne pouvais pas les laisser faire !

— Soit, vous avez donc rétabli l'ordre ?

— J'ai interdit les rassemblements, comme vous me l'aviez conseillé, gouverneur.

— Moi ?

— Enfin, votre secrétaire...

— Oui. Bon, ensuite ?

— Le matin de l'élection, j'ai préféré ne pas me montrer. Mais j'avais placé quelques hommes en surveillance, pour garantir la sécurité, seulement ils n'ont rien pu faire. Une bagarre s'est déclenchée, et il y a eu trois morts et plusieurs blessés. Vingt-six Indiens se sont échappés, on les recherche toujours.

— Et vous n'avez bouclé que ce Silas Lewis ?

— Oui. Mais il a avoué ! Il a tué un homme pendant la bagarre. Le procès a été régulier. Washington en a reçu une copie, avec les aveux de Silas, vous le savez !

— Alors, nous ne pouvons rien faire. Il n'est pas question de remettre l'exécution.

— On ne peut pas trouver un autre prétexte ?

— Qu'avons-nous donné déjà comme prétexte ?

— Un supplément d'enquête, pour l'audition d'un témoin...

— Et alors ?

— Le témoin a confirmé la culpabilité de Silas.

— Quoi d'autre ?

— Un autre supplément d'enquête...

— Même motif, même résultat je suppose ?

— Oui, gouverneur...

— Donc, nous ne pouvons plus rien invoquer. Cette fois, le département de l'Intérieur refuserait carrément, et fixerait la date lui-même, avec un observateur en prime. Ce serait de la publicité inutile, Pursley.

— Alors ? Qu'est-ce que je fais ? Ils vont me tuer, moi ! C'est moi qui dois l'exécuter !

— Essayez encore de le faire évader, mais doucement, hein ? Que cela vienne d'un Indien, que tous les complices soient indiens et de son parti ! »

Pursley baisse les bras, vaincu.

« J'ai tout tenté. C'est impossible. Ceux de son parti, les autres, même sa femme, ils refusent. Ce matin, je lui ai encore parlé. Je lui ai offert de le faire évader moi-même. Rien à faire, il ne cédera pas. Cet imbécile veut jouer les héros !

— Alors exécution, Pursley ! Et ce soir même. Ne tardez plus c'est un ordre ! Je préfère un héros mort à un héros en prison. Ne laissez pas la situation se pourrir. Vous n'avez que trop tardé. Si vous aviez procédé à l'exécution immédiatement, nous n'en serions pas là. Rendez-moi votre rapport demain matin. Au revoir, Pursley ! »

Voilà. Il fallait s'y attendre. C'est la faute de Pursley, à présent. Au début, les hommes du gouverneur conseillaient d'attendre. Prudence, disaient-ils, remettons l'exécution, laissons les élections se faire, tant qu'il sera en vie, mais en prison, Silas ne nous gênera pas... A présent, une fois les élections acquises, une fois Jones élu, et payé par les Blancs, au shérif de se débrouiller. A lui de jouer les bourreaux et de faire vite. A lui de se faire tuer, en représailles.

Le gouverneur devine encore une fois les pensées du shérif. Il se retourne sur le pas de la porte :

« Pursley, si vous craignez des représailles, vous êtes encore plus stupide que je ne le croyais. Vos quatre cents Indiens n'ont aucune arme. L'armée les surveille, les élections sont terminées et tout est en ordre. Ceci est maintenant une affaire entre cet Indien et vous. Si vous avez peur, on peut vous remplacer... »

Pursley ne répond pas. Il a peur, c'est vrai. Mais il en a assez qu'on le prenne pour un imbécile. Alors il remet son chapeau et s'en va. Il sera bourreau puisque son poste de shérif est à ce prix.

L'exécution est fixée au coucher du soleil, pour respecter un peu la tradition indienne. En attendant, Pursley tourne en rond dans son bureau, et Silas l'Indien, debout dans sa cellule, observe le ciel avec sérénité.

A l'heure fixée pour l'exécution, le shérif Pursley n'est pas seul. Cent agents, armés jusqu'aux dents, l'accompagnent. Il a fait éloigner la femme de Silas et son enfant. La mère aussi. Une vieille Indienne muette et farouche. Mais elles ne sont pas allées bien loin. Assises, au pied d'un arbre, à cent mètres du lieu d'exécution, elles attendent.

Mère et belle-fille, plus la troisième génération, une petite fille de trois ans, coincée dans leurs jupes. Les femmes de Silas veulent le voir mourir.

Pursley pénètre dans la cellule.

« Silas, on ne discute plus. C'est le moment. Tu n'as pas saisi ta chance... »

Silas se tourne vers son bourreau. Comment peut-il être aussi calme ? Pas un trait de son visage ne bouge. Il a l'air d'une gravure immobile. Son ton est toujours sentencieux :

« Qui sait où est la chance de l'homme, shérif ? »

Pursley se sent bête et gauche, et il transpire. Cet imbécile le domine toujours, il a le don des attitudes et des grandes phrases. La dignité de sa race ! Il n'ignore pas, car il est instruit, que dans un cas similaire, s'il était blanc, on ne l'aurait pas condamné à mort. Il n'ignore pas qu'en l'exécutant, on veut anéantir une menace de rébellion, des revendications de territoire, des libertés réclamées, toutes choses que son parti aurait mises en chantier, si son chef Jasper avait été élu. Mais Jasper est en fuite. Il a perdu la bataille électorale et Silas reste seul comme le shérif Pursley.

Il n'y a qu'un bourreau et une victime, lâchés tous les deux par leurs partisans. L'un va exécuter, l'autre va mourir, c'est une histoire entre eux, d'homme à homme. Et curieusement, il faut autant de courage pour tuer que pour mourir, ce soir.

« Allons-y, Silas, c'est le moment...

— C'est bien. »

Il marche. Droit et impassible. Les liens à ses poignets ont l'air dérisoire. Pursley hésite, puis les lui enlève. Silas ramène ses bras, les croise devant sa poitrine et dit :

« Merci. J'aime mieux mourir en homme libre. »

Puis le condamné se tourne vers les personnes présentes et les salue de la main. Il s'agenouille, récite une courte prière, se redresse et attend.

Deux hommes le font reculer jusqu'au tronc d'un arbre, large et puissant. C'est le poteau d'exécution. Silas enlève son gilet et ses bottes. Il les dépose à terre, et reste en chemise, en pantalon et pieds nus, devant l'arbre.

Pursley transpire, il a les mains moites, et il les essuie sans s'en rendre compte au bandeau noir destiné au condamné. Ce bandeau, il le noue derrière la tête de Silas, avec des gestes lents. Malgré les cent hommes de garde, malgré l'opinion du gouverneur, malgré toutes les précautions prises pour éloigner les Indiens, la fouille complète de ceux qui sont là, la certitude qu'il ne peut y avoir d'arme braquée sur lui, malgré tout cela... Tom Pursley a peur. Son dos lui paraît une cible énorme, et il en a des fourmis dans la nuque.

Silas, lui, offre sa poitrine à l'examen du shérif. Pursley fait une croix à la craie, sur la chemise de daim, pour marquer l'emplacement du cœur. A présent il recule de cinq pieds. On lui tend sa carabine à répétition. Il vérifie l'armement, et tire, vite, comme un soulagement.

Au bruit de la détonation, la mère et la femme du condamné se mettent à courir, en poussant des cris perçants. L'enfant les suit, en trottinant. Là-bas, contre l'arbre, le corps de Silas s'est effondré, sur la couverture de laine déposée à ses pieds.

Des hommes se précipitent pour arrêter les femmes et les empêcher de se jeter sur le corps du supplicié. Mais ils ont oublié l'enfant, qui arrive seule jusqu'au corps de son père. Trois ans, pas plus haute qu'une pousse de chêne, elle regarde sans comprendre le grand corps effondré.

Silas n'est pas mort. La balle lui a traversé la poitrine, apparemment sans toucher le cœur, et il roule doucement sur la couverture, en gémissant. Pursley voit lui aussi qu'il n'a pas tué Silas. La situation est épouvantable. Le silence terrifiant. Derrière lui, les hommes maintiennent la mère et la femme du mourant, en leur plaquant les mains sur la bouche pour les empêcher de crier.

Pursley tremble de tous ses membres. Que faire ? Tirer, mais où ? Comment achever cet homme, sans faire de boucherie ? Comment ne pas rendre plus ignoble encore ce ratage épouvantable, sous les yeux de cent gardes, sous le regard des Indiens au-delà du cercle d'exécution ?

Pursley agrippe l'enfant et la repousse. La main d'un soldat s'empare de la petite fille qui résiste, qui veut voir, de ses grands yeux noirs écarquillés... et Pursley éclate :

« Mais enlevez-la, bon sang ! Enlevez-la ! »

L'enfant est presque jetée dans les bras de sa mère, et le silence retombe. Pursley s'approche de Silas, dont le corps continue de rouler doucement sur la couverture, rouge à présent. De la main droite, il ferme la bouche de l'Indien et de la gauche il lui pince le nez, jusqu'à ce qu'il étouffe dans le silence. Cela dure une longue minute. C'est tout ce qu'il a trouvé comme coup de grâce. Et il en crève de honte.

Enfin le corps est enroulé dans la couverture, et remis à la veuve. Pursley et les cent hommes de garde disparaissent, sous le regard impuissant et noir des Indiens Chactaws.

C'était le 17 novembre 1894, en territoire indien, à Wilburton. Une affaire d'hommes, avait dit le gouverneur...

A la fin de l'hiver, les vingt-six Indiens du clan de Silas Lewis couraient toujours dans les collines, et on craignait de graves incidents en les rattrapant pour les faire juger. Alors Tom Pursley fut retrouvé mort au printemps, la tête dans une rivière et le dos percé de balles. On ne retrouva jamais le coupable.

L'ILLUSIONNISTE

QUATRE-VINGTS policiers avancent dans la campagne. Le jour se lève. Dans une heure au plus tard, ils auront cerné la plage. Le criminel est là, caché derrière une dune de sable, sa mitraillette à ses pieds. Il n'a que vingt ans. Et depuis vingt ans, sa vie n'a été qu'un long rêve, une gigantesque illusion. Il le sait, il vient de le comprendre. Alors comme un condamné à mort, qui sait parfaitement que le soleil de ce jour-là brillera sans lui, il cherche à laisser sur terre une trace quelconque de son passage.

Sur un cahier d'écolier, à l'aide d'un mauvais crayon, dans le vent et le froid qui vient de la mer, Jean M. écrit :

« Je suis de la même grandeur qu'elle. Cette fille que j'ai tuée. Un corps mince, de beaux cheveux bien frisés et brillantinés. Je suis vêtu d'un complet bleu, d'une chemise bleu ciel, mon visage est ovale, j'ai le teint mat, les yeux marron, une fine moustache taillée avec goût, j'ai l'air dur.

« J'aperçois à 150 mètres trois gendarmes armés de fusils. Je suis traqué. La dernière balle sera pour moi. Je ne tremble pas. Je suis froid, comme cette nuit en appuyant sur la gâchette. »

Sur le cahier d'écolier, il y a déjà d'autres pages, remplies d'une écriture agitée et oblique. Il y a un meurtre commis dans la nuit, et son explication, si c'en est une.

Il y a autre chose aussi. Il y a la folie d'un gamin. Une folie que personne n'a vue, que personne n'a su enrayer à temps. Une folie découverte par le fou lui-même et son explication, si c'en est une.

Sur les pages précédentes du cahier d'écolier, on peut lire l'histoire d'un illusionniste de la vie, racontée par lui-même.

1949. Jean se lève à minuit, un jour d'octobre. Il écrit sur son cahier d'écolier :

« Je croyais l'autre jour la tuer vers minuit, mais les chiens ont aboyé. Je n'avais qu'à sauter le mur pour être dans la cour, je suis reparti. Dimanche, j'étais sur le petit chemin. Une fois de plus, j'ai échoué, elle est partie de l'autre côté. Je suis rentré avec ma mitraillette en pièces détachées, cachée dans ma veste. J'avais arraché de l'herbe pour recouvrir son corps après. Mais tout s'est passé sans rien de semblable. La mort ne veut pas d'elle. J'en suis persuadé. Elle est partie. Pourquoi est-ce qu'elle est partie ? Pourquoi es-tu partie ? J'ai fait deux tentatives de meurtre sur toi. Peut-être en ferai-je encore une ? Non. Tu as la vie et tu vivras. Je ne t'écrirai plus. Je te souhaite de la chance et du bonheur. Mais moi, je n'ai rien à espérer sans toi. Je n'ai plus de lumière pour éclairer mon chemin. Sans toi c'est la prison, c'est la mort. Ma ligne est tracée d'un profond sillon, comme toi, mon chemin divise le tien. Je vais te tuer d'une rafale de mitraillette. »

Cette phrase est une litanie. Il veut tuer « d'une rafale de mitraillette ». Il la répète à chaque page depuis des semaines. Depuis qu'il est tombé amoureux, sans qu'elle le sache, d'une petite jeune fille blonde. Il l'a croisée simplement. Il a réussi, un soir de 14 juillet, à danser avec elle. Alors il s'est mis tout à coup à écrire des pages délirantes, qui racontaient un amour démesuré, un amour muet.

« Elle est blonde, elle est bouclée, c'est doux comme de la laine. Elle est sérieuse, elle travaille, elle n'a aucune ressemblance avec les filles d'aujourd'hui. Quand j'étais en prison, elle m'a beaucoup aidé. La nuit je rêvais d'elle. Mais je n'ai plus le droit d'espérer. Saura-t-elle un jour l'amour que je lui porte ? Mon grand amour se perd à jamais, englouti dans un raz de marée.

« Demain, elle va revenir et puis elle repartira pour toujours. Le rêve merveilleux sera passé comme un voile, un mirage sans issue. Les jours de cafard sont arrivés comme un orage, poussés par un vent violent. La vie devient indifférente. Je pense aux jours monotones qui vont commencer sans elle, et qui m'attendent. »

Elle va revenir en effet. C'est une petite vendeuse, qui habite une pension de famille. Elle était partie voir ses parents, elle ne va croiser le chemin de Jean que pour une journée. Le temps de faire ses valises. Mais c'est une tragédie stupide, car elle va en mourir. Si elle avait pris ses valises il y a quinze jours, si elle n'était pas reparue, elle ne serait pas morte. Elle n'aurait jamais su qu'un jeune fou s'étais mis à l'aimer au point de vouloir la tuer d'une rafale de mitraillette.

Ce jeune fou, qui est-ce ? Peu de gens le savent. Mais on peut lire son casier judiciaire : « Quinze jours de prison pour détention d'arme et vol. Trois mois pour cambriolage dans une épicerie. »

Il écrit sur son cahier : « Ma réputation de gangster est faite. »

Gangster ? Pauvre gosse. Il est maigre, il a le cœur fragile, et il boit pour oublier qu'il a peur de la vie, de la solitude, et de tout ce qui tourne dans sa tête. Autour de lui, ni affection, ni soins. On le met en prison, il en ressort, et personne ne s'aperçoit qu'il délire, qu'il est malade, qu'il se prend pour Pierrot-le-Fou.

Il a un père bienveillant et brave, une grand-mère qui lui a passé tous ses caprices. Il aurait pu comme d'autres faire autre chose que de la prison pour vol. Mais c'est un vantard et un orgueilleux, qui a passé son enfance à admirer les gangsters. Qui s'est aperçu que, dans son cerveau fragile, cette admiration prenait des proportions inquiétantes et dramatiques ? Personne.

Ce garçon a atteint la folie par petites étapes, silencieusement, à l'insu de tous. Une mère, peut-être, aurait pu découvrir cela, l'éviter, ou faire sans le savoir un contrepoids à ces idées saugrenues. Peut-être, s'il en avait eu une.

Mais il est trop tard, de toute façon. Cet amour démesuré qu'il voue à une jeune fille inconnue va faire exploser sa vie.

Minuit à nouveau, fin octobre 1949. Jean se lève. Il sait que la jeune fille est chez elle pour la nuit, et qu'elle doit repartir le lendemain. Il sort de sa chambre avec sa mitraillette. Il traverse le couloir de la pension de famille et frappe à sa porte. Elle n'ouvre pas. Il reste tout seul dans le noir, devant cette porte close. Avant de quitter sa chambre, il a écrit sur le petit cahier d'écolier :

« Le roman d'amour est terminé. Je regarde une balle de 9 millimètres posée devant moi sur la table. Un jour peut-être elle me trouera le cœur. Je me vois par instants perdu dans un de ces gangs parisiens ou marseillais, mais ce n'est qu'une illusion, une vague d'illusions que je n'ai connues que dans les films de gangsters joués au cinéma, et qui ébranlent les cerveaux de tant de jeunes gens en quête d'aventures. Pour moi, une chose est certaine maintenant. La vie n'est pas un film. Je n'ai pas l'envergure de ces durs, comme Pierrot-le-Fou, Girier ou Attia. Je suis persuadé que je serais devenu quelqu'un si j'étais allé à Paris, et si j'avais roulé dans une voiture dernier modèle. Mais les choses n'en sont pas là. J'en suis loin. Je ne suis qu'un demi-sel, tout juste bon à rêver d'exploits. »

Il a écrit cela. Et maintenant il frappe à la porte de la jeune fille à nouveau. Elle n'ouvre pas, mais se lève pour faire de la lumière. Peut-être pour alerter quelqu'un. Mais il n'y a personne, Jean le sait. Tout le monde est sorti, ce samedi soir. Pour tourner le bouton de la lumière, elle doit passer devant la porte. Et le tueur fait feu, à travers la porte. Puis il rentre chez lui, pour écrire :

« Je l'ai eue. J'aurai tout fait pour qu'elle ne soit pas à un autre. Maintenant il faut mourir. Elle n'a reçu que quelques balles car j'ai tiré sur la droite. Elle a crié, et elle est tombée. Ce fut comme un enfer de flammes et de feu. »

La jeune fille a reçu onze balles dans le corps, à travers la porte vitrée. Elle est morte sur le coup. Jean quitte sa chambre, traverse le village et se réfugie sur la plage, entre les dunes. Il s'assoit et écrit :

« J'ai rôdé partout. Je n'ai pas voulu tuer d'inoffensifs passants. J'ai tiré au hasard, j'espère que les rafales n'ont atteint personne. Il est 3 heures 30. »

Un peu plus tard, il écrit de nouveau :

« Une voiture est passée sur la route côtière, j'ai tiré dessus. Cette fois ils ont dû me repérer. Bientôt j'irai la rejoindre. »

Il va mourir, il le sait, puisqu'il le cherche. Il continue d'écrire, vite, il se raconte, il décrit sa victime et son amour, et puis :

« ... J'aperçois à 150 mètres trois gendarmes armés de fusils. Je suis traqué. La dernière balle sera pour moi. Je ne tremble pas. Je suis froid, comme cette nuit, en appuyant sur la gâchette. »

En effet, il est traqué. Il a enfin obtenu d'être traqué comme un grand criminel, et comme un fou. Quatre-vingts policiers marchent sur lui. Il a tué une jeune fille délibérément, et en tirant au hasard, tout à l'heure, il a tué un gamin de treize ans. Seul l'automobiliste n'a pas été touché, et c'est lui qui a prévenu la gendarmerie.

Sa mitraillette posée à côté de lui, dans le sable, le fou meurtrier que la police encercle peu à peu réfléchit sur lui-même. Au moment d'affronter la mort qu'il cherche depuis si longtemps, il n'éprouve pas de peur. Mais une lucidité bizarre l'envahit. Jamais en vingt ans d'existence il n'a été aussi lucide.

« Je ne peux pas courir à cause de mon cœur, ils le savent, ils me connaissent. Tant mieux. Sinon j'aurais dû mourir misérablement, à bout de souffle, et le nez dans le sable. Pour clôturer une vie comme la mienne, je devais trouver mieux. Puisque j'ai voulu être ce tueur dingue, je dois mourir comme un dingue. Ils vont bien m'arranger ça.

« J'en ai marre de cette vie compliquée. Je n'ai qu'une seule crainte. Vais-je abattre un gendarme la nuit, un père qui a des gosses? Comment faire maintenant? Je suis prisonnier du rôle.

« A propos d'elle... Qu'est-ce que je sais à propos d'elle? Que je l'aime. Si quelqu'un pouvait m'expliquer ce que c'est, l'amour. Une connerie sans doute, où est-ce que j'ai été chercher ça? Dans les livres? Les livres m'ont tué.

« Je les entends qui progressent. Le jour se lève. Il fait froid. Ce vent me fait du bien. Et si je courais dans la mer? Oh! non. Je ne sais pas courir, je cours mal.

« La bagarre va éclater. Je vais me rapprocher des poulets en temps utile. Il me reste quatre-vingt-dix cartouches. Je boirais bien de l'eau fraîche, j'ai un peu soif. Au point où j'en suis, tout va bien. Au revoir tout le monde, au revoir aux gens heureux, quant aux salauds, qu'ils se débrouillent. Ne portez pas le deuil pour moi. Ne laissez couler aucune larme. Tout à l'heure je crois avoir tiré sur des civils. Je ne me le pardonnerai pas. Je l'ai vu tomber en criant. Portez-moi des fleurs, et à elle aussi. Au revoir au père, et à ma sœur. »

Le cahier est fini. En même temps que l'histoire de son auteur, il s'arrête en haut de la dernière page. C'était un cahier de vingt-cinq pages, avec le prix marqué au crayon : 75 centimes.

Tout en haut de la vingt-cinquième page, les derniers mots :

« J' m'en fous... »

A présent, plus de rêves, plus de romans, mais la dure réalité. Un gendarme crie :

« Qui vive! »

Il a entendu du bruit derrière la dune de sable. L'arme au poing, il fait quelques mètres, mais tombe atteint d'une rafale de mitraillette. Jean tente alors une sortie désespérée. Il veut gagner l'abri d'une autre dune, qui mène à un petit chemin côtier. Ce chemin n'est peut-être pas barré, il longe une falaise abrupte. Il entend les voix, et le bruit des mousquetons. Va-t-il tirer à nouveau ? Il entend :

« Halte ! Gendarmerie ! »

Ce sont les sommations d'usage, auxquelles Jean répond par une nouvelle rafale, en hurlant dans le vent une injure qui se perd dans les dunes. Il est debout, le sable tourbillonne autour de lui, l'air du large lui couvre le visage d'une myriade de gouttelettes d'eau salée. Une espèce de délire le prend, il veut tirer en l'air, mais le chargeur est coincé — le sable sans doute.

C'est là qu'une rafale l'atteint aux jambes et le fauche brutalement. Il tombe à plat ventre dans le sable, il se redresse, rampe et essaie de rattraper sa mitraillette qui lui a échappé. Une seconde rafale l'atteint pour de bon cette fois, en pleine poitrine et à la mâchoire. Il trouve encore la force de hurler : « J' m'en fou, j' m'en fous ! » Les derniers mots de son cahier. Les derniers mots qu'il prononcera. Et dans l'après-midi, il meurt à l'hôpital.

Chez lui, on trouvera une enveloppe fermée, portant le nom et l'adresse de la jeune fille assassinée par lui. Une enveloppe fermée, mais vide. Un symbole.

Sur la table, une feuille oubliée, détachée du petit cahier de vingt-cinq pages : il y parle de lui, à la troisième personne :

« " Il " a dansé avec elle. " Il " n'avait pas dansé depuis des mois. " Il " a senti un corps chaud et tendre. " Il " l'a enveloppé dans ses grandes mains. Lui, c'est un enfant prêt à tout pour ce qu'il aime, de la pire folie. Elle, c'est une proie ignorante des mille dangers qui vont s'abattre sur sa vie. Car le démon est en lui, et " Il " n'a pas peur de la mort.

Tout le monde croit que c'est un dur. Mais lui n'est pas un dur, ce n'est qu'une épave humaine, balancée et poussée par son cerveau qui ne voit que des vagues de crimes imaginaires, où une jolie blonde se balance, toute riante, au-dessus de carnages invisibles. " Il " est un insolite. " Il " s'appelle " Moi ". Et " Moi " je ne suis qu'un illusionniste.

DUEL SUR LE PACIFIQUE

La houle du Pacifique est mauvaise, l'aube est curieusement violette et cela donne à l'océan un air d'un autre monde.

Très loin des lumières du grand port marchand du Chili, Antofagasta, une flottille gagne la pleine mer. Un yacht tout d'abord, traînant derrière lui deux canots. Puis le moteur du yacht s'arrête. Les deux canots sont tirés vers l'échelle de coupée. Ils dansent et se cognent contre la coque blanche au rythme de la houle qui s'aggrave. Le ciel dans le soleil mauve se couvre de nuages gris de plomb.

Sur le pont du yacht, deux ombres gigantesques viennent d'apparaître. Deux monstres, en carapace de fer. Deux chevaliers, casqués, portant la lourde armure des conquistadores. Sous le heaume relevé, deux visages, jeunes, au regard furieux. L'un est celui de Don José Guerrero, fils unique d'un banquier d'Antofagasta. Il a vingt-cinq ans. L'autre est celui de Miguel Rosario, un jeune propriétaire terrien de vingt-sept ans. Derrière eux, leurs témoins. Quatre jeunes gens riches et désœuvrés, des compagnons de soirée, qui ont accepté de contrôler le duel le plus extravagant de tous les temps.

Les deux hommes en armure descendent l'un

après l'autre dans leur canot respectif. Il faut des filins pour les empêcher de tomber, et guider leurs mouvements maladroits. Les armures sont énormes, splendides, elles datent de l'invasion espagnole. La veille elles trônaient encore dans l'immense salon de l'immense château du señor Guerrero, banquier multimilliardaire et père de José.

C'est José, justement, qui descend le premier. Debout dans son canot, il a du mal à garder l'équilibre, et s'appuie sur son arme, une carabine automatique à répétition.

Miguel, son adversaire, a la même. Dans quelques minutes, le yacht va larguer les amarres et les deux chevaliers en armure resteront seuls sur l'océan. Le duel va commencer. Un duel en 1950, et non au Moyen Age. Quelle folie a pris ces deux jeunes gens, beaux et riches, et qu'espèrent-ils ? La mort de l'un d'eux.

Avant d'en arriver à ce duel sur mer, entre deux chevaliers en armure du XIIIe siècle et munis de carabines à répétition du XXe, il convient de faire la connaissance d'une femme.

Tout d'abord, cette femme est une inconnue pauvre, qui habite le quartier de la ville réservé aux Indiens. En 1950, dix pour cent de la population chilienne est de race indienne pure. Il y a les Diaguitas, les Chibchas, et bien entendu les Incas.

Elle est inca. Elle a gardé de ses ancêtres guerriers et envahisseurs l'arrogance et la morgue. Sa famille est de noblesse inca, descendante d'un chef de grand renom. Elle s'appelle Trepan Mayo, mais pour l'état civil chilien, c'est Concita Del Mayo.

Concita ne peut rester longtemps inconnue. A dix-huit ans, elle est trop belle. Belle d'un mélange de sang indien, parmi les plus nobles : de père inca et de mère araucan. Ses parents sont morts en 1947 d'une épidémie de typhoïde et, à quinze ans, Concita a trouvé une place de serveuse dans un restaurant ultra-chic.

C'est là qu'elle a commencé à comprendre le pouvoir fantastique qu'elle pouvait exercer sur les hommes, quels qu'ils soient, du balayeur au milliardaire. Les mots pour la décrire semblent plats et dépourvus de la sensualité nécessaire. 1,70 m, mince, œil noir et cheveux noirs, teint bistre. Il faudrait d'autres mots, des mots peut-être ridicules, des envolées de poètes ou de peintres. Il faudrait dire que ce corps mince et brun est celui d'une liane ou d'un serpent, que les jambes sont des fuseaux lisses, que ses cheveux sont une masse de soie noire, épaisse, lustrée et vivante qui la couvre d'un manteau insolite. Il faudrait dire que ses yeux noirs sont plus que noirs, en amandes, que ce nez droit et mince est un défi à l'esthétique la plus pure.

Concita est trop belle pour être décrite. Une série de photos qui datent de 1950 fascine l'observateur qui ne comprend pas pourquoi ce visage n'est pas connu du monde entier, pourquoi il n'a pas fleuri à Hollywood.

Quoi qu'il en soit, une femme comme elle ne passe pas inaperçue à Antofagasta. Elle a dix-sept ans lorsque le fils du célèbre banquier Guerrero vient dîner un soir dans le restaurant où elle travaille.

Don José est un enfant gâté. Depuis sa plus tendre enfance, il a tout eu, du train électrique à la voiture de sport, d'un simple claquement de doigts.

Devant Concita, il reste émerveillé. Le poulailler habituel de jeunes frivoles et de coquettes qui le suit dans ses soirées lui paraît soudain d'une fadeur insupportable... Tous ces bijoux, ces parfums, ces robes froufroutantes, ces voix aiguës, à côté de cette pureté, vêtue de noir, en sandales et silencieuse! Quand elle parle, sa voix est grave, perlée, reposante :

« Monsieur désire? »

José Guerrero est un original. Sa fortune le lui permet un peu trop. Ce qu'il désire? Il claque des doigts :

« Vous! »

Et il prend une claque magistrale. Sûrement la première de sa vie. Concita n'a pas perdu son calme pour autant. Elle appelle une autre serveuse.

« Occupez-vous de cette table. Ce monsieur est pressé. »

Après quoi elle disparaît.

José Guerrero a la joue rouge, les oreilles brûlantes, il hésite entre faire un scandale et prendre la chose avec désinvolture. La désinvolture lui semble plus pratique et moins humiliante. Au directeur épouvanté, qui se répand en excuses, et promet de renvoyer l'insolente, José Guerrero répond :

« Surtout pas! Il ne faut pas perdre un cheval sauvage comme celui-là. Si vous la renvoyez, vous perdrez ma clientèle! Depuis le temps que j'attendais ça! Une gifle, c'est étonnant! »

La petite troupe des fêtards applaudit platement à ce nouveau snobisme. Mais le lendemain José revient seul. Il s'est fait précéder de fleurs, et d'un bracelet d'or fin, serti de diamants. Il demande à dîner seul, et à être servi par Concita. Elle ne refuse pas. Mais elle ne remercie pas non plus. Les fleurs sont dans la cuisine, et le bracelet dans sa poche. Elle le sort, le pose sur la table. José fronce les sourcils.

« Vous n'en voulez pas ?

— Je veux savoir combien il vaut. »

Le jeune milliardaire en reste estomaqué.

« Combien il vaut ? Mais ça ne se fait pas de demander cela. C'est un cadeau !

— Si c'est un cadeau, j'ai le droit d'en faire ce que je veux. Alors je veux le vendre, et je ne veux pas me faire avoir.

— Vous savez, je l'ignore moi-même, c'est mon père qui paiera le bijoutier. Je n'ai fait que le choisir. Disons environ un million.

— C'est tout ? Alors gardez-le.

— Pourquoi ?

— Je vaux plus cher que ça. Bien plus cher, et vous voulez m'acheter, n'est-ce pas ? A ce prix-là, vous ne m'intéressez pas ! »

C'est ainsi qu'a débuté l'histoire d'amour entre le fils du banquier et Concita l'Indienne. Et c'est pour elle qu'il a décidé de se battre en duel, avec son ami Miguel Rosario.

Ils sont debout dans leur barque, cahotés par la houle, sous le ciel bas, à l'aube d'un matin de septembre 1950.

José s'est déclaré l'offensé. Il a choisi les armes : les armures des conquistadores, merveilles historiques du château de son père, et deux carabines à répétition. C'est lui qui tire le premier. Il s'agit de faire tomber l'adversaire. Avec sa lourde armure, s'il tombe il est condamné à la noyade, même si les balles ne transpercent pas le métal.

José s'équilibre, ajuste et tire une rafale. Là-bas, à cinquante mètres environ, la barque de Miguel vacille. Il manque de tomber, se rattrape *in extremis,* et tire à son tour.

Sur le yacht, les quatre témoins observent la scène avec une intensité cruelle. Ils ont même parié sur le gagnant.

« Miguel est un meilleur tireur, et s'il gagne, il aura la fille en plus ! »

Les rafales se suivent, à peine alternées par le renouvellement des chargeurs. Et ce duel va durer quarante-trois minutes, du premier au dernier coup de feu. Miguel, l'offenseur, salue parfois le courage de son adversaire, et la précision de son tir.

Il est le contraire de José. Plus vieux, plus costaud, c'est un terrien. Un travailleur. S'il est fortuné, il doit autant sa fortune à sa famille qu'à ses qualités personnelles. Les terres immenses, où court le bétail, les mines de fer et de zinc, d'or même, Miguel dirige tout cela à vingt-sept ans. Il ne connaît José que par les relations de leurs familles respectives. Il ne perd pas son temps dans les soirées, à de rares exceptions près. Et cette exception lui a fait rencontrer Concita. Elle était avec José, plus belle, plus étrange que jamais. Dans la réception mondaine on ne voyait qu'elle, et l'on chuchotait beaucoup de choses. Par exemple :

« Don José en est fou. Mais elle le fait tourner en bourrique. Pensez donc, il la couvre de cadeaux, il l'a installée dans un appartement somptueux, et chaque soir, elle lui ferme la porte au nez ! C'est à croire qu'il aime ça ! »

Miguel s'est approché de Concita :

« C'est vrai qu'il aime ça ?

— Quoi ?

— Que vous le tourniez en ridicule ?

— Je crois.

— Et vous ? Vous aimez ça ?

— Je n'ai pas le choix, vous savez. Lui ou un

autre, ce sera toujours la même chanson. Je ne les aime pas. Et eux, ils me veulent.

— Alors vous les faites payer.

— J'en fais payer un. Cher, c'est vrai et pour rien, mais c'est le seul moyen.

— Le seul moyen de quoi ?

— De ne pas être une putain, monsieur. De me faire épouser.

— Mais vous ne l'aimez pas ?

— Non. Et rassurez-vous. Lui non plus ne m'aime pas. Il me veut, comme un bel objet, le plus beau de sa collection, et il croit qu'il peut payer avec de l'argent, comme d'habitude. Ce n'est pas ça, l'amour. Un jour, il s'apercevra qu'il a payé trop, et mal. Alors il m'épousera peut-être pour me garder, ou bien je m'en irai. »

Miguel est fasciné. Autant par la beauté que par le raisonnement de cette jeune fille. Un raisonnement d'Indienne, se dit-il. Un mélange de sournoiserie, de férocité et de franchise brutale.

Une semaine après, il emmène Concita sur ses terres. Il la regarde courir à cheval, et manger avec les vachers. Il l'écoute lui dire :

« Miguel ? Il ne faut pas me tenter. J'aime cette vie. Je pourrais vous aimer, et vous, vous finiriez par me mépriser. Mettez-moi dehors. »

Un mois plus tard, Concita n'était toujours pas repartie de l'hacienda et une nuit, la voiture de sport de Don José s'arrêtait dans la cour, tous phares allumés.

« Sors de là, Miguel ! Je sais que tu es avec elle. Voleur ! Elle est à moi ! A moi ! »

José avait bu sa honte et sa fureur jusqu'à la lie. Il avait ouvert une porte, poursuivi par les domestiques terrorisés. Elle était là, dans le lit, avec Miguel. Toujours calme, toujours méprisante :

« Sors de là, José. Je ne t'appartiens pas. Je ne

l'ai jamais décidé. Et c'est lui qui m'a eue. Réglez ça entre vous, mais en dehors de moi. »

Alors ils avaient décidé le duel, sans lui en parler. José voulait une bataille démesurée, comme sa fureur et sa jalousie. Miguel voulait rester le vainqueur, jusqu'au bout.

En grand secret, ils ont monté l'expédition, et choisi leur témoins. En se jurant que quoi qu'il arrive, aucun d'entre eux n'en parlerait. Sur ce terrain de folie, l'enfant gâté et l'homme amoureux se retrouvaient à égalité.

Il est six heures trente du matin, à présent. Concita dort dans son appartement. Elle n'a pas revu Miguel depuis la veille. Elle ignore le projet. Elle se doute bien d'une bagarre quelconque, mais comment pourrait-elle imaginer la scène hallucinante qui se déroule au large, dans l'océan furieux maintenant ?

Les deux adversaires sont toujours debout dans les barques, il y a quarante minutes que durent les assauts. Assauts des tirs à répétition, qui claquent sur les armures et les font vaciller. Assauts des vagues qui ballottent de plus en plus les frêles esquifs. Sur le yacht, on compte les salves. Les balles ricochent sur les cuirasses, entament le bois des canots, dont les charpentes se disloquent peu à peu.

Les deux chevaliers de la mer sont indestructibles, et ridicules dans ce décor d'apocalypse. Les témoins leur ont donné une heure de combat. A sept heures tout doit cesser, qu'il y ait un vainqueur ou non. Il ne faut pas qu'un navire curieux les repère.

A six heures quarante-trois très exactement, Don José déverse un nouveau chargeur sur

Miguel. Les balles crépitent, c'est un véritable balayage, la coque, la cuirasse, tout tremble, et résonne dans le grondement de la houle. Miguel vacille, tombe en arrière et se rattrape mal, au bord du canot, qui bascule. Une lame de fond le recouvre aussitôt. Et pendant deux ou trois secondes, à peine, les témoins regardent la lourde armure disparaître sous la surface, dans un bouillonnement d'air et d'écume. C'est fini.

Le vainqueur est ramené à bord. Brisé de fatigue, épuisé, à demi fou, il délire pendant trente-trois heures à bord de son yacht.

Enfin le bateau rentre au port. Sur le combat et ses horreurs, silence total. Pas un mot. L'unique armure restante disparaît elle aussi au fond de l'océan. Et une semaine plus tard, Don José va chercher Concita, qui l'accueille avec froideur.

« Où est Miguel ? »

José se tait. Alors l'Indienne se fait tendre.

« Tu as gagné ? Il est parti ? C'est bien. Même si tu l'as tué je te pardonne. J'aime les vainqueurs, je n'appartiens qu'à eux. »

Les jours passent. Les semaines et les mois. José se tait toujours, et Concita se fait plus tendre, plus amoureuse.

« Tu veux m'épouser ? Alors tu me dois un gage ! Je veux savoir comment tu m'as gagnée. »

Il parle enfin, il raconte, il en tremble encore de peur :

« C'était épouvantable, à chaque seconde, j'avais l'impression de mourir, les balles faisaient un bruit épouvantable, à devenir fou. La mer nous secouait sans arrêt. C'était lourd, lourd ! J'étais prisonnier de quatre-vingts kilos de fer. »

C'est au tour de Concita de se taire. Puis elle quitte son futur époux, avec un sourire mystérieux, et quelque chose d'impénétrable dans son regard d'Indienne.

« Attends-moi, nous allons fêter cela. J'aurais tant voulu le voir mourir. »

Une heure plus tard, don José Guerrero, fils unique du banquier multimilliardaire, vainqueur de ce duel incroyable, est arrêté par la police, ainsi que les quatre témoins.

Concita, l'Indienne, avait mis six mois pour apprendre la vérité. Six mois de patience, de fourberie et d'obstination. Elle aimait Miguel. Elle le devinait mort, mais où et comment ? Il lui fallait savoir. Il lui fallait le venger, quitte à se prostituer pour cela.

Le grand public n'apprit cette histoire qu'au cours du procès qui condamna José Guerrero à dix ans de réclusion criminelle, pour meurtre avec préméditation. Il jurait, et ses témoins aussi, qu'il s'agissait d'un duel d'honneur, régulier, accepté par l'adversaire. Mais la justice considère le duel comme un meurtre organisé. José devait payer.

Concita a fait rechercher le corps de Miguel, avec l'aide de sa famille. Cela a coûté une petite fortune, jusqu'au jour où des plongeurs ont enfin remorqué à la surface une armure disloquée, criblée de traces de balles.

Il fut alors possible de déterminer que l'une des balles avait fini par passer à travers l'armure, pour atteindre le flanc droit. La blessure n'était pas mortelle, mais vu le poids de métal, le combattant était condamné à une noyade affreuse.

Mais du corps de Miguel il ne restait pas grand-chose. Concita le fit inhumer tel quel, comme un chevalier hors du temps. Car c'est lui, certainement, le dernier des chevaliers, mais en terre avec son armure. Il avait vingt-sept ans, il était pourtant beau et intelligent. Cela n'empêche pas la folie, et la mort stupide, même si elle est extraordinaire.

UN CAMION VERT

Au bout du quai sinistre de la gare de Forbach en Alsace, un rouquin en manteau gris descend d'un wagon de seconde classe, une petite valise de carton bouilli à la main. En 1951, on n'utilise pas encore le plastique pour fabriquer les bagages bon marché. La poignée est rafistolée avec de la ficelle et le manteau gris du voyageur est usé jusqu'à la corde. Le rouquin jette un regard sur la pendule : midi. Il gagne la sortie, consulte le plan de la ville et s'en va par les rues presque désertes à la recherche de l'hôtel où il a retenu une chambre.

Au concierge, il donne comme identité :

« Philippe Gobineau, trente-huit ans, voyageur de commerce. »

Il s'appelle bien Philippe Gobineau, il a bien trente-huit ans, mais il est en réalité détective privé. Il est venu à Forbach pour mener une enquête qui restera longtemps un modèle du genre.

Arrivé à Forbach il y a moins d'une heure par le train de Paris, le détective interroge le garçon du restaurant La Salamandre.

« Vous connaissez M. Finkel ? »

Le garçon évasif et falot qui sert rapidement la choucroute garnie demande à voix basse :

« L'entrepreneur du Pruch ?

— Il est entrepreneur, oui, mais qu'est-ce que c'est le " Pruch " ?

— Le Pruch, c'est un faubourg à quatre ou cinq kilomètres d'ici.

— Je croyais que les Finkel habitaient dans Forbach.

— Oui, ils habitent à côté, mais leur entrepôt est au Pruch.

— Vous les voyez quelquefois ? »

Le garçon est de plus en plus évasif.

« Autrefois, dit-il, mais plus maintenant.

— Pourquoi ? »

Le garçon ne répond pas; il est déjà loin.

Au bureau de tabac, la caissière fronce les sourcils lorsqu'elle entend parler de M. Finkel et de son fils. Celui-ci aurait tué il y a deux ans un malheureux ouvrier italien avec le camion de son père. Mais il y a plus grave :

« Le garçon ne s'est même pas arrêté, explique la caissière, et le pauvre homme est mort, en laissant une femme enceinte. »

Sur le même sujet, la libraire est plus catégorique :

« Laisser un garçon de quinze ans conduire un camion sans permis de conduire, c'est une chose. Mais refuser la responsabilité de l'accident qu'il a commis, c'est autre chose. Penser que ces gens refusent d'indemniser la veuve de l'ouvrier italien qu'il a tué, qui a une petite fille de sept mois. Vous ne trouvez pas ça dégoûtant ? »

Le soir, après le dîner, le détective privé s'en va discrètement sonner à la villa de M. et Mme Finkel. Une femme, dans une robe de lainage beige, aux yeux clairs et doux, ouvre la porte.

« Je suis Philippe Gobineau.

— Ah! Mon mari vous attend. »

M. Finkel attendait en effet le détective car c'est lui qui l'avait engagé par lettre, après avoir lu sa publicité dans un journal. Ce grand bonhomme, en costume sombre un peu démodé, avec des chaussures pauvres et pointues, les mains énormes et calleuses, est un ancien ouvrier maçon parvenu à créer sa petite affaire. Mais l'essor de l'entreprise Finkel a été brutalement interrompu il y a deux ans, à la suite du terrible accident dont voici les faits présentés maintenant par M. Ehrahrd Finkel lui-même.

Le 7 novembre 1948, il aurait dit à son fils :

« Raymond, tu devrais profiter de ce dimanche pour aller repeindre le camion au Pruch. »

Raymond avait à l'époque quinze ans. Solide et travailleur, les désirs de son père étaient pour lui des ordres. Malgré sa jeunesse, Raymond savait déjà faire beaucoup de choses. Notamment, et bien qu'il n'ait pas de permis de conduire, il pilotait souvent le camion de l'entreprise Finkel, un G.M.C des surplus alliés, à l'époque très répandu dans toute l'Europe et en particulier dans la région de Forbach.

Le jeune Raymond monte donc dans le camion et va rejoindre un de ses camarades de deux ans plus âgé que lui, qui doit lui donner un coup de main. Tous deux travaillent, paraît-il, environ trois heures. A dix-sept heures trente, Raymond revient soi-disant du Pruch avec le camion fraîchement repeint en vert. Il le conduit au garage, se change et finit ses devoirs.

Le lendemain, des policiers viennent interroger Raymond.

« Il n'est pas là, répond Mme Finkel, il est à l'école. »

Les policiers vont au collège, où Raymond prépare son brevet élémentaire. Ils le demandent au parloir, et l'emmènent aussitôt au commissariat de Forbach.

A quinze ans, on ne songe pas immédiatement à demander le secours d'un avocat. Après un interrogatoire d'identité, qui dure cinq minutes, les policiers gardent Raymond Finkel au commissariat tout l'après-midi de ce lundi et toute la soirée. Ils ne le mettent pas en cellule, mais ne lui donnent pas la moindre explication.

Quand Raymond rentre dans la nuit chez ses parents affolés, et qui n'en savent pas plus que lui, une vieille voisine leur montre un journal local dont voici la manchette :

« On a tué un homme cet après-midi au Pruch ! »

En effet, explique l'article, vers dix-huit heures, alors qu'il faisait nuit, un camion peint en vert a tué un ouvrier italien, M. Marioni, qui sortait de son travail, et dont la femme, jeune mariée, est enceinte. Le conducteur du camion qui ne s'est pas arrêté a pris la fuite. Heureusement, différents témoins ont cru distinguer que le camion était un G.M.C. et qu'il était peint en vert. La police est déjà sur une piste qui paraît sérieuse, conclut l'article.

Pour M. et Mme Finkel, tout s'éclaircit : leur fils Raymond était soupçonné d'homicide et de délit de fuite. M. Finkel se précipite au commissariat pour expliquer que, si Marioni a été tué vers dix-huit heures, Raymond, lui, est rentré à dix-sept heures trente du Pruch, il ne peut donc pas être le coupable.

Les policiers l'écoutent sans conviction. Pourtant aucun des dix ou quinze témoins de l'accident n'a reconnu le conducteur car il faisait presque nuit au moment où le G.M.C. a heurté Marioni. Le seul véritable indice est, semble-t-il, la veste de l'ouvrier italien où adhéraient encore des traces de peinture verte.

Dans les semaines qui suivirent, la vie du pauvre gamin devint épouvantable. Presque quotidiennement, les policiers se rendaient à l'école pour lui poser des questions ou pour le traîner au commissariat afin de l'interroger plus longuement. Ils le pressaient d'avouer; le gamin refusait, affirmant qu'il était innocent. On ne le frappait jamais, on ne lui faisait pas de menaces, mais il devait quelquefois finir ses devoirs au commissariat. A l'école, c'était intenable. Tant et si bien qu'il a dû renoncer à poursuivre ses études.

Bien entendu, le fameux, l'unique camion de la petite entreprise Finkel était confisqué, et les experts parisiens ont comparé sa peinture à celle qui adhérait sur la veste de Marioni.

A Sarreguemines, lors du procès, quelques témoins ont affirmé que Raymond Finkel était passé sur la route du Pruch une demi-heure avant l'accident. Il fut également question d'un autre camion vert, appartenant aussi à un entrepreneur de Forbach, mais celui-ci fournit un alibi. De toute façon, tout fut balayé par la déclaration de l'expert parisien, le professeur Rull :

« La peinture verte du camion de M. Finkel est la même que celle trouvée sur la veste de Marioni.

Cela fait vingt ans que je fais des expertises, et je ne me suis jamais trompé. »

Après une pareille déclaration, le tribunal condamna Ehrahrd Finkel à constituer un capital pour Mme veuve Marioni et son enfant, ainsi qu'une rente viagère de six mille cinq cents francs par mois. Chiffre considérable pour l'époque.

Evidemment, M. Finkel récupéra son camion, mais il ne lui restait plus qu'à le vendre car entre-temps, son affaire avait périclité.

Lorsqu'il fit appel, le nouveau jugement, non seulement confirma le premier, mais l'aggrava : la rente de six mille cinq cents francs par mois passant à sept mille cinq cents francs.

Voici donc l'affaire telle que la présente M. Finkel au détective privé qu'il veut engager. Le détective efface pour quelques instants l'éternel sourire qui flotte derrière ses lunettes rondes, et réfléchit : M. Finkel lui a-t-il dit la vérité ? Il en avait les larmes aux yeux, mais cela ne prouve rien. Il arrive que des coupables, un tant soit peu mythomanes, croient tellement à leur récit qu'ils s'en émeuvent eux-mêmes.

Et le fils ? Il avait quinze ans et demi au moment du procès. Aujourd'hui, il en a presque dix-huit. Quatre-vingt-dix kilos, un mètre quatre-vingt-cinq, c'est déjà presque un colosse. Mais il a le regard doux de sa mère et des gestes lents, mesurés, tranquilles. Il raconte, avec un sourire un peu triste, sa comparution devant le tribunal pour enfants :

« Je sais que mes avocats avaient réuni à mon sujet d'excellents renseignements, mais il n'a été question pendant tout le procès que de mes défauts. La partie civile avait constitué une liste invraisemblable de tous les petits méfaits que j'avais commis depuis ma plus tendre enfance. Des broutilles, comme en font tous les gamins. Présentés comme ça, dans une suite interminable, et avec des commentaires odieux, je finissais par avoir l'air d'un monstre.

— Qu'est-ce que vous faites comme métier maintenant ?

— Je suis maçon. Mais je voulais être professeur d'allemand. »

M. Finkel, sa femme et son fils regardent longuement, en silence, le détective privé. Le rouquin aux cheveux rares, aux lunettes rondes, dans son manteau usé, ne paie pas de mine. Le père est suppliant :

« Est-ce que vous croyez que vous pouvez faire quelque chose, monsieur Gobineau ?

— Vous êtes notre seule chance, murmure Mme Finkel. Depuis le procès, mon mari refuse de payer et nous recevons sommation sur sommation. Une hypothèque judiciaire a été prise sur tous nos biens. Même cette maison n'est plus à nous...

— Alors, monsieur Gobineau, qu'est-ce que vous décidez ?

— Je vais essayer de vous sortir de là. S'il y a un autre coupable que votre fils, je le trouverai. Mais je ne viendrai vous voir que le soir, à la nuit tombée. Il est inutile que l'on sache que je travaille pour vous. Pour tout le monde ici, je suis voyageur de commerce. »

Là-dessus, le détective rouquin sourit derrière ses lunettes rondes et prend congé.

La vie d'un détective privé de trente-huit ans, qui mène une enquête secrète en hiver dans la ville de Forbach, n'est pas des plus gaies. Il a réuni tous les éléments du dossier mais il doit reconnaître que tout conduit à la culpabilité de Raymond Finkel. Il n'a, pour le moment, qu'un seul argument à opposer : la personnalité de M. Finkel et de son fils. L'un ne paraissant pas capable de mentir avec un tel acharnement, et l'autre n'ayant pas l'air d'un garçon anormal, au point de fuir après avoir commis un accident mortel.

Alors, il interroge n'importe qui, n'importe quand, n'importe où. C'est ainsi qu'un jour, ayant fait la connaissance d'une jolie serveuse blonde d'un café du Pruch, il pose pour la énième fois la question :

« Vous vous souvenez de cet accident, il y a plus de deux ans ? Un ouvrier italien a été tué ici par un camion.

— Oui, je m'en souviens.

— Il paraît que les parents du coupable n'ont jamais voulu payer.

— Les Finkel ?

— Oui.

— Ça se terminera mal pour eux, ils iront en prison. Pourquoi me demandez-vous ça ?

— Parce que j'ai connu autrefois le pauvre homme qui a été tué. Sa femme est dans une misère noire. Vous n'avez pas été témoin de l'accident, vous ? »

La jeune serveuse hausse les épaules.

« Non. Mais je connais un témoin.

— Il a déposé ?

— Je crois que les policiers l'ont interrogé, oui.

— Comment s'appelle-t-il ?

— Richard Fuchs. »

Le détective réfléchit quelques instants. Richard Fuchs, ce nom lui dit quelque chose. Oui, en effet, c'est l'un des témoins qui ont été entendus parmi les premiers. Mais, autant qu'il s'en souvienne, il n'a fait qu'entrevoir un camion vert, genre G.M.C. Témoignage si peu intéressant qu'il ne fut même pas entendu au procès. C'est donc par acquit de conscience que le détective poursuit son interrogatoire sur le ton de la conversation :

« Vous connaissez bien ce témoin ? »

La jeune serveuse rougit légèrement.

« Oui, je le connais bien, très bien même.

— Il vous a raconté ce qu'il a vu ?

— Il n'a pas vu grand-chose, vous savez.

— Ça ne fait rien, racontez-moi ce qu'il vous a dit.

— Eh bien voilà, je venais de rentrer chez moi. Je crois que je m'apprêtais à faire la cuisine lorsque Richard a frappé à ma porte. Il ne devait pas venir ce soir-là et j'ai été un peu surprise. Alors, il m'a montré le cageot qui est sur le porte-bagages de son vélo... Il était plein de pommes de terre. Il m'a expliqué qu'il allait à Forbach et qu'il n'avait pas l'intention de se promener toute la soirée avec des pommes de terre. Comme il passait devant chez moi, il voulait me les donner. Je lui ai demandé pourquoi il avait ces pommes de terre dans son cageot un dimanche soir. Il m'a répondu qu'il venait d'y avoir un accident sur la route du Pruch avec un camion, un camion genre G.M.C. peint en vert, que le camion ne s'était pas arrêté, qu'un pauvre homme était mort, toute l'histoire quoi. »

L'éternel sourire du détective s'est figé derrière ses lunettes rondes. Ses yeux se sont légèrement plissés. Il demande :

« Et les pommes de terre ?

— Quoi, les pommes de terre ?

— Eh bien oui, d'où venaient-elles, ces pommes de terre ?

— Je ne sais pas moi ! Elles étaient tombées du camion, j'imagine... »

Le lendemain, le détective est attablé devant un pastis au café du Pruch, face à Richard Fuchs. C'est un grand gaillard sympathique, serrurier de son métier, mais plutôt taciturne. Il ne fait aucune difficulté pour raconter à nouveau ce qu'il a vu de l'accident, en omettant toutefois de parler des pommes de terre. Aussi le détective est-il obligé de lui demander :

« Et les pommes de terre ? »

Richard Fuchs est un peu étonné :

« Ah ! elle vous a parlé des pommes de terre !

— Oui, d'où venaient-elles, ces pommes de terre ?

— Je ne les ai pas vues tomber. Mais je pense qu'elles ont dû passer par-dessus la ridelle du camion, lorsqu'il a freiné. J'ai ramassé celles qui avaient roulé jusqu'au caniveau.

— Et vous n'en avez pas parlé à la police ? »

L'étonnement de Richard Fuchs devient de l'ébahissement.

« Vous n'allez pas faire un drame pour quelques kilos de pommes de terre, quand même ?

— Ce n'est pas ça, je me moque bien que vous ayez ramassé quelques kilos de pommes de terre. Mais c'est un renseignement qui aurait pu intéresser les enquêteurs. »

L'ébahissement de Richard Fuchs se transforme en stupeur.

« Pourquoi voulez-vous que ça intéresse les policiers de savoir qu'il est tombé quelques pommes de terre d'un camion de légumes ?

— Vous dites un camion de légumes ?

— Oui, je dis un camion de légumes.

— Parce qu'il y avait d'autres légumes dans ce camion ?

— Oui, dans ce camion de légumes, il y avait des cageots de légumes. Ça vous paraît bizarre ?

— Monsieur Fuchs, est-ce que vous avez suivi l'affaire ?

— Moi, pas du tout.

— Est-ce que vous savez que c'est le fils Finkel qui a été accusé ?

— Oui, j'en ai vaguement entendu parler.

— Mais vous savez ce qu'il transportait, le fils Finkel ?

— Des légumes !

— Non. L'entreprise Finkel est une entreprise de maçonnerie. Et ce jour-là, le camion était vide, parce qu'il venait de le repeindre. »

Les yeux ronds, presque exorbités, Richard Fuchs lance un juron. Il a enfin compris.

Dès lors, pour le détective privé, tout devient facile. Il n'y a dans la région qu'un seul transporteur de légumes. Alors, se faisant toujours passer pour un voyageur de commerce, il se rend chez un dénommé Schmidt. Là, au fond d'un hangar, ne sortant plus depuis le mois de novembre tragique, rouillé, un camion G.M.C. peint en vert. Renseignements pris, c'est le fils Schmidt, alors âgé de dix-sept ans, qui pilotait ce dimanche-là le camion de son père.

Cette contre-enquête privée a duré trois semaines. Mais il faut maintenant obtenir la réouverture de l'enquête close par la condamnation de M. Finkel et de son fils. Lorsque le détective privé fait part de sa découverte à l'inspecteur principal, celui-ci répond :

« Vous m'embêtez, mon vieux. Je ne vais pas démolir l'enquête que j'ai faite. »

Malgré la déposition de Richard Fuchs qui, à elle seule, constitue un fait nouveau, personne ne veut reprendre l'enquête sans instructions de Paris.

Finalement, le détective privé Philippe Gobineau et Raymond Finkel, négligeant les conseils d'un avocat peu pressé, vont faire une démarche au ministère de la Justice. Là, c'est grâce à un huissier compatissant qu'ils parviennent à toucher l'attaché de cabinet du garde des Sceaux. L'enquête est enfin reprise.

Quelques jours plus tard, un inspecteur parisien surgit dans la caserne où le fils du transporteur de légumes fait son service militaire. Appelé au poste de garde, au bout de deux minutes à peine, il avoue sans difficulté devant une dizaine de témoins.

« Bon, puisque vous le savez, d'accord, c'est moi qui ai tué Marioni. »

On ignore comment et à quoi ce jeune homme et son père seront condamnés. Ce que l'on sait, c'est que Philippe Gobineau apporta du champagne à Forbach ce soir-là, et que ce fut la fête dans la petite maison des Finkel.

TABLE DES MATIÈRES

« Composition réalisée en ordinateur par IOTA »

IMPRIMÉ EN FRANCE PAR BRODARD ET TAUPIN
7, bd Romain-Rolland - Montrouge - Usine de La Flèche.
LIBRAIRIE GÉNÉRALE FRANÇAISE
ISBN : 2 - 253 - 02941 - 6